本书是广东省本科高校教学质量与教学改革工程项目——特色专业"汉语国际教育"（粤教高函〔2017〕214 号）阶段性成果

广东省高等教育教学改革项目"汉语言文学专业人才培养应用转型的探索与实践"（粤教高函〔2018〕180 号）阶段性成果

编委会

主　编：孙长军

副主编：邓　建

编　委：（按姓氏音序排列）

安华林　邓　建　董　萍　静恩英

刘　刚　罗智勇　孙长军　汪东发

阎怀兰　赵国政

海雅文丛

丛书主编　孙长军

初学录

广东海洋大学文传学院优秀毕业论文集（二）

广东海洋大学文学与新闻传播学院　编

暨南大学出版社
JINAN UNIVERSITY PRESS

中国·广州

图书在版编目（CIP）数据

初学录：广东海洋大学文传学院优秀毕业论文集. 二／广东海洋大学文学与新闻传播学院编. —广州：暨南大学出版社，2019.3
（海雅文丛／孙长军主编）
ISBN 978 - 7 - 5668 - 2614 - 5

Ⅰ. ①初… Ⅱ. ①广… Ⅲ. ①中国文学—文学研究—文集 Ⅳ. ①I206 - 53

中国版本图书馆 CIP 数据核字（2019）第 072623 号

初学录：广东海洋大学文传学院优秀毕业论文集（二）
CHUXUELU：GUANGDONG HAIYANG DAXUE WENCHUAN XUEYUAN
YOUXIU BIYE LUNWENJI（ER）
编　著：广东海洋大学文学与新闻传播学院

出 版 人：徐义雄
策划编辑：杜小陆
责任编辑：曾小利
责任校对：林　琼
责任印制：汤慧君　周一丹

出版发行：暨南大学出版社（510630）
电　　话：总编室（8620）85221601
　　　　　营销部（8620）85225284　85228291　85228292（邮购）
传　　真：（8620）85221583（办公室）　85223774（营销部）
网　　址：http：//www.jnupress.com
排　　版：广州良弓广告有限公司
印　　刷：广州市穗彩印务有限公司
开　　本：787mm×1092mm　1/16
印　　张：16
字　　数：290 千
版　　次：2019 年 3 月第 1 版
印　　次：2019 年 3 月第 1 次
定　　价：59.80 元

前　言

　　本书是广东海洋大学文学与新闻传播学院 2017 年优秀毕业论文的结集。这是 2017 届毕业生最初进行学术实践的记录，故而顺作"初学录"。《初学录》共收论文 20 篇，涉及我院中文、新闻两系五个专业所涵盖的中外文学、语言学、民俗学、秘书学、新闻学、编辑出版学等多个学科。在评审过程中，所有论文都由指导老师、评阅老师、答辩小组分别给出成绩并按比例相加。这 20 篇论文最终脱颖而出，标志着 2017 届毕业生专业素养达到的高度。

　　我院对本科毕业论文的要求和指导，一贯坚持两点原则，即一是把四年中学到的专业知识应用于学术实践，二是在实践中不断巩固所学知识。绝大多数毕业生和他们的指导老师都做到了这两点，入选这部《初学录》的更是其中的佼佼者。综观这 20 篇论文，选题丰富，论述周全，结构严谨，行文流畅，表现出同学们较强的分析问题和解决问题的能力，具有相当的学术价值和创新意义。想到这些论文出自自己的学生之手，我们感到由衷的欣慰。

　　这部《初学录》非常值得肯定的一点，是创新性，确切地说是选题（核心论点）的新颖别致。如论文《"少年"在〈全唐诗〉中的分布结构及其意蕴》，该文着眼的"少年"一词，本身即具有开拓进取的内涵，这与盛唐乃至有唐一代精神风貌中的某些积极因素不谋而合，因此作者的探索不仅具有可行性，也为我们理解唐诗典至唐代，提供了某些启示。又如论文《〈大光报〉（粤南版）（1946）社论研究》，单单通过这个题目，就能看出作者有着不一般的专业期待，以及作为一个青年人对当下社会现实的殷殷关切，这种敢于触及重大问题的勇气，本身就应该被鼓励和提倡。眼光和勇气，不仅体现在这些青年学生的文章当中，更常常闪现在他们身上，这是他们现在该有的、也是我们曾经有过的样子。品读这些论文，我们不禁感叹，文字也像照片一样，把闪光的瞬间变成永恒。

　　这部《初学录》值得肯定的另一点，是规范性，不仅是成文的规范，还包括写作过程的规范。如果说对本科生的论文还不能苛求其创新性，那么对其规范性进行严格把控则是我院老师的共识。我们认为：完成毕业论文首先是一个训练基本功的过程。即使由于个体的差异，不同的毕业论文在学术价值上有大小之分，但在写作过程中，我们无不有意识地、手把手地教学生怎么去写好一篇学术论文。从选题到查资料，再到研究综述进而开题报告的撰写，直至论述的展开、材料的运用，甚至摘要、注释的要求乃至最后格式的调整，都务求让同学们做到心中有数。这样做的目的，除了保证论文质量，也是为他们继续深造打好基础，更是为了让越来越多的人对学术、知识怀有敬畏之心。功夫不负有心人，我院毕业论文的规范性一向有口皆碑。本书中《"走"义演变研究》《中文版〈小王子〉的书籍封面设计探析》等论文，在结构、行文方面尤其做得有板有眼，而形式的规范也进一步提升了上述论文的品质，这对相关专业本科生如何进行学术研究和论文写作具有示范意义。

转眼间，2017届毕业生离开海大已经一年。作为老师，我们常常想念他们。而他们对自己大学四年的怀念，无疑会随着岁月的封存，益发回味绵长。我们姑且把编纂这样一部论文集，作为送给2017届毕业生的礼物——当然，这更是他们送给老师、送给母校的珍贵礼物。

《初学录》编委会
2018年仲夏，湛江

目　录

男权社会下女性的生存状态探析

——以《骆驼祥子》中虎妞与小福子的命运为例

林嘉楠① 李乐平②

摘要：《骆驼祥子》通过人力车夫祥子的悲惨遭遇，再现了20世纪20年代末期中国旧社会底层劳动人民被压迫的生活面貌，其悲剧意义引起广大读者的深刻思考。用鲁迅的话概括就是"悲剧就是将人生有价值的东西毁灭给人看"。虎妞和小福子是《骆驼祥子》中的两个主要女性形象，一个大胆泼辣勇敢，是为悍妇；一个温顺善良，是为传统女性。在同一社会背景下，她们的家庭出身以及性格都不同，却同样走向悲剧命运——毁灭。本文从二人的家庭出身、性格、表达情感的方式以及与祥子命运的联系来分析她们的悲剧命运，了解男权社会下女性的隐痛。

关键词：虎妞；小福子；男权社会；生存状态；悲剧命运

前　言

老舍写作始终不渝地以市民生活为表现对象，善于用现实主义手法去展示旧社会中底层劳动人民的悲惨生活。老舍的代表作《骆驼祥子》通过描绘原本正直、好强、好体面的祥子在旧社会黑暗现实的逼迫下逐步走向毁灭的过程，揭露了旧社会的黑暗，表达了他对处于最底层劳动人民的深切同情。老舍曾一再表示"我怕写女人"[1]，事实上他塑造过很多个形象深刻的女性形象，如《四世同堂》中的韵梅、大赤包，《柳屯的》中的"柳屯的"，《老张的哲学》中的李静，等等。《骆驼祥子》里面的女性形象给我们留下了深刻的印象，在那黑暗的旧社会，底层劳动人民是最容易受到迫害的群体，然而女性除了受到来自阶层的打击以外，还受到男权主义观念的压迫。虎妞和小福子都是《骆驼祥子》里面关键的女性角色，她们出身、性格各不相同，但结局一样——以毁灭性的悲剧收场。她们都渴

---

① 林嘉楠，女，广东海洋大学文学与新闻传播学院汉语言文学专业2013级本科生。
② 李乐平，男，广东海洋大学文学与新闻传播学院教授。

望获得幸福，却不能掌握自己的命运。或强烈反抗，或默默忍受，无论怎样挣扎，她们在当时男权社会中的生存状态都是一样的——受困于男权主义，并为男性而活。本文将虎妞与小福子进行对比，分析同一社会环境下不同女性的相似悲剧命运，阐释男权社会下女性的生存状态。

一、被压抑扭曲甚至牺牲的女性形象

老舍曾经说过："我为什么这样关心妇女呢？理由很简单：在旧社会里，人民普遍受着种种压迫，而妇女所受的压迫更甚于男人。"[2]虎妞与小福子是《骆驼祥子》里面着墨最多的两个女性形象。虎妞大胆泼辣、心机深重、为人凶悍，男人都不敢接近；小福子娇憨温顺，一味牺牲自己养活家人。她们一个受压抑而性格扭曲，一个受压迫而不断牺牲自己成全别人。

（一）出身和性格的差异

虎妞和小福子有不同的家庭出身以及成长环境，这些都影响了她们性格的形成。身后有根者的虎妞性格大胆泼辣、精明能干、贪图享乐；身后无根者的小福子温顺善良、单纯美好。

1. 大胆泼辣的虎妞

虎妞出生于一个剥削阶层家庭，是一个背后有根者。父亲刘四年近七十，是土混混出身，年轻时候什么都做过，有资金与本领，最后开办了人和车厂，人前自居老虎，"可惜没有儿子"。刘四是雷厉风行的厉害人物，虎妞继承的都是父亲的脾性，直爽、有能力并且大胆泼辣。她在内帮着父亲一起打理人和车厂，把车厂治理得井井有条；在外有更甚于男人的爽快。"虽然她对大家很随便爽快，可是大家没少在背地里讨论过她，即便车夫中有说她坏话的，也是说她厉害，没有别的"[3]62，其能力堪比今天的职场女强人。虎妞生活富裕而且自身能力强，本应是一个生活幸福的人，但现实中并不是。在那尊女卑的男权社会，家大业大的刘四因只有独生女儿虎妞而遗憾。因为她的能干，嗜钱如命的自私父亲压榨她的劳动价值，她完全被父亲当成赚钱工具而困在人和车厂中，以至于错过最美好的青春时期。被父亲困住的虎妞不能在适当年龄享受青春美好，人性中最基本的欲望没有得到满足。在斗渐日染下，虎妞身上也继承了剥削阶级的习性：她早已领悟"劳心者治人，劳力者治于人"的道理，一心打着继承车厂的如意算盘；嘲笑一门心思只靠力气吃饭的祥子；敢与男人直接吵架骂街；拉拢年轻勤快的小福子，让小福子帮忙做家务，向小福子收取"房费"，等等。虎妞早年在父权压迫下性格变得扭曲，成长为一个粗俗野蛮、凶悍刻薄的老女人。同时，虎妞的性格有着明显的执着与倔强。虎妞没有真正的青春，祥子的出现使她认定如骆驼般憨厚的祥子就是她的理想对象。因为喜欢这傻大个儿，所以她的柔情只对祥子展现，与祥子结合的愿望也执着而强烈，甚至为了祥子而与父亲发生冲突与决裂。

但其外在形象却让人不敢恭维。文中对虎妞外貌最初的描写是："她也长得虎头虎脑，因此吓住了男人。"[3]40她的外貌被赋予如同名字一样的虎态，高妈也形容她"像个大黑塔，怪怕人的"[3]89，所以即便没有父亲的私心，以其丑陋相貌和粗犷性格也难以获得正常爱情。在男权社会的审美观念中，虎妞的相貌与性格都不在美的范围，也就不受别人喜爱。因此，虎妞的个人欲望就更加难以实现。"在男权文化中，女性被视为物化的对象，男性则可以随意地把玩、发泄欲望，而物化的女性则欲望权被剥夺。不甘为物的女性则成为妖魅、恶魔、祸水。"[4]长期受到压抑的虎妞，只能依靠粗俗野蛮的行为去排解心中的烦闷与不痛快。

2. 阴柔含蓄的小福子

小福子的性格恰恰与虎妞相反。"小福子长得不难看"，"她显出一些呆傻没主意的样子，同时也仿佛有点娇憨"[3]189，由此可以看出小福子就是一个老实、善良、可以由男人控制的典型传统女性形象。"东方伦理体系中善的最高标准是百善孝为先，恶的终极标准是万恶淫为首。"[5]小福子遵守传统道德中的孝道，以父亲的话为行动的最高准则，体现着她的"首善"；然而父亲的指令就是让她去牺牲自己沦为含有"首恶"标签的妓女来养活家人。小福子在成为"最善"的同时，做着"极恶"的事。"首善"与"首恶"同时体现在她身上，她是小说中最矛盾的人物形象。在男尊女卑的男权社会，小福子被父亲卖给一个军官当小老婆，军官利用完小福子后将之抛弃。回到娘家的小福子其命运并没有改变，为满足家庭的物质需求，她再次被无用的父亲逼迫成为暗娼。小福子于家庭的意义，就是家中的经济来源主体，给家中的三个男性赚取得以生存的物质而不断牺牲自己。小福子身上有着一切虎妞所没有的特质。虎妞对小福子充满了好奇，为排解在大杂院中生活的无聊与郁闷而与小福子交好，常问一些让小福子说不出口又让人感到痛苦的事，"虎妞央告她说，她不好意思讲，可是又不好意思拒绝"[3]189。即使自己已遍体鳞伤，小福子仍能满足虎妞的好奇之心，愉悦虎妞，却对自己进行着自虐。

这个在家中习惯了顺从，长得美丽又心地善良的女子，由于父亲的无用和自私，先被卖后做暗娼。在做暗娼期间，又被大杂院里唯一的"朋友"虎妞扣取"卖身钱"。生活教阴柔含蓄的小福子忘记反抗。尽管生活不断地折磨着善良的人，但小福子依然保持着自尊与纯洁的心。小福子"柔弱、和顺、深情，尽管深受生活的劫难，遭人蹂躏，而善良的人性并未泯灭"[6]。一直尽心尽力保护着两个未成年的弟弟，陪怀孕的虎妞说话、为她做事，探望生病的祥子，为难产的虎妞跑前跑后，等等，这都证明小福子的善良。

（二）表达情感的方式不同

虎妞和小福子家庭出身以及性格不同，她们表达情感的方式也不一样。虎妞粗暴，小福子含蓄，她们表达情感的方式对应着她们各自鲜明的性格特点。

1. 虎妞——以粗暴的形式表达温情

虎妞是一个烈女子，几乎什么都和男人一样，甚至比男人还要霸气。但每个人都有一份来自心底的柔情，或浓或淡。虎妞在父亲压制下失去最美好的青春，性格也近似男性，可当面对自己认定的如骆驼般憨厚的祥子时，还是会在粗暴行为中不时显现出温情。见到久别重逢的祥子后，虎妞就像"老嫂子疼爱小叔那样"，拉着祥子就说"过来先吃碗饭！毒不死你！两碗老豆腐管什么事"[3]42。从小生活在男人堆里的虎妞劝祥子跟她一起吃饭时的说话方式和语气虽强势但夹杂着关心，刚中带柔，符合她粗暴的性格。祥子肝火盛时会对虎妞"稍稍棱棱着点眼"，这换作别人，虎妞必定尽显粗蛮性格骂对方半天，但"对祥子，她真是一百一的客气，爱护"[3]49。对爱情婚姻渴望至极的虎妞为拴住祥子，花尽心思给祥子设下一个个圈套。她追求自我幸福的手段卑劣，并一次次打击一门心思靠力气生活的祥子，但她的感情却是真诚的。去曹宅找祥子的时候，她"眼中带出些渴望看到他的光儿；嘴可是张着点，露出点儿冷笑；鼻子纵起些纹缕，折叠着些不屑与急切；眉棱棱着，在一脸的怪粉上显出妖媚而霸道"[3]90。心中责怪祥子躲着自己，却又期待与祥子碰面，严厉中透露出一丝柔情，这是陷在爱情中的人才会有的表现。为彼此的未来做打算，虎妞教祥子如何讨刘四欢心，偷偷把祥子存放在刘四身上的钱还给祥子，虎妞自作主张做好了一切，霸道而果断，这都是因为她心中惦念着祥子、心疼祥子了。只是由于她从小待在土混混出身的父亲身边，学到的也只有霸道、凶悍，因此她所做的一切就又都显得那么霸道与卑劣，但这也是她表达温情的一种方式。

2. 小福子——默默扶持

虎妞猛烈似火，小福子静如流水。小福子对人的关心就是默默扶持。

虎妞是她在大杂院中"最好的朋友"，尽管这个"好朋友"有时候并不友善，甚至利用自己，但小福子似乎不计较，也乐意帮虎妞做家务活。小福子虽然经历过很多磨难，作为父亲和弟弟的经济支柱而活着，做最低贱的妓女，不但被外人说闲话，也被逼自己成为暗娼的父亲耻笑，但清纯、善良的小福子在面对来自各方面的压迫时，并没有完全丧失对生活的希望。

小福子身上具备传统妇女的美德、善良、娇憨而单纯。尽管虎妞曾欺辱过自己，但她不会进行恶性报复，只会继续善待他人。虎妞作为高龄产妇，贪吃油腻、好吃懒做，导致生产困难。虎妞难产当天，不知是出于对虎妞的关心还是对祥子的体谅，小福子自告奋勇给他们担起跑腿工作，与祥子还有接生婆连着守虎妞三天三夜，帮着招呼虾蟆大仙。当虎妞只剩下一口气时，她也跟着落泪并能保持清醒跑去医院问医生。虎妞难产而死后，她默默帮着祥子操办丧事，为祥子收拾屋子，陪祥子流泪，等等。默默地为祥子整理好一切，全程只是作为祥子的扶持者而存在。

二、与祥子命运的联系

虎妞和小福子所处阶层不同，却因祥子而发生了联系，可以说祥子这个人物影响着她们命运的发展，祥子对二人的形象塑造发挥着至关重要的作用。

（一）虎妞与祥子的命运联系

祥子之于虎妞具有非常大的意义，他是对虎妞丢失的青春的补偿。虎妞从小跟随父亲生活，没有受到母爱的感化。父亲刘四自居老虎，他本人也确有老虎的威风与魄力，"力气，心路，手段，交际，字号等等——刘四爷都有"[3]39，唯独就是没有儿子。虎妞被"金钱至上"的父亲当作儿子去调教，学到的也是粗野凶悍、精明刻薄，继而沦为其赚钱工具。外貌与气质不佳，长受出卖买来的自私心理，虎妞未能在本该恋爱的年纪享受到美好的爱情，所以她对爱情的渴望也越来越强烈。当自信、好强、强壮的祥子出现在虎妞生活中时，她那已被压迫得扭曲的心态也开始发生变化，竟也开始关心人，尽管方式有点粗暴。面对祥子，她总是不能像面对别人一样盛气凌人，当祥子太拼命时会叮嘱他稍停一下，有话也只愿意跟祥子说。在两人关系中，虎妞一直处于主动地位。她为祥子谋划未来，包括如何讨好父亲刘四，日后如何掌管车厂一起过上剥削者的生活。虎妞一手操办自己的婚事，婚后也控制着祥子的生活，企图让祥子一切按照自己的计划来走，以期把祥子改造成跟自己属于同一类的"有能耐的人"。她的祥子虽然听话但还是那么倔强，祥子的愿望就是做一个靠自己力气自力更生的车夫。她始终不能使祥子变成跟自己一样贪图享乐的剥削者。虎妞三十几年来憋屈了太久，"在娘家，她不缺吃，不缺穿，不缺零钱；只是没有个知心的男子。现在，她要捞回这点缺欠，要大摇大摆地在街上，在庙会上，同着祥子去玩"[3]163，"我呢，当了这么些年老姑娘，也该痛快几天"[3]164。可见虎妞是把祥子当作"知心"的人。祥子让她找到青春的感觉，她对青春的缺失也终于在婚后得到一点补偿。

虎妞内心非常渴望爱情，渴望婚姻生活，为能与祥子结合大胆反抗父亲，甚至牺牲父女关系。但因为她不是儿子，尽管她是管理人和车厂的大功臣，她在家中也只是稳固经济收入的工具，并没有经济话语权。经济不独立，婚后只能靠几百块私房钱过活。父亲压榨了自己，但虎妞心中也有男性中心意识。她对祥子有依附性，尽管自己有非常强的独立生活能力，想要自由自在的婚姻生活，却要依靠祥子给她实现：缠着祥子，让祥子带着去玩；好吃懒做的虎妞在婚后会洗衣做饭，煮好饭菜等祥子回来吃饭；一向强势的她会主动跟祥子商量并开始迁就祥子，"她知道祥子是个——虽然很老实——硬汉。硬汉的话是向来不说着玩的。好不容易捉到他，不能随便放手。他是理想的人：老实，勤俭，壮实；以她的模样年纪说，实在不易再得个这样的宝贝。能刚能柔才是本事，她得溅溅他一把儿"[3]173。生孩子的时候痛苦不堪，迷信的虎妞求祥子请虾蟆大仙，并发出"等我好了，我乖乖地跟你过日子"[3]211的呐喊，把自己的性命全然交付在祥子手上。

祥子之于虎妞是对青春的补偿。可悲的是，自认为找到幸福的虎妞对祥子来说，却是人生中的黑点，反差如此之大。祥子身上有着许多劳动人民的优良品质，他自信要强，勤劳能干，不怕吃苦，理想就是做一个体面的、光彩的、独立的劳动者，而要做到这些就必须"靠力气吃饭"。他第一次拥有自己的人力车，庆祝的方式就是"头一个买卖必须拉个穿得体面的人，绝对不能是个女的"[3]13，可见祥子心中有着强烈的男权主义思想。那时祥子是一个独立的自由劳动者。即便第一辆车被大兵抢去，自己也被掳走，死里逃生牵回骆驼，祥子照样还是要强自信的祥子，认为"自己只要卖力气，这里还有数不清的钱，吃不尽穿不完的万样好东西"[3]37，开始设想着再攒钱买第二辆车。这时，虎妞开始慢慢介入他的生活。祥子受着虎妞的好，所以对虎妞平日的吩咐也习惯于服从，但那只是因为祥子敬佩虎妞。虎妞年纪三十七八，却是经营车厂的一把好手，祥子认为她是一个不错的朋友。祥子是一个要强的人，他对未来有自己的打算："假若他有了自己的车，生活舒服了一些，而且愿意娶亲的话，他必定到乡下娶个年轻力壮、吃得苦，能洗能作的姑娘"[3]62。他思想保守，觉得自己从农村出来，该娶一个同样能干的农村姑娘。然而当被好吃懒做、泼辣强悍的虎妞引诱之后，祥子发现虎妞"已早不是处女"，是一个"破货"，这跟祥子之前规划的完全不一样，给他很大的打击，"当个娘们看，她丑，老，厉害，不要脸！"[3]63，虎妞在祥子心中变成一个令人厌恶的形象。贫苦农民出身的祥子幻想着依靠个人力量去改变自己的命运，要强，不愿苟且偷生，而虎妞这样做就等于打破他一切的幻想。自从与虎妞有了那一夜之后，他心里就堵得慌。"身上好像粘上了点什么，心中也仿佛多了一个黑点儿，永远不能再洗去。"[3]63祥子对虎妞的恨超过任何人，因为她挑战了祥子男权中心的性特征。虎妞注定得不到祥子的心，也不能得到真正的幸福。结婚后，虎妞拉着祥子满大街跑，企图通过和丈夫痛痛快快玩几天来找回青春恋爱的感觉，但这于祥子却是痛苦的。祥子不肯被虎妞牵着到处逛，"第一他觉得满世界带着老婆逛是件可耻的事，第二他以为这么来的老婆，只可以藏在家中。这不是什么体面的事，越少在大家眼前显摆越好"[3]163。祥子认为虎妞是自己身上不体面的一点，甚至不想承认虎妞就是自己的老婆。虎妞也只是抢得祥子这个人，却并没有真正找回青春的恋爱滋味。而且虎妞拴住祥子的方式主要是以经济上的优越压住祥子，并且希望祥子什么都能按照自己的意愿行事。"你娶老婆，可是我花的钱，你没往外掏一个小钱。想想吧，咱俩是该谁听谁的？"[3]166聪明的虎妞知道祥子要的就是一个老婆和一辆人力车，虎妞在满足祥子欲望的同时也打击了他的男性自尊心。但祥子又确是因为虎妞能带给他经济帮助才"勉强"答应跟虎妞在一起，因此对虎妞是既忌惮又痛恨。

（二）小福子与祥子的命运联系

虎妞缺乏母爱，在父亲调教下变成充满剥削者习性的"男人婆"。小福子的父母健在，但也没有感受到真正的家庭温暖。在大杂院里，女人的命运就是为家人、为男人而活，妇女就算是怀着孕也要一直工作，照顾家中大小。十几岁的姑娘们要帮着母亲干活，而且没有裤子穿，长得丑的就得承袭母亲的一切继续在大杂院生活，一时一刻不能闲着，而稍微长得好看点的就不得不面临被父母卖掉的命运。小福子长得不难看，被卖给一个军官当小老婆，这段婚姻"只不过一个男人和另一个男人围绕对一个女性身体的所有权签订的契约而已"[7]。被抛弃后，回到娘家的小福子沦为连逼迫自己卖身的父亲也不齿的暗娼，换个地方、换了服务对象，继续发挥着其作为工具的作用。好不容易在大杂院里有了可以说话的"朋友"——虎妞，然而虎妞也并不真心待自己，而且会扣取自己的卖身钱。唯独祥子与大杂院里其他男人不一样，他要强、勤劳能干，不抽烟喝酒，不会打骂女人，最重要的是不会因小福子做暗娼而看不起她，能以正常态度和方式与她说话。这大概就是一直在受苦的小福子心中的好男人形象吧。

小福子在祥子的心中也是特别的，小福子甚至是祥子心中最后的一点希望。年轻力壮、勤劳能干、清清白白的乡下女子是祥子心中的理想对象，这些品质都是虎妞所不具有的，而且虎妞还一度想要操控祥子，这是要强的祥子最不能容忍的。小福子的出现正好弥补虎妞所有的缺陷，她年轻好看，喜欢笑，看起来有点娇憨。尽管她也像虎妞一样在与祥子相识时已失去贞操，甚至做着最低贱的暗娼工作，但小福子这些行为在祥子心中都是可理解、可原谅的，因为她是为父亲、为弟弟而活，是被逼迫的。而且她跟祥子来自同一阶级——下层劳动人民，他们之间没有阶级差别，符合祥子对理想对象的期待与要求，所以如果能跟小福子一起生活，小福子必定也会为祥子而活。她是实实在在可操控的女人，祥子难免会对她产生好感。

基于此，小福子会在祥子生病时常来探望，在虎妞生产时为祥子奔前跑后，直至料理完虎妞的后事。祥子虽觉得虎妞是一母老虎，但当他得知自己要当父亲时也有心情澎湃的时候。"忽然觉出自己的尊贵，仿佛没有什么也没什么关系，只要有了小孩，生命便不会是个空的。"[3]210祥子为了孩子决定好好跟虎妞过日子，却在这时突发横祸，虎妞难产而死。遭逢丧妻丧儿与第三次失车，祥子第一次流下眼泪。此时小福子的出现就成为他心中最后的希望。"在他的眼里，她是个最美的女子，美在骨头里，就算她满身都长了疮，皮肉都烂掉，在他心中她依然很美。""她本人是那么好，而且帮了他这么多的忙，他只能点头，他真想过去抱住她，痛痛快快地哭一场，把委屈都哭净，而后与她努力同心的再往下苦奔。"[3]217从这可以看出，祥子把小福子当成重新开始生活的理想对象，他们已变成相互抱团取暖的彼此，两个同样被生活辜负的苦人儿选择相互扶持，互相取暖。

三、最终命运走向

虎妞和小福子有着迥然不同的出身、经历和性格，都不同程度受到来自男权社会的压迫，有过不同程度的反抗，却没能成功扼住命运的咽喉，均以悲剧收场。

（一）虎妞：强烈的反抗

虎妞的父亲刘四为她提供衣食无忧的生活，是他把虎妞调教成一个精明能干的人，也是他把虎妞变成一个泼辣、凶悍、充满心机的人。刘四让女儿虎妞帮着稳固和维持人和车厂的经营和收入，认为虎妞跟祥子走后"自己一辈子算是白费了心机"，"临完教个乡下脑袋连女儿带产业全搬了走？没那个便宜事！"[3]149他只是把自己仅有的女儿当作帮他赚钱的工具，从未考虑过女儿的幸福，这成了虎妞追求自由与幸福的一大绊脚石。可性格刚烈的虎妞并不是逆来顺受的小女子，祥子激发了她想要找回丢失的青春的决心。为追求爱情和婚姻，她教祥子办事，想方设法讨好父亲，以期得到父亲的同意。但她低估了父亲的无情与自私，努力没有得到结果，祥子没有得到父亲认可，大胆泼辣的虎妞直接在父亲寿宴上与之展开斗争，直至与父亲断绝父女关系，而后自己一手操办婚事，把自己风风光光地"嫁"给祥子，争取到了自己的婚姻生活。虎妞敢于追求自己的爱情和婚姻，直接挑战"父权至上"的传统伦理道德，大胆勇敢。

"士为知己者死，女为悦己者容。"这句话说明男人可以为知心者献出生命，而女子则为意中人精心打扮，这道出了人之常情。但在这同一语境下，把"士"放在"女"的前面，而且这个"士"的形象高大伟岸，"女"的形象却只停留在取悦"悦己者"这一肤浅层面，表达出男女两性的不对等地位。在男尊女卑的男权社会中，人们对女性的要求除了要长得美，还要严格遵守"三从四德"的传统妇道，在家从父，出嫁从夫，女人必须为男人而活。虎妞从小生长在男人堆，也了解自己"灯塔"似的长相根本吸引不了男人，可她在遇见自己想要追求的爱情时，没有顾虑和犹疑，大胆出击，设计一系列周密的圈套和计划，最后达到与祥子结婚的目的。虎妞勇敢追求爱情、婚姻、幸福，大胆挑战男权主义的审美观念，得到了自己想要的婚姻。

虎妞在反抗父权压迫和挑战祥子男权主义的审美观念时获得胜利，但同时她又是失败的。在家，她是帮父亲赚钱的好帮手、好工具，终于摆脱父亲束缚后嫁给祥子，却断绝了父女关系；在追求婚姻过程中她一直是主动方，却不能完全得到祥子的心。在男尊女卑特征明显的男权社会，刘四不愿让女儿身的虎妞来继承车厂，但缺了虎妞的经营，车厂运转不了，狠心的刘四宁愿关闭车厂也不肯让女儿回来接管。没有充分认识到父权的自私和冷酷，离开刘四和人和车厂的虎妞也失去了经济支柱。断了经济来源的虎妞还得时时提防祥子变心，最后不但自己变得神经兮兮的，还让祥子越来越反感，她离真正的幸福也越来越远。虽然虎妞反抗了来自父权的压迫，也挑战了男权主义的审美观念，可她还是逃不了为男性而活的命运。在虎妞设套引诱祥子的时候，祥子觉察出有不对的地方，却又想体验那种新鲜感，不忍拒绝。然而第二天，祥子觉得自己的男性尊严受到了威胁，感到疑惑、羞愧、难过，憋屈地认为是虎妞毁了自己，完完全全把自己当成事件中的唯一受害者。"实际上是男子性意识需要的具体表现，把自己敢想而难为之事假想于女子身上，自己从而成为被动的受益者。"[8]虎妞有着强烈的婚姻与家庭观念，对祥子有着特有的依恋和依附性，虽然想操控祥子，却仍以祥子为中心。虎妞希望祥子能变成与自己同一阶级的人，无奈祥子太过固执，不肯跟着虎妞的想法走；虎妞要求祥子带着她"出去玩玩"，祥子出去拉活时自己便在家中洗衣做饭等待祥子，而祥子却视她如母夜叉，不敢回家。虎妞一心一意为祥子，却得不到祥子同等的回应，这是男权社会对女性的残忍。书中提到虎妞比大杂院其他孕妇有优越性，因好吃懒做而导致难产。其实虎妞难产的悲剧源于她的迷信，她相信怀孕不宜多运动这个错误观念，每天悠闲自得地躺在家里。祥子生病睡了两天，虎妞就跑到娘娘庙求神方给祥子灌。接生婆解决不了她的痛苦，她痛得迷迷糊糊地还直嚷嚷要请虾蟆大仙，而爱车如命的祥子也想不到应该送她去医院，直至酿成悲剧。所以，尽管虎妞一直在强烈反抗，但她的反抗也仅停留在怎样为自己创造一个更舒适的生存环境。从父亲的禁锢中逃到憨厚壮实的祥子怀中，仅仅是为了追求属于自己的婚姻生活，而不是真正意义上的挣脱束缚，"她难产而死——一种非常女性化的死法——也许是对她的反讽式惩罚，因为她违背了这个社会的性别规范"[9]。虎妞终究不能挣脱男权社会所带来的压迫。

（二）小福子：默默忍受直至爆发

小福子一生遭遇太多不幸。在家，她听从父亲安排，被卖给军官当小老婆，父亲则拿着小福子的卖身钱去享乐；被军官抛弃后回到娘家时，酗酒的父亲一句"为什么不去卖？"让小福子再一次被迫卖身，这次是希望通过自己出卖肉体来解决两个弟弟的温饱问题。她为父亲而活，为弟弟而活，就是没有为自己而活。"女人则是拯救男人的工具，但男人，却不是拯救女人的工具。"[10]出于"孝"与对弟弟的爱，她默默忍受着一切，父亲有了酗酒的资本，弟弟的温饱得到解决，自己却从来没有得到过解脱。这就是勤劳能干、善良老实的小福子，生活不曾给过她希望，她也几乎没有过什么希望。

直到祥子的出现，才给这个饱经磨难的女子一点希望。小福子默默地帮着祥子操办完虎妞的身后事，最终鼓起勇气向祥子表露真情。祥子也给出回应，只是不够坚决，祥子知道小福子的美与好，却没有勇气担负起养她一家人的责任。尽管祥子给出承诺会回来接她，但伴随着祥子的离开，小福子刚燃起的一点希望又变成绝望。"爱与不爱，穷人得在金钱上决定，'情种'只生在大富之家。"[3]219他们之间的爱情注定是多磨多难！虎妞难产而死，祥子搬离大杂院，小福子又变成孤独的人，不再有人搭理她，更别说关心她。久久等不到祥子，小福子在"白房子"里继续卖身，最终忍受不了，又或者是对生活完全绝望，她选择吊死在树林里，从而得到真正的解脱。小福子这一生都在为男性而活，她最大的悲剧在于从来没有过什么希望，一步一步地走向毁灭，却无人搭救，最终以死相抗，实现了真正的解脱。"不应遭殃而遭殃，才能引起哀怜；遭殃人和我们类似，才能引起恐惧。"[11]温顺善良如她，却不断得到不应有的遭遇，小福子的悲惨遭遇震撼人心。

结　语

虎妞与小福子都是当时男权社会下受到迫害的女性形象，家庭出身不同，也有过不同程度的反抗，但最终都逃不过悲惨的命运，都无一例外地走向悲剧结局。虎妞性格强烈，敢于反抗，却有着非常突出的男权中心意识与经济不独立等特点，终以悲剧收场；小福子是传统中国女性典型形象，她善良柔弱、逆来顺受，无论生活怎样折磨她，都默默忍受，直至对生活完全失去希望，以上吊自杀结束自己悲惨的一生，以死与命运对抗。虎妞与小福子都为自己的原生家庭做出过牺牲，却不能在男尊女卑的男权社会中得到认可，均以悲剧收场。这都源于她们对命运反抗不够彻底，对男权社会的认识不够全而深刻，反抗力度不够。黑格尔曾指出，"悲剧愈接近真实，离虚构的观念愈远，它的力量也就愈大。"[12]老舍用现实主义笔法塑造了虎妞与小福子这两个让人难忘的艺术形象，虎妞与小福子的悲剧是那么真实，透过她们的悲剧命运，我们能看到当时整个社会的黑暗面及其悲剧性所在，了解到男权社会下女性的生存状态。

参考文献

[1] 李敏，刘春慧. 重读《月牙儿》——由文本召唤结构看《月牙儿》的多重意蕴生成的原因 [J]. 兰州学刊，2005（5）.

[2] 老舍. 老舍生活与创作自述 [M]. 北京：人民出版社，1982.

［3］老舍. 骆驼祥子［M］. 北京：商务印书馆，2015.

［4］孟悦，戴锦华. 浮出历史地表［M］. 北京：中国人民大学出版社，2004.

［5］杨爱琴. 美神的祭献——谈老舍小说中的妓女形象［J］. 淄博师范高等专科学校学报，1994（1）.

［6］王惠云，苏庆昌，等. 老舍评传［M］. 石家庄：花山文艺出版社，1985.

［7］李素贞. 资本主义父权制下的多重性别关系——重读《骆驼祥子》的性别化现实［J］. 中国现代文学研究丛刊，2007（3）.

［8］周怡，洪树华，吴静. 精神分析理论与中国文学［M］. 济南：山东人民出版社，2004.

［9］刘禾. 再也没有母亲［M］. 首尔：首尔平民社，1995.

［10］西蒙娜·德·伏波娃. 第二性［M］. 陶铁柱，译. 北京：中国书籍出版社，1997.

［11］亚里士多德. 诗学［M］. 陈中梅，译. 北京：商务印书馆，1996.

［12］伍蠡甫. 西方文论选［M］. 上海：上海译文出版社，1979.

"少年"在《全唐诗》中的
分布结构及其意蕴

黄雪晨① 刘 刚②

摘要： "少年"在世人眼中常与年轻、进取、不稳定等词相联系，作为人生中的重要阶段，成为诗歌创作中经常描写的对象。《全唐诗》中"少年"一词在诗题、序引、注解及诗句中均有所体现，其间呈现出的少年这一群体形象在游侠诗和非游侠诗中并非相去甚远，而是密切相关。

关键词：《全唐诗》；少年；分布结构；意蕴

前 言

"少年"意为年轻人，多指年轻男子，也有青春年少、年轻之意。在唐代诗歌的游侠诗中，少年的特征被广泛借用，以致诗人创作时提及少年也有了固定的模式。

经统计，《全唐诗》[1]（以扬州诗局本为统计对象，陈尚君《全唐诗补编》不纳入统计范围）中"少年"共出现751次，涉及诗作729首（重复诗与争议诗共计76首）、单句2句。其中句中含"少年"共632个，诗题中含"少年"共73个，诗序注中含"少年"共43个，另有3位诗人小传各一个。

在整理资料的过程中，既有重复诗、争议诗，又有崇曲歌辞类下同题现象。有关重复诗、争议诗，凡《全唐诗》中出现的均以独立篇目纳入诗作数量统计；同题诗因后作仅有"同前"二字，在统计"少年"出现次数时只计入"诗题中含'少年'"类一次。

现大体分为三大类，即诗题中含"少年"，诗注、诗序、小传中含"少年"及诗句中含"少年"，并逐一对其中少年形象进行分析。

---

① 黄雪晨，女，广东海洋大学文学与新闻传播学院汉语言文学专业2013级本科生。
② 刘刚，男，广东海洋大学文学与新闻传播学院副教授。

一、诗题中含"少年"

诗题中含"少年"分两种情况。其一，"少年"本身包含在完整的诗题中，此类多见于乐府诗题，典型代表有《结客少年场行》[1]90和《少年行》[1]91；其二，"少年"非诗题中包含，即非寻常可见的命名法。

"少年"包含在诗题中，该诗所表达的含义、情感、道理往往有固定模式，与"少年"本义无关，而与该诗题既定题材有关。此类诗涉及的"少年"形象与该乐府诗题表现的形象接近，如《结客少年场行》中的少年形象理应向该题题解中的汉朝长安城任侠少年趋近。若仅为普通标题，那么此类诗作的描写对象、抒情对象和哲学形象与"少年"这一形象密切相关，正如咏梅诗必然围绕"梅"本身来创作。

（一）游侠诗

《全唐诗》中含"少年"的乐府诗题有《结客少年场行》六首、《少年子》[1]90二首、《少年乐》[1]91二首、《少年行》四十一首、《汉宫少年行》[1]91一首、《长安少年行》[1]92十一首、《长乐少年行》[1]92一首、《渭城少年行》[1]92一首、《邯郸少年行》[1]92二首。其中雍陶《少年行》[1]1311又作《汉宫少年行》。另有韩翃《羽林骑》[1]620又作《羽林少年行》，张祜《赠淮南将》[1]1293又作《少年行》。以上仅计非重复篇目。

诗题虽多，但均可归类为同一系列，即表现游侠题材的"少年行"系列。[2]

以《结客少年场行》为例，《乐府诗集》第六十六卷载《结客少年场行》题注中写到汉朝长安少年聚众为游侠，以红黑二丸决定杀文武官员，引《乐府广题》言："按《结客少年场》，言少年时结任侠之客，为游乐之场，终而无成，故作此曲也。"[3]可见旧作《结客少年场行》来源于对汉代年轻人任侠交游的实录，一则描写游侠如何仰仗武力或行侠义之事或受财报仇违背德法；二则描写少年纵乐，因而荒废青春，不能成为世人所认可之才。

事实上，游侠题材表现的情感丰富多样，除《乐府广题》中的解读外，也有对少年人大好青春的夸赞和对侠士替天行道的歌颂。

《全唐诗》所录《结客少年场行》六首，表达的观点相对积极但各有侧重。虞世南之作表现侠士重义轻生，行事超凡脱俗；虞羽客、卢照邻、孔绍安之作开篇虽回溯先秦游侠，落点却是保家卫国、开疆拓土的豪迈，有"歌吹金微返，振旅玉门旋""若使三边定，当封万户侯"等句；沈彬之作写游侠功成名就后的无所适从，有惆怅无力之感；而李白之作尽管也有对"事不立"的遗憾，却倾向于表现失败之下依旧保有的侠风傲骨。

唐人游侠诗以"少年行"为题者居多，"少年行"与"少年子"看起来是两个题目，实则扬州诗局本《全唐诗》第二十四卷杂曲歌辞中收录的李百药《少年子》与第四十三卷收录的李百药《少年行》是同一首诗。也就是说至少在唐代，《少年行》与《少年子》在题材上同为游侠诗，表现形式上同为乐府歌辞，二题大体互通。然而通过对《全唐诗》中收录的《少年行》与《少年子》诗作对比，可以发现二者情感上有细微差别。

杂曲歌辞篇所录《少年行》，李白、王昌龄、张祜、韩翃、施肩吾、贯休及韦庄诗作表现少年游侠豪爽、任侠、张扬、放纵、享乐、虚度光阴的一面，既有正面展现也有负面评价，属于偏传统的游侠诗题材；李嶷、刘张卿、杜牧诗作中少年有了"侍猎""羽林"的身份，显然并非布衣游侠；而王维、张籍、令狐楚诗作所写少年形象则大为不同，有闹事寻乐之举，有保家卫国之行，更有封侯拜将的荣光和野心，"孰知不向边庭苦，纵死犹闻侠骨香""斩得名王献桂宫，封侯起第一日中""未收天子河湟地，不拟回头望故乡"等句均可见诗人在创作"少年行"这一传统游侠题材诗作时所注入的唐人精神与风采。相较前人对游侠的理解，唐代诗人在少年游侠身上寄托的是自己对充满光明未来的年轻人的赞美、对凭借武功智谋和一身胆气来建功立业的渴望，以及对家国天下的深切眷恋和爱护之心。可以说唐人游侠诗中的少年与从前"侠以武犯禁"[4]"受财报仇""恶少"等形象已相去甚远。

《少年子》与《少年乐》各两首，表现的主要是少年饮酒狎妓的游乐场面，李百药《少年子》中"少年不欢乐，何以盖芳朝"直接点明此类诗作主旨，即便李白"青云少年子"诗保持了其一贯狂放又不失质朴的风格，也有"夷齐是何人，独守西山饿"之句。一方面尽展盛景，一方面又讥讽少年耽了富贵，正与《少年行》中部分主题契合。由此可见，《少年行》与《少年乐》《少年子》在主题表现方面的差别落在唐人糅合自身气质而实现的对游侠诗的增益上，这是前人或讽喻，或颂扬，或悲怆的游侠诗难以相比的。

（二）非游侠诗

诗题中含"少年"一词又非乐府诗题，可表达的内涵便多起来，目前《全唐诗》中所录诗作中以酬赠诗和问答诗为主。此类诗作中少年一般仅指年轻人，并非限定群体，因此可以说诗作的中心并非少年，而是酬赠问答的对象恰好有少年的特征。如李白《赠新平少年》[1]396中的"新平少年",由于该诗无序,亦无详细的背景资料,因而无法断定是确指某人,还是诗人观世事后对笼统的群体发出感慨。相比之下,白居易的《座中戏呈诸少年》[1]1138更容易从标题判断诗作对象是集会中的年轻人。崔颢《代闺人答轻薄少年》[1]304中的"轻薄少年"所指同样不明确,因为此类"代某某"诗在创作时未必是真的替某人发表言论,而是作者在知晓某一事件后,假设自己是当事人,从而发表自己的观点。

尽管诗作中心并非特定群体,能够直接写入标题的依然是该诗主要表达的内容。以少年为中心时,也分两种情况,一是酬赠问答的对象符合少年特征并以少年为主要特征,此时"少年"一词仅作为对象的标签;二是诗歌完全围绕少年来创作,主题即为少年,此时"少年"泛指年轻人这个群体,或限定时间、空间、身份的某一群体。

第一种情况,以贯休《送少年禅师二首》[1]2049为例,其作诗的目的不是送给少年,而是送给一位年轻禅师,重点便在禅师上。两首诗似阔谈山水、天马行空,实则字里行间阐述人生哲理,以贯休僧人身份,更可能借诗讲佛,点拨后辈。又以白居易《少年问》和《问少年》两首为例[1]1150,二者合起来看像是"被少年问"与"反问少年",实则重点在于问的内容,这当中的"少年"具体指哪些人并不重要。《少年问》中诗人以回答者身份拿自己的表字开玩笑,看似在说表字与本人性格一样"乐天",实则自我嘲讽,内心仍有忧愁不得排解;《问少年》中"狂夫"一词解法很多,可以看作粗犷无文采之人,也可以看作生性狂放之人,联想杜甫诗《狂夫》[5],可见白居易此时对诗能"堆青玉案"、醉能"写白金盂"怀有质疑。两首合起来看,应是失意之时对自身才华与抱负落空的感慨,因不得志,索性"做个狂夫",这样的乐观之下透着十分无奈,倒与"少年"无关了。

第二种情况,以李贺和韩愈的《嘲少年》为例,李贺诗[1]984为七言古诗,韩愈诗[1]851为五言绝句,体例不同,内在情感倾向上却相近。李贺诗以奢华富贵开篇,收尾于衰败落魄,先是描写富贵人家的年轻人声色犬马,被贫苦人家羡称"天上郎","岂知"二字话锋一转,两句写尽"种田家"劳役苛税之苦。该诗主旨在"少年安得长少年"一句,意在讽刺规劝少年人不要只看重眼前的利益与欢乐,等到年华老去才发现一事无成。韩愈诗所写少年的行为只有四个:"偿酒""乞花""信马""随车",然而却是当春偿酒、以命乞花、闲逛信马,少年人的热情和精力放在了看似美好却不过是转瞬浮华的事情上,以致"误随车"失了应有的方向,该诗解读为讥讽少年人虚度光阴或讥讽追求虚荣而误判了善恶是非均可。两首的重心都在对"少年"这个群体的行为的批评上，因此可以说是以少年即年轻人为主题进行创作。

二、诗注、诗序、小传中含"少年"

诗注、诗序及小传中包含"少年"一词的情况相对较少，并且与"少年"本身无关，而与原诗作有关。《全唐诗》中涉及注解有三种，一是编书时对原文的校勘注释，注明别字和异文，也对存在争议的诗作进行注释；二是诗人名下有注解，或称小传更合适，是对诗人生平的简介；三是诗题下注解，以乐府诗居多。

此类情况不涉及少年形象塑造，然而在《独游家园》[1]1963《维扬少年与孟氏赠答诗》[1]2123《席上歌》[1]2125《梦中歌》[1]2126等作中，序注提到的少年与作品本身关系密切，可以说是叙事中的重要环节。

（一）诗注中含"少年"

诗注中含"少年"一词多为校勘时对一诗多题和异文现象的注解，如韩翃《羽林骑》题下有注"一作羽林少年行"。这种情况多反映出同类诗题的共通性或是某个词易被误传为另一词。王昌龄《少年行》（其一）于杂曲歌辞中首句为"西陵侠年少"，在后文重复篇目中为"西陵侠少年"，此处没有注释，而李贺《残丝曲》[1]973中"绿鬓年少金钗客"句中则注明"一作少年"，可见二者在传诵、传抄过程中必然有误，然而误传者并不认为这会影响全诗思想情感的表达或正常阅读，在没有特指"某少年"或某少年群体时"少年"和"年少"是可以互换的。此处涉及"少年"与"年少"二词的比较，前者既可指"年轻"又可指"年轻男子"，而后者除了"年轻"之意，还有更进一步的"翩翩年少"之意。即诗歌中虽常将二者混用，但"年少"更倾向于表现年轻人的风度和气质，这点可以从同词的名词用要了。

（二）诗序中含"少年"

诗序、引、题注中常为解释诗歌创作由来、动机或相关联的事件，涉及"少年"一词时常有特定指向。以刘禹锡《养鸷词》[1]878为例，其引言写道："途逢少年，志在逐兽。放呼鹰隼，以袭飞走。因纵观之，卒无所获。行人有常从事于斯者曰：夫鸷禽，饥则为用。今哺之过笃，固然也。予感之，作养鸷词。"由于文人创作时常以虚写实，化实为虚，此处少年究竟是谁、这件事是否发生过并不值得深究。刘禹锡此诗意为寓言讽刺[6]，"少年"含有隐喻意，代指对藩镇管控失策的中央政府，有明确的代指形象。

《梦中歌》《独游家园》《席上歌》和《维扬少年与孟氏赠答诗》四首有着独特的创作背景。如《梦中歌》作者虽为张生妻，诗序中却可看出是丈夫经历了妻子的梦，而将梦中与妻子行酒令的人所唱诗歌记录下来。《维扬少年与孟氏赠答诗》则是一个被传奇化的妻子偷情的故事。此类诗作的作者往往来自民间，名气不大，甚至可能是以讹传讹中杜撰的[7]，其诗序、题注中所说的故事也真假参半，类似怪谈，可以看作是传奇，诗歌反倒不出彩。因此其序、引、题注中所涉及的少年，具备了一定的神话色彩，是以少年形象出现的人们臆测中的神怪妖魔或隐士侠客。

（三）小传中含"少年"

《全唐诗》中有对诗人生平进行简单概述，然而提及"少年"的仅三处，即李嶷小传、张泂小传和朱子真小传。其中李嶷小传[1]335中提到他的《少年行》诗作，评价是"词虽不多，翩翩然侠气在目"[1]335；张泂小传传奇色彩颇为浓厚，梦吞五色云而精通雅道的故事与"梦笔生花"有异曲同工之处[1]1823。

三、诗句中含"少年"

"少年"一词出现在诗句中的频率更高，和其他常用词汇一样是诗歌创作中无法完全避开的。凡诗中涉及少年，或指存在的某人，或表示时间上的"年轻""青春"之意，也有二者均可的用法，如元稹《羡醉》[1]1011中"虚度而今正少年"，"少年"一词可替换为"年少"，同样是青春年少、年轻的意思。

（一）以"人"为词义指向

有些诗歌中"少年"作为名词指向明确，特指某人或泛指某一类人，比如李中《采莲女》中"陌上少年休植足"[1]1866的少年指的应是与采莲女对应的年轻男子；寒山诗作中有"少年何所愁"，所指就不是某一个人，而是泛指年轻人。另一些诗歌中的少年看似指年轻人，实则与游侠诗这一题材有关，也有如"少年场"一类表达，或"五陵少年""长安少年"等，往往暗指与先秦两汉游侠相关的典故，情感色彩与普通"少年"自然有所出入。

（二）以"时间"为词义指向

白居易《叹老三首》[1]1066中"少年辞我去"的"少年"是年轻的时光，杂诗《金缕衣》[1]109中"劝君惜取少年时"的"少年"是最常见的"青春"之意[8]。在唐诗中，"少""少年""小"等词频繁出现，与"老"相对，其一描述时间，如耿湋《赠苗员外》有"为郎日赋诗，小谢少年时"[1]670，表明此人年纪应是青壮年，有大好时光。戴叔伦《早行寄朱山人放》有"此别又千里，少年能几时"[1]686，表明与友人两地分离，见面不易，重逢时很可能都已青春不再。少年与老者对比，一稚嫩一成熟，一朝气蓬勃一垂垂迟暮，如刘希夷《代悲白头翁》[1]210、齐己《送相里秀才自京至却回》[1]2066均有老与少的对比。除部分仅将"少年"作为定语或时间状语的诗歌外，凡提及少年必然生出惜时、叹时、追忆之情。以王建《春来曲》《春去曲》为例[1]749。《春来曲》中，"少年即见春好处，似我白头无好树"一句在"见"后有注释（一作是），如果原句为"少年即是春好处"则更容易解读为少年人朝气蓬勃本身与春意相融洽，衬得年老、落魄、困苦之人更加哀怨，令人惋惜。《春去曲》有"老夫不比少年儿，不中数与春别离"，直白地道出年少者与年迈者在精神状态和对人世感悟方面的差异。

结　语

"少年"有时指与作者同时在场的年轻人、与作者现实生活有交集的年轻人、现实存在但与作者无直接交集的年轻人、繁华都市中游荡寻乐的年轻人，有时则泛指当世的年轻人。在酬赠诗里指与作者本人酬赠往来的年轻人，在讽喻诗中指不学无术或碌碌无为的年轻人，在闺怨诗中指轻浮多情的年轻人，他们不一定是诗歌的主角，却以特定的身份出现。除此之外，由于唐代诗人中有的尚侠及崇拜游侠的人足以创作，诗人在非游侠诗中也常借用少年形象，因而非游侠诗的一部分"少年"也具备游侠特质，并与游侠文化相关联。

参考文献

［1］彭定求，等. 全唐诗［M］. 上海：上海古籍出版社，1986.

［2］阎福玲. 杂曲歌辞《少年行》创作论析［J］. 河北师范大学学报（哲学社会科学版），2014，35（5）.

［3］郭茂倩. 乐府诗集［M］. 北京：中华书局，1992.

［4］王先慎. 韩非子集解［M］. 北京：中华书局，2003.

［5］邓魁英，聂石樵. 杜甫选集［M］. 北京：中华书局，1983.

［6］刘欢. 刘禹锡寓言诗创作特点探析［J］. 西北大学学报（哲学社会科学版），1995，25（8）.

［7］程艳艳. 唐五代笔记小说中的诗歌精神［D］. 成都：四川师范大学，2015.

［8］萧涤非，程千帆，马茂元，等. 唐诗鉴赏辞典［M］. 上海：上海辞书出版社，1983.

宋代咏梅词研究

李世美①　张　莲②

摘要：宋代词人通过写梅来表达爱情、友情、乡情和对友人的美好祝愿，以及士大夫们对出世的热衷。宋代咏梅词数量较多，词人青睐梅花胜过雍容华贵的牡丹；比起幽静的兰花，宋代词人更喜欢用梅花来表达对功名利禄的追求和渴望。宋代词人在万花丛中选中梅花来表达他们复杂的内心世界是有多方面原因的，如两宋外交上的无力、文化的昌盛、审美导向的驱使和梅花种植胜地离政治、文化中心较近，等等。

关键词：宋代；词；梅花；意境

前　言

梅作为一种平凡但不寻常的植物，在历代文人墨客的笔下千姿百态，意味深远。"《尚书·说命》里有'若作和羹，尔唯盐梅'。而《诗经》中关于写梅的诗篇有《召南·摽有梅》《秦风·终南》《陈风·墓门》《曹风·鸤鸠》《小雅·四月》等。"[1]100 "魏晋时期，庾信有'不信今春晚，俱来雪里看。树冻悬冰落，枝高出水寒'。南北朝时期，刘宋的陆凯在《赠范晔诗》中有：'折梅逢驿使，寄与陇头人。江南无所有，聊赠一枝春。'"[1]102唐代的诗、词中，咏梅、写梅的诗篇百余首，其中著名的诗句有宋之问《题大庾岭北驿》的"明朝望乡处，应见陇头梅"[2]640，王维《杂诗》三首其二中的"来日绮窗前，寒梅著花未"[2]1304，卢仝《有所思》"相思一夜梅花发，忽到窗前疑是君"[2]4378，等等。

宋代，梅花在词人的笔下达到了巅峰。《全宋词》[3]收录宋词20 000余首，其中提到梅花的词1 157首，约占全宋词的5.7%。在这5.7%的咏梅词中，出自大家之手的名篇有很多。学者们在研究宋代咏梅词上，有针对某一作家和作品来研究的，如李荷蓉的《李清照咏梅词与宋代梅文化》；

---

①　李世美，女，广东海洋大学文学与新闻传播学院汉语言文学专业2013级本科生。

②　张莲，女，广东海洋大学文学与新闻传播学院讲师。

有就宋代咏梅词的意象作研究的，如韩彩虹《宋词中的梅花意象涵容的文人精神》；也有对宋代的咏梅词作整体研究的，如赵帝的《宋词中的梅文化研究》。概言之，前人已经对宋词的梅意象作了全面的研究。本文重在从整个宋代的咏梅词着手，分析宋代咏梅词的特点，从而解析宋代咏梅词兴盛的背景。

一、宋代咏梅词概述

在宋代 1 157 首咏梅词中，这 1 157 朵梅花开得千姿百态，灼灼夺目。其中有用梅花表达内心情感的，也有用梅花抒发人生感悟的，更有用梅花自喻来讽刺世俗的。

（一）言情

1. 爱情

爱情，人类永恒的话题，在文学作品中，爱情更是不可或缺的。源于花间词的咏梅词在宋代词人笔下也被赋予了爱情的含义。

梅花和月亮的组合意味着"花好月圆"，象征着幸福美满。李清照的《点绛唇》："蹴罢秋千，起来慵整纤纤手。露浓花瘦，薄汗轻衣透。见客入来，袜刬金钗溜。和羞走，倚门回首，却把青梅嗅。"[3]825 词中描写了一位在院中荡秋千的少女，忽然有客来访，少女连鞋都来不及穿，只穿着袜子便往闺阁中跑，头上的金钗也在跑回闺中的路上滑落了。女子虽然害羞地跑了，却又倚门回头偷偷张望来客，还不忘记把青梅嗅嗅。梅作为爱情的象征，词人在暗示词中女主角的爱情来临。

2. 友情

从古诗词中我们知道古人送别友人时都喜欢折柳赠友。但是到了宋代，文人们喜欢折梅赠友。李清照《孤雁儿》："藤床纸帐朝眠起。说不尽，无佳思。沈香断续玉炉寒，伴我情怀如水。笛声三弄，梅心惊破，多少春情意。　小风疏雨萧萧地，又催下，千行泪。吹箫人去玉楼空，肠断与谁同倚。一枝折得，人间天上，没个人堪寄。"[3]819 经过昨夜一晚上忧心失眠的折磨，早晨从藤床纸帐中醒来的词人没有得到丝毫安慰，只有无尽的哀思。曾经吹箫的人离开了，只有词人自己在空荡荡的玉楼里肝肠寸断，可又有谁能知道？于是看着手里折下的一枝梅花，感叹大上人间，又有谁值得词人将这枝梅花来寄赠呢？

喜鹊登梅象征着吉祥幸福，如周紫芝的《踏莎行·谢人寄梅花》："鹊报寒枝，鱼传尺素，晴香暗与风微度。故人还寄陇头梅，凭谁为作梅花赋。　　柳外朱桥，竹边深坞。何时却向君家去。便须情月与徘徊，无人留得花常住。"[3]785其意是在朋友赠送我梅花之前，喜鹊已经飞上梅树枝头向我报告喜讯了。梅花在宋代扮演着传递友情的美丽角色，无论是用梅花赠给友人，还是友人赠梅花给自己，都是一件高尚且富有情感的事，更是一件施者愿意做、受者愿意接受的事。

3. 乡情

在中华民族几千年的历史中，乡愁牵引着一批又一批离乡之人的回乡路。中国历代的文学作品中关于思乡的佳作比比皆是，唐代贺知章的《回乡偶书》人人耳熟能详，李白的《静夜思》妇孺皆知，余光中的《乡愁》更是感动了一位又一位远离家乡的人。对乡愁的表达，每个时代的文人们都有特殊的语言符号。

在宋朝南渡后，南宋皇帝们的不作为引发文人墨客对故乡的思念。词人石孝友《满庭芳·次范倅忆洛阳梅》："晓霜浓，柳溪冰咽，春光先到江梅。瘦枝疏萼，特地破寒开。钩引天涯旧恨，双眉锁、九曲肠回。空销黯，故园何在，风月浸长淮。　　当年，吟赏处，醉山颓倒，飞屑成堆。怎奈向而今，雨误云乖。万里难凭驿使，那堪对别馆离杯。谁知道，洛阳诗老，还有梦魂来。"[3]1824词人借忆洛阳的梅花来表达对已经被金人占领的故乡的思念。南渡初期，洪皓出使金国，却被金人扣留十五年之久，其间他用《江梅引》做词牌作咏梅词四首，一气呵成，表明词人对宋朝的挂念和回归故里的愿望。

（二）祝寿

生活中，对长辈表达长寿的祝福时，多把长辈比作松树。在宋代，由于梅自身耐寒、存活时间长且花期长等特点，梅也被宋代词人普遍用来祝福长者长寿。据笔者统计，在宋代 1 157 首咏梅词中，表达长寿祝福的便有 25 首，如辛弃疾《千秋岁·为金陵史致道留守寿》："塞垣秋草，又报平安好。尊俎上，英雄表。金汤生气象，珠玉霏谭笑。春近也，梅花得似人难老。　　莫惜金尊倒，凤诏看看到，留不住江东小。从容帷幄去，整顿乾坤了。千百岁，从今尽是中书考。"[3]1676

（三）言志

宋代是一个尚文的时代，同时又是一个备受欺凌的时代，在这种大的时代背景下，宋代词人们的个人抱负、人生理想、价值取向等都从整体上发生了变化。

梅花在越是寒冷的冬季开得越是美丽动人，虽然寂寞孤独地开在寒风中，在山野小路旁，却不曾减掉半分自身的芬芳。如陆游《卜算子·咏梅》："驿外断桥边，寂寞开无主。已是黄昏独自愁，更著风和雨。 无意苦争春，一任群芳妒。零落成泥碾作尘，只有香如故。"[3]1406词人用梅花的生长环境来比喻自己正处在一个很艰难的时期，借梅表达自己的忠贞，以梅自喻，将生活中的凄苦和胸中的抑郁愤然抒于纸上。既感叹了人生的不得志，又表达了一种对人生信念的无悔和对家国的热爱。

梅作为君子的代名词，具有铁骨铮铮的君子气节。杨泽民《丑奴儿·梅花》："冰姿冠绝人间世，傲雪凌霜。蕊点檀黄，更看红唇间素妆。清芬不是先桃李，桃李无香。迥出林塘，万木丛中独秉阳。"[3]2676词人把自己的君子风度比作梅花，傲骨清秀。

文人们一直都在追求一种不与世俗同流合污的、清高的境界，而这一点与在寒冬中开放的梅花具有相通之处。梅花在寒冬中开放，没有蜜蜂的青睐，没有蝴蝶的纷飞。刘镇《天香·对梅花怀王侍御》："漠漠江皋，迢迢驿路，天教为春传信。万木丛边，百花头上，不管雪飞风紧。寻交访旧，惟翠竹寒松相认。不意牵丝动兴，何心衬妆添晕。 孤标最甘冷落，不许蝶亲蜂近。直自从来洁白，个中清韵。尽做重闻塞管，也何害、香销粉痕尽。待到和羹，才明底蕴。"[3]1211词人赞美友人那梅花般不与百花争春的气节，同时又表达了自己与友人如梅花一样高洁的友情。

二、宋代咏梅词的特点

（一）咏梅词的数量多

笔者翻阅《全宋词》统计，宋词中提到花的词分别有：咏梅词1 157首，咏荷花词173首，咏桂花词172首，咏海棠词123首，咏牡丹词有116首，咏菊花词89首，咏兰词24首。由此数字可看出，别类咏花词在数量上是无法与咏梅词相提并论的。

（二）咏梅词与其他咏花词比较

1. 咏梅词与咏牡丹词

在宋代的咏牡丹词中，牡丹继续着她的雍容华贵，或许是因为唐代诗人对牡丹的认识影响了宋词人对牡丹的看法，同时也约束了宋词人在牡丹上的认识，因此宋词人咏牡丹的词更多的是一种歌舞升平的气氛，有美酒美女作陪，玉管入耳，金樽入口，到处是珠光宝气，俗不可耐。如姜夔

《虞美人·赋牡丹》："西园曾为梅花醉，叶翦春云细。玉笙凉夜隔帘吹，卧看花梢摇动一枝枝。 娉娉袅袅教谁惜，空压纱巾侧。沈香亭北又青苔。唯有当时蝴蝶、自飞来。"[3]223这些词句很难与刘禹锡《赏牡丹》"庭前芍药妖无格，池上芙蕖净少情。唯有牡丹真国色，花开时节动京城"[2]2239的高贵大气媲美。虽然在南宋的词人中有借咏牡丹来表达亡国之情，却不是出自大家之手，更不是名篇佳作。如刘克庄《昭君怨·牡丹》："曾看洛阳旧谱，只许姚黄独步。若比广陵花，太亏他。 旧日王侯园圃，今日荆榛狐兔。君莫说中州，怕花愁。"[3]2323词人借咏牡丹来寄托对亡国的哀怨之情，但这类词数量不多，同为寄托对亡国哀思的咏梅花词，洪皓的《江梅引》更哀婉动人。

2. 咏梅词与咏兰词

在中国文化里，几千年来，梅兰竹菊一直是中华民族精神寄托的重要载体。在宋代的咏花词中，咏兰词只有 24 首，这些词出自名家的寥寥无几。兰在宋词人的文化里依旧延续它那幽静、独处深山和孤芳自赏的特点。向子諲《浣溪沙·宝林山间见兰》："绿玉丛中紫玉条，幽花疏淡更香饶，不将朱粉污高标。 空谷佳人宜结伴，贵游公子不能招，小窗相对诵《离骚》。"[3]866王十朋《点绛唇》："芳友依依，结根遥向深林外。国香风递，始见殊萧艾。雅操幽姿，不怕无人采。堪纫佩，灵均千载，九畹遗芳在。"[3]1207兰花幽静出世的特点与宋代文人热衷于政治的心态是不相符合的。宋代文人们对于政治的热情是执着的，苏轼便是这些文人中的典型代表。他曾说"惟当披露腹心，捐弃肝脑，尽力所至，不知其它"[1]150。张炎《清平乐·题处梅家藏所南翁画兰》"要与闲梅相处"[3]3112、曹组《卜算子·兰》"似共梅花语"[3]710，这两首词的作者虽将兰花与梅花相提并论，但是在宋词人的笔下兰花与梅花的命运终究是不同的。梅花在他们笔下可以是对亡国的叹息，对家乡的眷念，对爱人的思念，对友人的美好祝愿，当然还象征坚贞挣扎的君子、清洁之士的傲骨，以及士人大夫对功名的追求和渴望、坎坷志士坚强的斗志。而兰花幽居独处的特点寄托了宋词人无人赏识的哀伤和孤芳自赏的自勉，与当时的政治背道而驰。

三、宋代咏梅词的兴盛

（一）时代背景

1. 政治原因

与疆域辽阔、武功显赫的汉、唐比较起来，宋，尤其是安居一隅的南宋，显得那样软弱和无助。宋朝不能收疆扩土，在统治者和百姓的心里是遗憾的，尤其是在那些读书人心里。唐朝在我国历史上曾经被称为天朝大国，日本和朝鲜都曾派遣使臣到唐朝学习和为官。而宋朝的对外态度是谦卑的，甚至可以说是低声下气的。从"'奉之如骄子'进而为'敬之如兄长'，以至'事之如君父'"[4]100，因此与唐相比，宋有极大的反差。唐代的八方来朝，泱泱大国，正如牡丹那硕大的花朵，在百花群中称王，"唯有牡丹真国色，花开时节动京城"[2]2239。牡丹给人的印象是震撼的！宋朝受到辽、金、夏的侵扰，在夹缝中生存了几百年，处境异常艰辛，正如梅花在雪中绽放。宋代文人忧国忧民，有很强的历史责任感，"居庙堂之高则忧其民，处江湖之远则忧其君"[5]是多少宋代士大夫穷极一生的追求。宋人将自己所处的时代与唐代相比较，无心再去吟咏牡丹，只有那在雪中盛开的红蕊才能表达他们的心境。

宋朝是读书人的巅峰时代，太多的读书人想入世，于是在官场和文人之间出现了"供大于求"的现象。残酷的现实让士人苦恼，一方面希望自己的才华和抱负能得到赏识，同时又希望自己保持文人高尚的品格和情操。文人希望自己能有所为，于是纷纷含蓄委婉地将自己的性情寄托于外物。宋朝理学兴盛，读书人受理学束缚，不便直抒胸臆，但又不吐不快，因此宋人钟情于在冰雪天中盛开的梅花。

2. 文化原因

"苏轼有梅词6首，周邦彦有梅词7首，李清照有梅词9首，辛弃疾有梅词14首，姜夔有梅词16首，刘辰翁有咏梅词10首。"[1]98当时的文坛名家都偏爱写梅。林逋的写梅篇《瑞鹧鸪》和姜夔的《暗香》《疏影》的问世，在宋词人写梅的文化氛围中影响是巨大的。林逋是北宋初年人，姜夔则生活在南宋中后期，两人一前一后，三首词前后呼应，承前启后。

《暗香》《疏影》被誉为姜夔咏梅词中最具代表性的作品。张炎《词源》卷下所言："诗之赋梅，惟和靖'疏影横斜水清浅，暗香浮动月黄昏'一联而已。世非无诗，不能与之齐驱耳；词之赋梅，惟姜白石《暗香》《疏影》二曲，前无古人后无来者，自立心意，真为绝唱。"[1]116我们不得不说，宋词中咏梅词的兴盛，离不开这些大家的影响。

3. 审美导向

"我们知道，任何一个民族，都是一个相对稳定的共同体。由于历史的原因。在这个共同体的族徽下的族群，在生产水平，生活方式，文化传统，风俗礼制，思想方式，语言文学，心理素质，精神气质上，都有其自身的特点。"[4]826比起唐人的丰满圆润，宋人的审美观念、审美理想、审美趣味更偏向于骨瘦但又不失精气神的美。而梅花清、静、孤、瘦等特点正迎合了宋人的审美取向。

在宋人的日常生活中，随处都有梅花的影子。女子喜欢在额头上画梅花，以及在耳鬓插戴梅花从而向他人表达自己的内心情感世界。在室内的装饰上，人们喜欢把梅花插进瓶中来增加室内的清雅氛围。而用梅花制作薰香，用梅花做梅羹，更是宋人生活中最平常的事情了。梅花在宋人的生活中扮演了一个重要的角色，使人们更关注梅花，倾心于梅花。梅花是宋人精神的代表。当词人们在写关于生活中的事和人时，梅花以其独特的气质，成为词人笔下的尤物。

（二）地理位置上的影响

北宋的都城东京是今天河南省的开封，南宋的都城临安是今天浙江省的杭州。范成大的《梅谱》里说绍兴、吴兴一带的古梅"苔须垂于枝间，或长数寸，风至，绿丝飘飘可玩"[6]332。宋代种梅、赏梅的胜地有很多。其中杭州西湖的孤山，在唐代就是很有名的赏梅胜地。白居易在杭州做官时便很喜欢到孤山赏梅花，从其诗《忆杭州梅花，因叙旧游寄萧协律郎》中"三年闷闷在余杭，曾与梅花醉几场。伍相庙边繁似雪，孤山园里丽如妆"[2]2746便可以知道这一点。

自唐宋以来，杭州就形成了孤山、西溪、灵峰、超山等多处赏梅胜地。不管是绍兴还是吴兴，与当时的政治文化中心开封都相距不远，杭州更成了南宋都城。尤其是宋代，孤山的梅花更是闻名于世，宋代的林逋在孤山这个地方抒写了他"梅妻鹤子"的浪漫故事。文人爱做风雅之事，在寒冷的冬天，邀上好友，携带酒菜，来到郊外，欣赏在雪中傲然挺立的梅花，吟诗唱词，那是怎样的趣事。梅花生长的地方与当时的政治、文化中心有如此近的距离，间接地为文人们接触到梅花创造了条件。

结 语

中国古代，先秦人爱香草，魏晋人爱菊花，唐人爱牡丹，而宋人则对梅花情有独钟。每种花草都有时代的烙印，晋人推崇隐逸，唐人希望成就一番霸业，宋人被伦理束缚着，从梅花的清奇孤幽中寻找到了精神寄托。梅花是属于宋人的，在文人墨客的笔下，它们被赋予了生命和气节。时代的变迁改变着民众的审美。从唐朝的以丰满圆润为美到宋朝以清瘦为美，从牡丹到梅，是时代变迁的结果。梅花之于宋代词人，是朋友，是爱人，是乡音，更是对家国的美好祝福。

参考文献

［1］黄杰. 宋词与民俗［M］. 北京：商务印书馆，2005.

［2］彭定求，等. 全唐诗［M］. 郑州：中州古籍出版社，2008.

［3］唐圭璋. 全宋词［M］. 北京：中华书局，2010.

［4］张炯，邓绍基，樊骏. 中华文化通史［M］. 北京：华艺出版社，1997.

［5］张凝珏.《岳阳楼记》的文本解读和教学内容确定［D］. 上海：上海师范大学，2014.

［6］林申清. 宋词三百首［M］. 上海：汉语大词典出版社，2005.

太原市城区街道名称的
语言和文化分析

吴文燕① 刘连海②

摘要：街道名称作为一种语言符号，是一个城市文化底蕴的深刻体现，所以从社会语言学的角度对城市街道的命名方式进行研究是很有必要的。我们以太原市城区内主要街道名称为对象，从该市九百多条街道中选取了三百多条主要街道进行分析，探讨了太原市城区主要街道名称的语言特点，从社会语言学角度解读了街道名称背后所体现的社会意义。研究发现，太原市城区主要街道的名称以三音节和四音节为主，街道名称大多平仄相间，这些街道名称不仅表现了太原人民的社会生活，还反映出太原的历史文化与城市特色。

关键词：太原市城区；街道名称；语音特点；结构特点；文化特点

前　言

地名是某一地区的人们对某地约定俗成的命名，它具有社会性、时代性、地域性和民族性。一直以来，人们就从多个角度对地名进行研究：从地理学角度研究它所指代的位置，从历史学角度研究它所蕴含的历史变迁，从语言学角度研究它所带有的语言特色，可以说地名系统是一个复杂又丰富的系统。

街道名称属于地名系统，是语言学研究的一个重要内容，是一种特殊的语言符号。我国有关街道名称的研究工作大致可以追溯到 20 世纪 80 年代，但在大多数研究街道名称的学术论文中，它们的研究对象多在北京、上海等城市。研究太原市街道名称的学术论文数量较少，其中从语言学角度研究太原市街道名称的论文就只有董育宁的《太原街道名称研究》了。而董育宁的《太原街道名称研究》主要以太原市 134 个街道名称为对象，

---

① 吴文燕，女，广东海洋大学文学与新闻传播学院汉语言文学专业 2013 级本科生。

② 刘连海，男，广东海洋大学文学与新闻传播学院讲师。

研究对象的数目太少，难以把握太原市街道名称的总特征。就目前来看，学者们对太原市街道名称的研究还未成系统，对太原市街道名称的特点、命名规律以及名称中所含的文化意义的整体研究还属于空白。

"太原是山西省省会，是全省的政治、经济、文化、教育、科技、交通和信息中心，是全国 22 个特大城市之一。太原古称晋阳、并州，是一座具有 2 500 多年建城史的历史文化名城，是我国北方著名的军事、文化重镇和闻名世界的晋商都会。从战国到北宋，先后有 13 个朝代或历史时期 16 次以晋阳为诸侯国都、国都、陪都，尤其是唐代，晋阳与长安、洛阳并称三京，明朝太原为'九边'重镇之一。境内有闻名遐迩的晋祠、双塔寺、天龙山石窟、崇善寺等众多名胜古迹，是'中国优秀旅游城市'。"[1] 由此可见，太原市是一个有着深厚历史文化底蕴的城市。而街道名称作为一种语言符号，是一个城市文化底蕴的深刻体现，所以对太原市街道名称进行系统的研究是很有必要的。

由此，本文选取太原市城区的街道名称作为研究对象，具体研究太原市城区主要街道名称的语言特色和文化特色。

一、太原市城区街道名称的语音特点分析

（一）音节数量分析

太原市城区街道数量繁多，由于时间和精力的限制，我们无法完全统计，所以我们主要利用太原市城区地图进行数据统计，最终得到主要街名共 378 个。这些街道名称有两个音节的、三个音节的，以及四个或更多音节的，整理的数据如表 1 所示。

表1　太原市街道名称音节数量分布表

音节数	街道名称数量（个）	所占比例（%）	街道名称举例
两个音节	1	0.26	柳巷
三个音节	169	44.71	享堂路、学府街、长治路、北肖墙
四个音节	169	44.71	昌盛西街、千峰北路、东缉虎营
五个音节	30	7.94	迎新北四巷、涧河城工街
六个音节	6	1.59	义井西路东巷、和平北路北巷
七个音节	3	0.79	南内环街南四巷、并州南路西一巷

从表中我们可以看出，太原市城区街道名称以三个音节和四个音节为主，两者占到全部街道总数的 89.42%，其次是五个音节的街道名称，占总数的 7.94%，而六个音节、七个音节以及两个音节的街道名称较少，仅分别占到总数的 1.59%、0.79% 和 0.26%。一般来说，两个音节的街道名称所表达的内容没有三个和四个音节的街道名称那样具体，所以两个音节的街道名称只有太原人耳熟能详的商业街柳巷。二音节街道名以及主要通过在其基础上添加方位词发展而来的四音节街道名，表达的内容更具体，使人们较容易了解该街道的大致位置，如"滨河东路"和"滨河西路"，从名字上，我们可以判断这两条路在汾河的两岸，一东一西。除此之外，三音节和四音节相比五音节及以上的音节来说，更易于记忆，更便于人们日常的使用。

语言的经济原则指在保证交际畅通无阻的前提下，语言符号的使用力求讲究效能、经济省力的原则。最初提出这一原则的法国语言学家马丁内认为，人们在进行语言交际的时候，会有意无意地对言语活动中单位的使用做出合乎经济要求的安排。从这一原则出发，我们就能够对言语结构演变的特点和原因做出合理的解释。而太原城区中三音节和四音节的街道名称占街道总数的大多数便也是意料之中的事情了，因为这符合语言的经济原则，也满足社会的需要。

（二）平仄情况分析

汉语与其他语言相比有其特殊性，而声调就是汉语特殊性的一个表现。古代汉语的声调分平、上、去、入四声，平声是平调，上声是升调，去声是降调，入声是短调。四声组合后，汉语语音会出现高低起伏变化，古人为了读起来朗朗上口就规定了平仄：上声、去声、入声为仄，剩下的是平声。后来随着语音的发展，四声发生"平分阴阳，入派三声"的变化。

街道名称也需要注重平仄，平仄相间使街道名读起来抑扬顿挫，朗朗上口，便于人们记忆。由前面的统计，我们可以知道太原市城区街道名称以三音节和四音节为主，而四音节大多是在三音节基础上通过添加方位词得来的，所以我们以三音节街道名称为研究对象，探讨三音节街道名称的平仄分布。

我们先将最后一个音节的平仄作为分类的标准，将三音节街道名称分为两个大类，再分别对两大类下的具体情况做具体分析，见表 2 和图 1。

表2　太原市三音节街道名称平仄分布表

类型	平仄情况	街道名称	数量（个）	比例（%）	总计（个）
XX 平	平仄平	学府街	15	8.88	76
	仄平平	北肖墙	23	13.61	
	仄仄平	气化街	13	7.69	
	平平平	新华街	25	14.79	
XX 仄	平仄仄	三给路	22	13.02	93
	仄平仄	享堂路	20	11.83	
	仄仄仄	解放路	10	5.92	
	平平仄	迎新路	41	24.26	

图1　太原市三音节街道名称平仄统计图

从表2我们得知，太原市城区内三音节街道名称以平音结尾和以仄音结尾的这两类数量相差并不算大，而中国大多数城市的街道名称这两类的数量是悬殊的，这体现出太原市城市规划的一个特点："太原市城区主要干道路网布局以棋盘式为主，辅以环行。"而街道"一般以南北向称路，东西向称街"[3]。这样就保证了街和路这两个分别是平音结尾和仄音结尾的常用通名在数量上不会相差太大，也就导致了平音结尾的街道名称和仄音结尾的街道名称在数量上相差不大。

从图1中我们可以看出，太原市三音节的街道名称中全平声和全仄声的街道名称只占21%，而平仄相间的街道名称占79%，比例相差较大。而通过其他研究城市街道名称的文章我们可以发现，在全国大多数城市中，三音节的街道名称中全平声和全仄声的所占比例较小，而平仄相间的街道名称所占比例较大。这是因为：一方面，在统计学上，全平声和全仄声的组合按概率占所有组合的四分之一；另一方面，在词组组合的选择上，平仄相间的街名富有节奏美和韵律美，符合汉语平仄搭配的规律，比如"学府街"和"新华街"相比，就更加朗朗上口。

二、太原市城区街道名称的结构特点分析

一般认为，街道名称由两部分构成，一部分为专名，另一部分是通名。街道名称＝专名＋通名。专名定位，通名定类。

（一）专名

不同的街道有不同的专名。专名体现了一条街道用以区别其他街道的特色，也反映了该地区的文化特点。专名作为词汇，可以是名词、形容词，也可以是数词、动词，所以我们从词汇的分类角度对专名部分的语言成分进行分析。

1. 名词

所有的名词都可以用来命名街道，我们将在后面部分详细论述街道名称的文化内涵，因此此部分只列举一些有一定特殊性和代表性的名词类别。

（1）方位，分为三类：

a. 方位，如东（大街）；

b. 方位＋坐标，如西二道（巷）；

c. 坐标＋方位，如新民北（街）。

（2）处所，分为两类：

a. 处所，如享堂（街）；

b. 处所＋序数词，如彭西一（巷）；

c. 姓氏或人名，如王村北（街）。

2. 形容词

这些形容词大多表示人们的某种希望和祝福，都是积极向上、正面的词语，如幸福北（街）、和平北（路）、长顺（街）、多福（路）等。这些用形容词命名的街道名称背后有着深厚的历史文化底蕴，这些文化含义将在下一章详细分析。

3. 动词

街道名称中的动词既可表示某种希望、愿望、纪念，也可以表示该条街道的职能。表示希望和纪念的有建设（路）、解放（路）、胜利（街）、凯旋（路）、前进（路）等；表示职能的有滨河东（路）、环湖北（路）等。

（二）通名

"通名是人们在对自然环境的认识基础上所产生的分类，记录着人类改造自然的各种举措和措施，也充分体现了行政管理的区划系统。"[4]经统计，太原市城区街道名称的通名主要为"路、街、巷"，少数街道通名为"条、正街、线、公路、大道、马路、沟"，见表3。

表3　太原市街道名称通名统计表

通名	举例	数量（个）
街	钟楼街、人众街	191
路	劲松路、广成路	124
巷	文源巷、新泽巷	42
条	迎新西一条	4
大街	龙城大街	6
公路	汾西公路	3
正街	龙堡正街	2
马路	东山马路	2
线	二许线、黄埔线	2
沟	万山沟	1
大道	阳兴大道	1

在现代中国，"街"和"路"是使用频率最高的常用通名。《说文解字》："街，四通道也。从行，圭声。"[5]街指城镇中两边有房屋的较宽道路。形符"行"是一个象形字，像四通八达的大路。《说文解字》："路，道也。从足从各。"道泛指人们通行的道路。这两个通名发展到现代都表示宽敞的道路，而太原也像一般城市那样"南北为路，东西为街"，所以二者的区分意义并不大。

"大街"指的是城市中路面宽阔、较为繁华的街道，它比"街"的规模稍大，但方向相同，功能一致。

"巷"就是胡同、小巷。与"街"和"路"相比，"巷"比较狭窄，多是两排房子中间的道路。而"条"，顾名思义，就是窄条一样的路，是比"巷"更狭小的道路，太原以"条"为通名的街道主要集中于迎新路附近，那附近道路错综复杂，有着许多小巷。

"正街"主要是由于城市建设，原来的街道改名了或延长了，但原名称具有代表整个区域的意义，就将该区域内需改名的街道或延长后的街道在原街道名的基础上将通名改为"正街"，比如"郝庄新正街""龙堡正街"。

"公路"是现代术语，是可以行驶汽车的公用之路、公众的交通工具行驶之路。"公路"在民间也称作"马路"，但并不是限于马匹专用的。相比"路"和"街"，"公路"或"马路"一般处于城市的边缘或郊区，如"东山马路"就位于太原市郊区的东山附近。

"线"是指连接两个地方的一条长长的像线一样的路，一般也位于郊区，如太原的"二许线""黄埔线"。

"大道"一般通指宽阔的道路，太原市城区街路名称中以"大道"作为通名的只有"阳兴大道"一例。一般城市中以"大道"为通名的街道名称不会很多。

至于"沟"，是带有黄土高原特色的通名。山西省境内重峦叠嶂，沟壑纵横，"沟"很自然地就成了自然村落的名称，而少数村落发展到现代只剩一条街来证明它们的存在，"沟"自然也就成为这些街道的通名了。

三、太原市城区街道名称的文化特点分析

"不同民族或不同地域的文化，最初大都是互相隔离各具特色的，这些特色包括语言或方言的差异，也体现在作为语言的特殊成分的地名上。"[6]语言不仅是交流工具和思维工具，还是一种文化现象。街道名称作为一种语言现象，也是一种文化现象。街道名称不是只有指位作用，它还是一个城市经济、政治和文化发展变迁的历史见证。研究一个城市的街道名称就不能不研究这些街名背后的文化内涵。通过查阅资料和实地走访，我们将太原城区主要街道名称的文化内涵分为两个主要类型：街道名称反映地理位置和街道名称反映社会历史。

（一）街道名称反映地理位置

街道名称的首要职能就是它的指位功能，因此大多数的街道名称都是对其所处的地理位置的反映。太原市城区主要街道名称在反映地理位置上又分为以下几个小类。

1. 与河、湖相关

太原市城区内流淌着山西省的母亲河汾河，在汾河两岸有两条隔岸相

望的快速路，它们就是"滨河东路"和"滨河西路"，这两条路名称的含义就是"滨于汾河"。在太原市城区内，汾河还有许多的支流，比如涧河，由涧河命名的街道也有三条："涧河路""涧河西街"和"涧河城工街"。

另外，太原市内也不乏湖泊，其中最有名的是晋阳湖。在晋阳湖的北、西、东三处各有三条街道，分别是"环湖北路""环湖西路""环湖东路"，这些街道名称让我们很容易地判断出它们的位置。

经统计，在我们研究的 378 条太原市城区主要街道中，与河、湖相关的街道名称有 13 个，占所研究街道的 3.44％。

2. 由住宅区或现代地标命名

根据住宅区命名街道很实用，又省事，还便于记忆，人们一听街道名就知道街道大概在哪个小区附近。丽华苑是太原市一个比较大的住宅小区，它旁边的"丽华北街"和"丽华西路"就是由它命名的。而"气化街""气化西街"则是根据街道上的煤气化住宅区命名的。

现代地标，如体育馆和公园，也是街道命名的一个根据。如：太原市体育馆附近有"体育路""体育西路""体育南路""体育北街"等一系列的街道，卧虎山动物园附近有"卧虎山路"，而西峪花园附近则有"西峪街"和"西峪东街"两条街道。

经统计，由住宅区或现代地标命名的街道名称共有 26 个，占所研究街道的 6.88％。

3. 指示街道通往地

街道名称不仅可以表示所处位置，还可以表示该街道的通往地，或者该街道连接的是哪两地。此类型的街道较少，共三个："大同路"和"机场快速路"表明该道路的通往地，分别通往大同市和机场；"二许线"则是连接许坦西街和二广高速的道路。

4. 表明所处下辖区

太原市城区有尖草坪区、万柏林区、杏花岭区、迎泽区、小店区和晋源区六个下辖区，而有的区内的街道就是以区名命名的，共三个："尖草坪街""万柏林街"和"杏花岭街"。根据这些街名，我们就可以判断出街道所属的下辖区。

（二）街道名称反映社会历史

一般来说，街道名称都会与其所在城市的社会背景有着紧密的联系，太原市的街道名称也是如此。经统计，太原市反映社会历史的街道名称共有 142 个，占太原市主要街道的 37.57％。在这里，我们将反映太原市社会历史的街道名称分为六类，即街道名称与历史遗迹、街道名称与历史典故、街道名称与姓氏、街道名称与经济发展、街道名称与美好愿望、街道名称与太原旧称，它们分别占反映社会历史的 142 个街道的 22.54%、5.60%、12.68%、7.04%、42.25%、9.86%。

1. 街道名称与历史遗迹

太原作为一个历史悠久的城市，自然有许多历史建筑遗留下来，而太原的许多街道就是因这些历史遗迹而命名的，其中大多数可追溯到明朝。

双塔寺是太原市的一个重要旅游景点，是太原古城的象征。明万历年间太原建永祚寺，名取自《诗经·大雅·既醉》："君子万年，永锡祚胤"。[7]祚是赐福、保佑之意。后寺内建双塔，以万历皇帝母亲慈圣皇太后李氏的封号"宣文"为名，俗称双塔寺。以双塔为名的街巷有"双塔寺街""双塔西街""双塔南路""双塔北路""双塔二马路"及"双塔南巷"等，而以永祚为名的街巷有"永祚寺路"和"永祚西街"。

而"享堂路"和"敦化南路"的最初命名都是因为同一个人，所以放在一起讲。明晋王朱棡的妃子谢氏死后，葬于宝山（今卧虎山），设"孝堂"，建"谢氏园"。四周原有一村名叫"新村凹"，之后也改名为"孝堂村"。道光年间的《阳曲县志》："宝山，在享堂村北，明晋恭王妃陵，妃姓谢。"[8]到了清代，村民们认为孝堂村村名既不吉又不雅，根据谐音改为"享堂村"，之后才有了"享堂路"。

谢氏埋葬于宝山后，晋府权贵自然会来祭祀谢氏亡灵，他们所乘的马匹都在同一处饮喂圈牧。久而久之，便有了放喂马匹的人居住在此，由此得名东马片，亦称东马房、东马棚等。到了清代，一位张姓的富有进士在这里修建了"思居别墅"。但他觉得"东马房"很不雅，便改"马"字为"化"，取"化马为龙"之意，改名为"东化坊"。之后与他一起的文人又认为"东化"太白，就选取二字的谐音"敦化"为名。至此，"敦化"之称一直沿用，"敦化南路"便是由此而来。

明万历《太原府志》里有当时太原城的平面图，太原两个南门分别名为迎泽、启恩，合称就是承迎皇帝恩泽之意。现今太原的迎泽区、迎泽公园以及迎泽大街等都是由迎泽门而命名的。

2. 街道名称与历史典故

"柳巷"是太原市最繁华的街道，是太原家喻户晓的一条街道。它不仅繁华，而且古老，没有人知道它到底何时问世，没有人能说清楚它的真实年龄，但在老太原人的口中，流传着这样一个故事：

故事发生在明朝开国皇帝朱元璋北伐灭元的战争中。当时的太原是元军的军事要塞，驻扎在太原的元军凭借太原城高池深的地理优势，垂死固守。明朝西征大将军常遇春，为了探得敌情，亲自乔装成樵夫，混进太原城卧底。不料，有人走漏了风声，常遇春的行迹暴露，被元军包围了。常将军杀开一条血路，拐入城墙根下的一条小巷，藏进了巷北的一个破旧小院里。

这小院里只住着一位孤寡老妇人柳氏。她的丈夫被元兵残害，儿子又被元军抓走了，所以她恨透了元朝统治者。她看到这位被元兵追杀的樵夫，心生同情，把常遇春藏进后院的柴垛中。当追兵闯入院中搜寻时，柳氏装聋作哑，将他们骗走了。

常将军获救后，很感激老人救命之恩。临走时，他怕日后攻进城内老人受到伤害，便摘下院中树上的一根柳枝，告诉柳氏明军进城后把柳枝插到门上，明军便不侵扰甚至加以保护。柳氏将这个办法告诉了邻居，几日后明军攻入太原城，这一条街巷的百姓都安然无恙。

战后，众街坊为了感谢柳氏，便把门上的柳枝植入门前街畔。这些柳枝，随着时光的推移，长成了小柳树、大柳树、老柳树，而这条不起眼的小巷，也变得绿柳成荫，凉爽惬意。于是，太原有了街名"柳巷"。

"义井街""义井东街""义井南三巷"等一系列的街道名都来源于义井村，而义井村的村名，是有历史记载的。清《太原县志》记义井村名来历为："元武管婴年十七未嫁，至正间避兵，其父被执，女奔救，请以身代父释。女绐曰：我有金藏井边。众掘果得，争取之，女即投井死。后人因名其井曰烈女井。"[10]《新元史》中也有记载："武管婴，太原人。年十七未嫁。至正示，避兵山洞，其父被执。女走至父所，谓：'兵勿杀我父，请以身代。'父脱去，又言：'我有金，早瘗井边。'兵往掘之，女投井死。"[11]"烈女井"也称"义女井"，该村也就因此叫义井村。

3. 街道名称与姓氏

中华民族自古就有以姓氏命地名的习惯，太原也不例外。这些以姓氏命名的街道或表示聚族而居，或是纪念祖先，或是追忆名流，有着它们独特的含义。王姓是中国的大姓，而自古又流传着"天下王姓出太原"的说法，太原以"王"命名的街道自然不在少数，比如"后王街""王村北街""王村南街""大王路"等。除此之外，其他姓氏的还有"狄村街""狄村北街""狄村南街""寇庄北街""寇庄西路""彭村路"等。

4. 街道名称与经济发展

一个城市的街道名称反映了这个城市的经济发展历程，从部分街道名称我们可以了解到这片街区曾经的城市职能是什么。现在的太原，很多曾经带有商业气息的街道名已经消失，如"米市街""麻绳巷"等，我们只能从县志的记录里探寻到这些街名，但还有小部分的街名保存着它特有的商业、手工业气息。比如"羊市街"在古代就是买卖羊的街巷；"瓦窑路"是销售砖瓦的街巷；"菜园街"顾名思义是曾经的种菜园子改造而来的街巷。另外，近代以来，随着太原的两大产业钢业和煤业的发展，也有不少街道因这两个产业而命名，如"选煤街""钢园路"等。

5. 街道名称与美好愿望

现代街道，多数是以表达美好愿望而命名的，这种街道名称已经在前面的专名部分谈过了，这里就不再重复说明。

6. 街道名称与太原旧称

太原是山西省的省会，在历史上有多个名字，如并州、晋阳、龙城等，这些古称也成为太原市街道名称的一个来源，如"并州路""并州北路""并州南路""并州街""晋阳街""龙城大街"等。这些街道都向人们展示着这个悠久城市的变迁。

四、太原市城区街道名称的优点与不足

通过对太原市城区主要街道名称的分析，我们可以看出太原市城区街道命名的一些优点。首先，太原市街道名称遵循语言学的经济原则，在街名音节数量的选取上，主要选用三音节街名，再在三音节街名的基础上发展四音节街名，以进一步明确街道方位。其次，在街名语音平仄的使用上，平仄相间，朗朗上口，便于记忆。再次，在通名的运用上相对均衡，"路"与"街"的使用数量相当，分布科学，"南北为路，东西为街"。最后，太原市街道名称有其区域性特征，邻近街道的街名相关，如"和园路"和"谐园路"就是两条比邻的路，合在一起意为"和谐"。

但是太原市城区街道名称也有其不足，最大的不足是部分街道名称缺乏系统性。许多街名有"北街"却没有对应的"南街"，有"南路"却没有对应的"北路"，如"玉河东街"的附近就没有与之对应的"玉河西街"的存在。这是在太原市城区建设中造成的问题，笔者认为为了遵循街道名称的系统性，应该在命名时考虑到这些问题。

结 语

街道名称是社会发展的产物，它记录了人类历史文化的发展，反映了自然环境的变化，表现了社会生活的变迁，属于一种特殊的文化现象。

通过对太原市城区内主要街道的名称进行研究，我们发现了太原市街

道名称的普遍特点。首先，我们对太原市街道名称的语音进行分析。从音节数量来看，太原市街道名称以三音节和四音节的街道名称为主，这样既表达清晰，又便于记忆。从平仄情况来看，以平仄相间使用的街道名称较多。平仄相间使用，使街道名称富有节奏美和韵律美。其次，我们对太原市街道名称的结构进行分析，太原市街道名称的通名主要有"路、街、巷、条、正街、线、公路、大道、马路、沟"等。其中最特殊的是"沟"这个通名，它是一个带有黄土高原特色的通名。最后，我们结合大量的语料，阐述了太原市街道名称所反映出来的丰富的历史和文化内涵。通过这项研究，我们不仅深入了解了太原，而且加深了对街道名称与社会文化之间关系的理解。

当然，本文还存在着许多不足：受到物力、人力的限制，语料的收集并不全面，考察的街道名称数量也有限。另外，街道名称的变化情况复杂，所以对街道名称变化情况的阐释不够清楚透彻。这些都有待进一步地深入研究。

参考文献

[1] 太原市地方志编纂委员会. 太原市志［M］. 太原：山西古籍出版社，1999.

[2] 董绍克，阎俊杰. 汉语知识词典［Z］. 北京：警官教育出版社，1996.

[3] 今日太原编委会. 今日太原［M］. 太原：山西人民出版社，1985.

[4] 李如龙. 汉语地名学论稿［M］. 上海：上海教育出版社，1998.

[5] 许慎. 说文解字［M］. 上海：上海古籍出版社，2007.

[6] 周振鹤，游汝杰. 方言与中国文化［M］. 上海：上海人民出版社，1986.

[7] 孔子等编选，沐言非编著. 诗经［M］. 北京：中国华侨出版社，2016.

[8] 阳曲县地方志编纂委员会. 阳曲县志［M］. 太原：山西古籍出版社，1999.

[9] 安捷. 太原府志集全：万历太原府志［M］. 太原：山西人民出版社，2005.

[10] 员佩兰. 太原县志［M］. 太原：山西人民出版社，2007.

[11]《中华全二十六史》编委会. 中华全二十六史：第八册［M］. 北京：中国华侨出版社，2002.

生命与死亡

——鲁迅、余华生命意识比较

汤兴和①　李海燕②

摘要：余华和鲁迅，虽然生活在不同的时代，但余华在一种无意识却又自觉的状态中与鲁迅走到了一起。他们在小说中给予了当时社会以悲悯性的观照，极力关注人类的生存现象和生存价值，从而引发人类对生命意义的思考，体现了作家应有的社会责任感以及人道主义关怀。但在生命形态的展现上，他们又有着不一样的表达方式：鲁迅用孤独生命的死去来反抗绝望的社会，希望以此唤醒国人麻木不仁的灵魂，这是一种"向死而生"的死亡意识；余华则通过对死亡的泰然之感、对苦难的戏谑消解来表达自己对生存的渴望，即使孑然一身也要用一种坚定的意志顽强活着，这是一种"死也要活着"的生存意识。

关键词：鲁迅；余华；生命意识

前　言

鲁迅和余华，一个出生在 1881 年内外交困的中国，一个出生在 1960 年多灾多难的中国，尽管两人所处的时代背景不同，但人们却能从余华作品的字里行间找到鲁迅的影子。尤其是余华转型后的作品，因其在创作风格上与鲁迅极为相似，在人类生存现状和生命价值上同样给予了深刻的描写及人道主义关怀，所以被誉为中国当代文坛中有力继承和发扬了鲁迅精神的优秀作家之一。尽管余华表示自己在小学和中学时并不喜欢读鲁迅的作品，而真正读到时他已经完成了三部长篇小说，但这并没有成为两人心意互通的阻碍，余华反倒跨越了时间的鸿沟，不知不觉在自己的身上映射出了鲁迅的影子，最终又自觉承担起了作家的社会责任，成功完成了和鲁迅精神的跨时空对接。

---

①　汤兴和，男，广东海洋大学文学与新闻传播学院汉语言文学专业 2013 级本科生。

②　李海燕，女，广东海洋大学文学与新闻传播学院副教授。

　　比较是人们在寻找事物间相似又相区别的地方时所普遍使用的一种方法。在比较同一国家同一时期或不同时期的作家作品，又或者是比较不同国家的作家作品时所普遍使用的研究方法是比较研究法。通过比较研究，我们可以更清晰地认识到同一国家不同时期的作家或不同国家的作家间，他们创作的作品在风格、主题、思想倾向等方面所存在的相通或相异之处。

　　虽然文学界不断强调对余华和鲁迅进行比较研究的重要价值，但学界系统地将两人进行比较研究的文章并不多。这些研究多从创作母题、创作思想和手法、疯人形象、死亡主题叙写等角度出发，如李琴的《鲁迅与余华创作母题之比较》（《西昌师范高等专科学校学报》2003 年第 1 期）等。其中，从鲁迅和余华小说创作中的死亡主题的角度进行比较研究的文章更是少之又少，笔者所见有郭运恒的《向死而生——也论鲁迅、余华小说中的"死亡"意蕴》（《河南社会科学》2006 年第 2 期）等。而本文进行比较的着眼点就在于他们小说中死亡主题背后体现的生命意识，透过他们的生死之思来关注人类的生存现状、人生命运和生命价值。

　　本文主要探究两人的小说中人物死亡背后所体现的不同生命意识。鲁迅小说体现出来的是一种"向死而生"的死亡意识，即通过一种独特的生命形式"死"，来反抗绝望的社会，反抗封建势力、封建伦理道德，力求引起中华民族对于疗救的注意，唤醒沉睡在"铁屋子"里的灵魂，以此求得国人的新生；而余华小说体现出来的是一种"死也要活着"的生存意识，这种生存意识主要表现在他的后期作品尤其是《活着》和《许三观卖血记》中。余华认为，苦难虽不可避免，但人们应学会承担和忍受，以乐观坚韧的生存态度去面对苦难，在苦难中感受生命的可贵，在生存中寻找生命的意义，活着本身就是对生命的最大尊重。另外，两人对死亡场景的书写也有较大差异。鲁迅选择虚化死亡场景，让人物的死亡场面"缺席"；而余华在前期作品中则是逼真描写死亡场面，达到了让人恐惧的程度，在后期则是泰然面对死亡，冷静书写死亡。

　　鲁迅毅然决然地以死来反抗令人绝望的社会，余华以永不被磨灭的对于活着的意志顽强生存，虽然两人选择的生命方式不同，但他们都给予了当时社会以悲悯性的观照，都极力关注人类的生存现象和生存价值，表达了同样强硬的生存态度，在孤独中向社会释放呐喊的力量。

　　死要死得有所值，活要活得有所义。一个明白为什么要死，一个知道因什么而活，正因为这样，鲁迅小说中的死亡意识和余华小说中的生存意识才更加有了比较的意义。

一、生命意识

古往今来，生与死就是人类讨论的永恒话题。一个人诞生在这个世上，其最终归宿必然是死亡；也正因为有死亡的存在，人才要倍加珍惜现存的生命。生与死本来就处在一种相互依存、不可分割的关系之中。

诚然，关于生与死，每个人都会有自己的感悟。在生命面前，每个人都享有自己的权利，但同时也背负着应有的责任，作家们更是如此。作家的身上肩负着历史使命，承担着社会责任，他们骨子里的生命意识，在一定程度上会成为社会的方向标，指引着读者去关注生命本身，去思考生存的价值。

鲁迅以他的死亡意识来反抗当时令人绝望的社会，反抗残害国人灵魂的封建制度、封建思想，以死鸣生，只为引起国人对于疗救的注意，望中华民族能走上一条新生之路。而余华则以一种永不被磨灭的对于活着的意志去抵抗苦难，于苦难中感受生命之可贵，找寻生命的价值。不管是鲁迅思想中的死亡意识，还是余华思想中的生存意识，他们同样书写着死亡。不同的是，鲁迅笔下的死亡是拒绝苟活、反抗绝望的表现，而余华在前期书写的死亡是一种非理性死亡，后期则带有一些宿命感。虽然都书写死亡，但是他们在书写死亡的过程中给予了当时社会以悲悯性的观照，极力关注人类的生存现状和生存价值。鲁迅和余华正是以各自的生命意识，去关注着社会，指引着社会，表达他们的人道主义关怀。

（一）生命意识概述

"生命意识"可以是一种能指，也可以是一种所指。在生命哲学上，作为一个能指性的名词，它是指世界上每一个存在着的生命个体对自己的生命及生命过程的自觉性认知和体验。而当把它放到文学领域中时，它就成了一种所指，它会基于生命个体的情况而有所不同，同时被注入了更多生命主体的人生观和价值观思考，它可能是一种死亡意识，也可能是一种生存意识。而生命主体关于生死的思考，也恰恰是其生命意识的具体体现。

（二）鲁迅"向死而生"的死亡意识

在古老的中国文化中，受儒家"未知生，焉知死"的传统思想影响，国人是很少涉及死亡这个话题的，他们更多地把目光放在了如何生存上。国人回避死亡，恐惧死亡，是一种对死亡本身缺乏清晰认识的表现。

　　诚然，我们每个生命个体从诞生在这个世界上开始，就注定无法逃脱死亡的宿命。既然死亡最终会成为一种必然而无法避免，也随时可能降临到每个人身上，那么我们害怕死亡其实已经没有太多意义。我们只有超越对死亡的恐惧，勇敢面对死亡本身，才能更加清楚地认识死亡，更好地去思考生命的价值。

　　鲁迅，20世纪最伟大的文学家、思想家，同时也是中国现代文学史上第一个敢于直面死亡、书写死亡，进而超越死亡的人。纵观鲁迅《彷徨》和《呐喊》两部小说集，我们不难发现，小说中的人物有着一个共同点，就是他们的结局大多是死亡：《祝福》里的祥林嫂，在鲁镇人的奚落中孤独地死去；《在酒楼上》里的顺姑，因隐瞒肺病而最终死去；《孤独者》里的魏连殳，最后也逃脱不了肺病的魔爪；《伤逝》里的子君，被冷漠的家人所孤立，最后结束了自己的生命；《狂人日记》里狂人的妹妹，最后被狂人所吃；《药》里的夏瑜被清政府杀头，华小栓愚昧地吃了人血馒头最终也因误治而死；《孔乙己》里的孔乙己，被人打折腿后在穷困中死去；《阿Q正传》里的阿Q，因偷窃最后被枪毙；《白光》里科举考试落榜了十六回的陈士成，最后选择了投湖自尽。

　　鲁迅在小说中大量地书写死亡，其目的并不仅在于制造一种悲哀氛围，更是以死亡书写表达强烈的向生意愿。但在鲁迅的小说中，这些人物的死亡，往往是一种"不得不死"的死亡。

　　鲁迅生于1881年，卒于1936年。他所生活的时代，是一个被封建势力、封建制度、封建思想文化所禁锢的时代，是一个被列强欺负的时代，是一个军阀混战、哀鸿遍野的时代。然而就是在这样一个内外交困的时代，国人的灵魂依旧沉睡在那可怕的"铁屋子"里，依旧愚昧麻木、带着奴性在旧文化和封建主义的束缚中不思反抗，对于革命更是以一种看戏的心态去对待。鲁迅为他们的不幸感到悲哀，却也因他们的"不争"而感到愤怒。正如他在《呐喊·自序》中所说："假如一间铁屋子，是绝无窗户而万难破毁的，里面有许多熟睡的人们，不久都要闷死了，然而是从昏睡入死灭，并不感到就死的悲哀。"[1]6死亡虽然可怕，但更可怕的是找不到生存的意义。在鲁迅的眼里，生活在那样的时代，决不能苟活，一旦过分卑怯，一旦苟活，就会失去中华民族最起码的尊严，这和死去又有什么区别呢？

　　鲁迅通过小说呈现了那个时代的种种弊病和黑暗，让我们看清在封建势力和腐朽封建文化的禁锢下国人身上的奴性和劣根性。像《祝福》里的祥林嫂，在丈夫死后被婆婆卖掉，再嫁之后又被鲁镇的人视为伤风败俗；

鲁镇的人对阿毛的遭遇也由起初的同情变成茶余饭后的笑料；想要通过捐门槛赎罪的祥林嫂还被柳妈恐吓，直到最后鲁四太太还是不准她碰祭祀的东西，她的世界只剩下绝望，软弱的她只能选择在鲁镇人的"祝福"声中死去。然而对于祥林嫂的死，鲁镇的人不但没有认识到自己就是害死祥林嫂的最大帮凶，还反过来抱怨祥林嫂死得"不早不迟，偏偏要在这时候"[1]146，认定祥林嫂是一个"谬种"。《孔乙己》里"站着喝酒而穿长衫"的孔乙己，被咸亨酒店里的人当作取笑的对象；《药》里为革命而死的夏瑜，他的鲜血也只是被民众当作治痨病的药而已；《阿Q正传》里"遇羊为狼，遇狼为羊"的阿Q，死后也只能被未庄人觉得"枪毙并无杀头这般好看"[1]106。鲁迅把这样的现实呈现出来，给人一种走投无路的绝望感。也正因为精神没有了后退之路，国人才会奋起反抗，去反抗这个绝望的社会，而鲁迅的反抗，就是用小说中人物的死亡来实现的。因为在那个时代，鲁迅觉得只有用人物的死亡，才能给国人注入强有力的精神刺激，才能打破国人一切安逸的幻觉，才能唤醒沉睡在"铁屋子"里的灵魂。

《狂人日记》里狂人之妹被狂人所吃、《祝福》里祥林嫂的孤独死去，是鲁迅对吃人的封建制度、封建礼教的反抗；《孔乙己》里穷困潦倒的孔乙己、《白光》里因科考而成为白发苍苍的"童生"的陈士成，他们被科举制度所禁锢，他们的死，是鲁迅对封建科举制度、封建教育的反抗；《药》里夏瑜被杀头、《阿Q正传》里阿Q被枪毙，他们的死，是鲁迅对残酷反动的封建统治的反抗，揭露的是国民身上存在的劣根性。所以在鲁迅的小说里，"死亡"成为反抗绝望的武器。作者笔下的"死"，是对死亡的超越、对生命的升华，是对新生的向往、执着与追求；他对死亡意识的书写，只为给国人指引一条求生之路。

鲁迅用独特的生命形式"死"，力求引起社会的注意，力求唤醒国人麻木不仁的灵魂，力求换来中华民族的新生。他不愧是民族的战士，他的死亡意识，就是生命更高一层次的发展。"向死而生"，这就是鲁迅的死亡意识。

（三）余华"死也要活着"的生存意识

余华是二十世纪八九十年代先锋派的代表作家，在他前期的小说中，通过血腥、暴力和死亡等一系列残忍冷酷的场面描写，毫不保留地展示出了人性中最黑暗的一面。但在这些死亡和暴力的背后，余华只是给读者展现出生命的荒诞和虚无感，可以说他只是在描绘一个血淋淋的世界，因而更多是给人以害怕的感觉，其生存意识表现并不明显。直到九十年代，他的小说风格开始转型，不再是充满恐怖地书写死亡，而是在小说中注入了更多的怜悯与善良、温情与反思。《在细雨中呼喊》《活着》《许三观卖血记》是余华"苦难"主题的三部代表作，它们展示的是一个人从感受苦难开始，到懂得去忍受苦难，最后抵抗苦难的过程，其中《活着》和《许三观卖血记》更是体现其生存意识的代表作。

人生在世，难免会遇到各种苦难，苦难不可避免，我们更不能成为苦难的奴隶，我们应该学会直面苦难、忍受苦难，以乐观和坚韧的生存态度去战胜苦难，在苦难中体验生命的历程、感受生命的可贵，正如刘曾文在《终极的孤寂》中所说："真正的生命是一种体验，对美丑、善恶、青春和爱情等人类情感的体验，对生老病死、屈辱和困窘、创造和失败、迷失和信仰、希望和绝望等人生状态、人生苦难和人生境界的深度体验，正是命运的锤炼造就了力度感。"[2]

《活着》和《许三观卖血记》刻画的是社会小人物的生活，与鲁迅小说一样，都展示了这些社会小人物生存的窘迫和困境，但余华更多的是表现人物忍受苦难、反抗苦难的生命哲学，唯有珍惜现存生命，坚韧地活下去，才是对苦难的最佳诠释。

在《活着》里，主人公福贵身边的亲人一个个离他而去：因被医生过多抽血而死的儿子有庆，因生苦根大出血而死的女儿凤霞，病死在床榻上的家珍，被水泥板夹死的女婿二喜，因吃过多黄豆而活活撑死的苦根。福贵的人生充满了不幸，所爱之人一个个死去，最后只剩他和一头老牛相伴余生。面对这样的苦难，并不是谁都能够独自承受的，但福贵没有丝毫的抱怨，也没有叫嚣这悲哀的命运，他没有放弃他的生命，他忍受着降临在他身上的种种不幸，依然坚韧乐观地活着。在福贵的人生箴言里，人越是害怕死亡，在死亡到来之时就越会不知所措，人就会变得胆怯起来。只有勇敢去面对，乐观地活着，才是对生命的最大尊重，正如他对春生所说的："人活着，就比什么都强。"[3]156活着，比什么都重要。

在《许三观卖血记》中，许三观生活在一个不正常的年代里，苦难萦绕着他和他的家人，为了活下去，卖血成了他唯一的办法。血是人生命的本源，而许三观的一生却卖了十二次血，每一次卖血，都在透支他自己的身体、伤害他的身体，然而许三观并没有悲观地思考这一切，他反倒是以一种戏谑的态度来面对苦难，到后来他甚至觉得自己如果不能卖血了就意味着自己不健康了、活不下去了。苦难并没有成为打倒许三观的武器，而是成了他戏谑的对象，他正是以这种幽默的方式消解着降临在他身上的一切苦难。作为社会的底层百姓，许三观"以血换血"，用自己的鲜血换来生存下去的力量，即使卑微也仍然要活下去，因为"他知道人死了就什么都没有了"[4]。

"为活着本身而活着"，活下去，它将是我们生命中唯一不能被剥夺的意志。"死也要活着"，这就是余华的生存意识。

二、死亡的艺术

文学是时代的一面镜子，也是社会的真实写照。在鲁迅、余华的文学创作中，都出现了大量的死亡书写。这与他们独特的生命经历、相似的人生感受是相关联的。

鲁迅出生在绍兴一名门望族里，有着优越的生活条件，但好景不长，灾难还是降临到这个家里。先是祖父因科场案而被投入狱中，家道中落。在祖父入狱第二年，父亲开始病重，鲁迅每天奔波于当铺与药店之间。父亲走后，周家陷入急剧贫困之中，而周围的人对周家也从开始的恭维到后来的不闻不问、冷漠相对，鲁迅只能过着寄人篱下的生活。死亡，在年幼的鲁迅心中刻下了重重的一笔。到后来，国家被列强践踏，连年的战争带来了更多的死亡；袁世凯称帝、军阀混战、"三一八"惨案、"四一二"反革命政变……这些现实让鲁迅看到了越来越多的鲜血在流淌、越来越多的无辜生命在逝去。晚年的鲁迅饱受疾病所带来的痛苦，身体每况愈下，与弟弟周作人之间的不和更是雪上加霜。鲁迅的一生目睹了太多的死亡，这也就激起了他对有限生命的思考。他在写着死，却是在思考着生。

而余华也是一个惯了死亡的人。余华的父亲是一名外科医生，母亲是护士，受工作的影响，父母只好经常把余华和哥哥锁在家里头，而兄弟二人也常常因为小事打架。余华是在医院的环境下长大的，每天看见父亲从手术台走下来时身上都是沾满鲜血的。而他家的对面就是太平间，在夜晚他总是会听到撕心裂肺的哭喊声，渐渐他对死亡也习以为常了，甚至可以在炎热的夏天到太平间睡上一个"美好的午觉"。再者，他经历了国家三年困难时期和"文化大革命"，这些无不加强了他对死亡和暴力的关注。

被死亡缠绕的童年生活和时代的悲剧，刺激着鲁迅和余华关注生与死。虽然鲁迅的死亡意识和余华的生存意识都笼罩着死亡的阴影，但二人在小说中书写死亡时，却有着不一样的艺术表现。鲁迅常常让死亡场面"缺席"，而余华前期是逼真描写死亡场面、刻画一个血淋淋的死亡世界，后期则是泰然面对死亡，以一种冰冷的情感书写着死亡。

（一）鲁迅的死亡书写

鲁迅在小说中大量书写着死亡：在孤独中死去的祥林嫂、子君；因病而死的顺姑、魏连殳；被科考害死的孔乙己、陈士成；被枪毙的阿Q、被杀头的夏瑜、被庸医治死的宝儿、被狼叼走的阿毛……我们从这些死亡现象中可以发现，鲁迅在叙述这些死亡现象时，不是将笔墨投入对死亡状态、死亡过程的书写上，而是通过描写其他人的反应来叙述死亡，虚化死亡场面。其目的不是写鲜血直流，而是为了引起对于疗救的注意，表达更深层次的思想。

在《孔乙己》里，孔乙己因为偷东西而被人打折了腿，"我"最后一次见他的时候他只能"用这手慢慢走去了"[1]24。如此悲惨的孔乙己，他的结局可想而知，但鲁迅在这里戛然而止，他没有把孔乙己的惨状继续写下去，也没有写大家都会关心的关于孔乙己会怎样度过剩下的日子，甚至会怎样死去。鲁迅在最后只是写了"我到现在终于没有见——大约孔乙己的确死了"[1]24。他让孔乙己的死亡场面"缺席"，是因为鲁迅并不是在博同情，他是在控诉造成孔乙己这种悲剧的可恨的科举制度。在《药》里，夏瑜革命失败，被清政府逮捕，他杀头的过程鲁迅没有写出来，写出来的反倒是夏瑜被杀头时看客们的反应："老栓也向那边看，却只见一堆人的后背；颈项都伸得很长，仿佛许多鸭，被无形的手捏住了的，向上提着。静了一会，似乎有点声音，便又动摇起来，轰的一声，都向后退；一直散到老栓立着的地方，几乎将他挤倒了。"[1]26革命失败本已很悲哀，然而在看客们的眼中，为革命而死的夏瑜，只是给他们提供了一场精彩的杀头大戏而已。鲁迅不写夏瑜死亡时的场景，而是写看客们对夏瑜死亡的反应，这样更能引起国人的注意，让国人看清自己是处在一种什么样的精神状态之中。在《祝福》里，鲁迅也没有写出祥林嫂最后死时的场面，而是刻画出她在死前的精神状态："脸上瘦削不堪，黄中带黑，而且消尽了先前悲哀的神色，仿佛是木刻似的；只有那眼珠间或一轮，还可以表示她是一个活物。"[1]144这样写更能刻画出一个被封建礼教折磨得不成人样的形象，更能表明鲁迅反抗封建礼教的原因及决心。

鲁迅写死亡，不是博同情、博泪水；不写死亡场面，而写面对这些死亡时看客们的精神状态，都是为了引起国人进行疗救的注意。让死亡场景"缺席"，更能直指国人沉睡的灵魂深处，直指残酷的封建制度、封建传统文化、封建伦理道德，希望唤起生于华夏民族的大家起来"呐喊"，而不再"彷徨"下去。

（二）余华的死亡书写

余华作为二十世纪八九十年代先锋派的代表作家，受川端康成等外国作家的影响，他的前期作品有着大多数先锋派作家共有的风格，再加上独特的童年经历，都加深了他对死亡和暴力的迷恋。余华的前期作品充斥着血腥、暴力和恐怖，与鲁迅不同的是，他并没有让死亡场面"缺席"，反而刻意去描写死者的死亡场景。在《现实一种》中，老太太的死亡过程可谓是逼真、细腻：从脚趾头开始死去，然后延伸到脚上、腿上，再由腹部涌向腰际，然后死亡就像蚂蚁一样爬向心脏，让心脏痒痒的，最后她的笑容被定格在了照片上。如此逼真的死亡描写，不禁让读者都真实体验了一次死亡。除了逼真细腻，他所刻画的死亡和暴力场景，更是恐怖到了让人不忍卒读的地步。在《一九八六年》里，余华详细写出了中学历史教师割自己鼻子的过程，将血肉模糊的场景描述得恐怖逼真，刻画了一个血淋淋的世界，展现的是荒诞虚无却又残忍的死亡。这样的死亡书写，只能给人以感官上的刺激，而很难深入人的精神世界当中，因而难以引起人们的情感共鸣，甚至在一定程度上会加深人们对暴力的迷恋。正因如此，余华的生存意识在他的前期作品中表现并不明显。

而余华的后期作品中，虽然还在书写着死亡，但这时的死亡不再是暴力死亡，更多的是一种命运的使然，同时投入了更多的温情和对生命的反思。对于死亡，余华不再迷恋于对死亡场景的恐怖描写，而是把死亡看得很轻很淡，以一种泰然之感来面对它。而最明显表现这种特点的就是《活着》。比如在福贵他爹死的时候，余华在小说中这样写道：

王喜问："我扶你起来？"我爹摇摇头，喘息着说："不用了。"随后我爹问他："你先前看到过我掉下来没有？"王喜摇摇头说："没有，老爷。"我爹像是有些高兴，又问："第一次掉下来？"王喜说："是的，老爷。"我爹嘿嘿笑了几下，笑完后闭上了眼睛，脖子一歪，脑袋顺着粪缸滑到了地上。[3]30

这简短的几句对话，就是福贵的父亲死时的状态。他的父亲是被福贵气死的，如此败家的福贵本该让人生气，如此不幸的父亲本该让人同情。然而只有这简短的几句对话，且每一句都让人感觉那么平静，那么云淡风轻，所以让人怨恨不起来，同情不起来。福贵那可爱的儿子有庆，在那个盲目崇拜的年代，为了救县长因生孩子而大出血的妻子，本就营养不良的有庆被医生过多地抽血，最终死在了医院里。在这里，我们可能会想象福贵在见到儿子死后的样子时会多么悲痛，会哭喊得多么声嘶力竭，但余华却这样写福贵的反应：

> 我进去时天还没黑，看到有庆的小身体躺在上面，又瘦又小，身上穿的是家珍最后给他做的衣服。我儿子闭着眼睛，嘴巴也闭得很紧。我有庆有庆叫了好几声，有庆一动不动，我就知道他真死了，一把抱住了儿子，有庆的身体都硬了。中午上学时他还活生生的，到了晚上他就硬了。我怎么都想不通，这怎么也应该是两个人，我看看有庆，摸摸他的瘦肩膀，又真是我的儿子。[3]120

我们本该同情有庆，为福贵的不幸感到悲哀，但福贵在面对死后的有庆时，却给人一种泰然的感觉，这并不煽情的语言让人的心情也随之平静下来，近乎冰冷的情感让人不知从何悲哀，如何悲哀。就像《在细雨中呼喊》一样，对弟弟孙光明的死，孙光林也是带着泰然之感，冰冷地说了一句："弟弟终于也和我一样远离了父母兄长和村中百姓。"[6]37面对死亡，他们的心情是这样平静，一切都显得云淡风轻。一系列悲惨的死亡，在余华的笔下流淌着的却是冰碴子。

三、孤独的号叫

孤独感是人的一种生命体验，它会出现在你人生中的任何一个阶段，同时它也会随着生命个体的人生经历、人生感悟而有所不同。孤独感与死亡认知一样，也存在于鲁迅和余华的生命意识当中。

在鲁迅和余华的生命意识中，除了关注死亡，还存在着一种孤独感，而这种孤独感的来源也总是与作者成长的环境有关。家道中落、过着"乞讨式生活"的鲁迅；没有被忙碌的父母所顾及、常常被哥哥欺负、总是活在紧闭的铁窗下的余华，孤独感成了他们童年时就有的生命体验。然而随着两人思想的成熟和社会环境的变化，他们对孤独也有了新的定义。他们所描写的孤独不是无病呻吟，也不是纯粹为了烘托悲哀气氛，更不是毫无意义。鲁迅和余华在小说中都刻画了一批孤独者，他们或者是不被时代接纳的觉醒者，或者是被时代残忍毒害而选择孤独死去之人，又或者是在苦难困境中孤独的生存者。在鲁迅和余华的生命意识中，孤独被赋予了号叫的力量、抵抗的力量，或是控诉这绝望的时代，或是揭露人性中的弊病，又或是反抗不幸的命运。这种孤独是应该被时代所关注和思索的。

（一）鲁迅的孤独呐喊

在鲁迅的小说中，有两种形态的孤独者，一种是不被时代所理解和接纳的觉醒者，一种是被封建社会压迫到走投无路最终只能孤独死去之人。无论是哪种形态的孤独者，造成他们孤独的原因和死亡原因一样，都是遭受了残酷的封建社会、封建制度和封建伦理道德的迫害。在鲁迅的死亡意识中，写孤独同样表达的也是鲁迅对封建社会、封建思想文化的强烈控诉，表露的是鲁迅坚决地、彻底地和毫不妥协地反封建的决心。

《在酒楼上》的吕纬甫、《孤独者》里的魏连殳、《长明灯》里的疯子，他们都是不被时代所理解和接纳的觉醒者。因为受到时代的排斥，他们所做的事情不但不被理解，而且被认为是毫无意义，甚至被民众理所应当地评定为"疯子"。作为时代的先行者和孤独者，他们敏锐地发现了社会的罪恶，犀利地抨击社会黑暗，但缺乏个人直面残酷现实的勇气，意志被一步步消磨，最终因无力支撑孤独的反抗而走向妥协。

《在酒楼上》的吕纬甫青年时期曾经是一个觉醒者，他到过城隍庙里拔掉神像的胡子，敢于在课堂上讲"ABCD"之类的西方先进的科学知识，也会很自觉地去寻找改革国家的方法，甚至会为了改革的方法在议论过程中与别人打起来。因为对封建政权和封建神权的极力反抗、对传统文化的激烈进攻，他处于一种孤独的境地，他找不到志同道合之人，在经济上寻不到出路，在心理上也找不到共鸣，在经历一次次碰壁、一次次失望后，他当初的意志被消磨掉，最终向封建制度、封建文化妥协，他不再在课堂上讲"ABCD"，而是以传统的文化教授形式教读《诗经》《孟子》和《女儿经》；也不再去拔神像的胡子，而是按照母亲的意愿去做迁葬的事情，他开始沉沦。《孤独者》里的魏连殳同样是苦闷而彷徨的孤独者。作为曾经反对封建制度的民主战士，早年的他常常以无所畏惧的言语和举动来攻击封建势力和封建文化，但随着时局越来越紧张，他的反抗愈发孤独而无力，他也逐渐失去曾经的精神力，最后选择了自暴自弃和玩世不恭的方式来报复社会，也最终在孤独中结束了自己的生命。其他如《长明灯》里因要熄灭长明灯而被家族认为要除掉的疯子、《药》里为革命而死去却被国人当戏看的夏瑜，他们何尝不是这样的孤独，这样的悲哀。

在鲁迅的小说中，还有一批孤独者，他们深受封建制度、封建思想文化的迫害，因无力反抗、不会反抗，最终走向悲剧，像《孔乙己》里的孔乙己、《祝福》里的祥林嫂、《明天》里的单四嫂子。

作为咸亨酒店唯一一个"站着喝酒而穿长衫"的人，孔乙己注定了孤独的命运。深受封建科举制度毒害的他，一心追求功名却不可得；生活陷入困顿却还自认清高而看不起劳动人民，因而不会谋生；自诩读书人却说着半文不白的话，因而总是被人嘲笑。最终他因偷东西而被人打断了腿，在穷困中孤独地死去。《祝福》里勤劳、朴实、善良的祥林嫂，被封建神权、夫权所压迫，被鲁镇人的愚昧所麻痹，她的精神被一步一步地摧残：因为有两任丈夫，而被鲁镇人认定为伤风败俗的脏女人；听信柳妈之言便为赎罪而努力，却一再被柳妈恐吓；捐了门槛之后，她原本以为可以得到救赎，然而鲁四太太仍然不允许她碰任何关于祭祀的东西。于是她的精神到了崩溃的地步，最后在"祝福"声中孤独离开人世。和祥林嫂一样，单四嫂子也无力反抗这个封建社会，是一个被封建制度、封建伦理道德所残害的悲哀妇女。

鲁迅是思想的先行者，是民族的战斗者，他肩负起启蒙的使命，他要反抗这个封建社会、控诉封建传统文化；他旨在将国人从精神荒原中呼唤回来，将他们从传统价值体系的奴役中解救出来。然而国人的精神麻木不仁，这不免让鲁迅感到他的斗争处于孤立无援的境地，就如同那些不被时代所接纳的觉醒者一样，他也觉得自己不是一个"振臂一呼"就能"应者云集"的英雄。这个社会让人失望，更让人绝望。但鲁迅并没有放弃希望，他也绝不会放弃希望，他不会像祥林嫂、孔乙己那样在封建制度面前倒下，更不会像那些先前觉醒而最后向封建势力妥协的孤独者，他有着坚决反抗的决心。他所写的孤独，是为了"聊以慰藉那在寂寞里奔驰的勇士，使他不惮于前驱"[1]7。于是这孤独就有了呐喊的力量，这几声呐喊，即使只有几个人站起来了，他也绝不放弃破坏那"铁屋子"的希望。

（二）余华的孤独抵抗

当余华以那股对暴力和死亡的狂热迷恋出现在文坛时，他就已经把自己放在了一个孤独的维度里。他没有投入当代作家追求都市家园的热潮中，而是用一种极端可怕的形式，去极力证明人性的丑陋和阴暗。所以他成了一个孤独的人：成了那个《十八岁出门远行》中独自到外面世界流浪的"我"；成了那个《鲜血梅花》中独自踏上复仇之路的阮海阔。但由于对暴力的深度痴恋和对死亡的恐怖细腻描写，这时候的余华给读者展示的其实只是一个又一个血淋淋的场面，缺少了对生命意义的探索和人道主义的关怀，因而让人难以理解他的思想，就如谢有顺所评价的："余华的出现，决非像他以前的作家那样，满足于对日常生活中那些表面的真实的书写，而是用了极端而残酷的暴力作为其叙述的根本指向，以彻底改写人的欲望、精神、历史和文化的内在结构。"[7]余华正是以这样一种极端的形式去颠覆传统的理性思维，孤独地屹立在充斥着暴力和死亡的世界当中。

到了九十年代，余华写作风格开始转型，但他仍在写孤独，而最直接表达了他的孤独感的作品是《在细雨中呼喊》。《在细雨中呼喊》里的孙光林，六岁的时候就过着被人领养的生活，没有感受过亲生父母的爱。养父猝死，十二岁又回到家中的他与这个家庭格格不入：父母把他看作只会张口吃饭的累赘；哥哥孙光平和弟弟孙光明相亲相爱却一味孤立他，甚至合伙诬陷他；与同样孤独的苏宇成为好朋友，但因为苏宇的早逝，他最后又落得孤孤单单的境地。在孙光明的葬礼上，孙光林漠不关心，他甚至说出："长久的孤单和被冷落，使我在村里似乎不再作为一个人而存在。"[6]37孙光林内心深处的孤独感不禁让人痛彻心扉。同样深处孤独境地的是《活着》里的福贵，但他的孤独不是因家人的孤立，可悲的是死亡带走了他所有的家人，命运置他于孤独之中。福贵的父亲被自己的不争气气死，母亲也因为疾病而离开了人世，他的儿子、女儿、老婆、女婿、孙子也相继离他而去，最终只剩他孤身一人。然而孤独并没有击败他，他反倒是战胜了苦难、战胜了孤独，以坚韧、乐观的生命态度冲破一切艰难险阻，顽强活着。

福贵在孤独的困境中没有选择死去，而是选择坚强活着。福贵在战壕里曾经对春生说过："我得活着回去，回去后我还要好好活着。"[3]60福贵生命里所体现出来的那种韧性，他对生命的那种态度，让他战胜了孤独、战胜了苦难、战胜了命运。余华让孤独的生命不再软弱无力，而是有了抵抗苦难、抵抗命运的力量，于是他的孤独有了更深层次的含义。孤独在余华的生存意识中成了苦难的一部分，战胜孤独，也就意味着抵抗苦难，所以孤独的孙光林考上了大学，所以孤独的福贵选择活着，这是一种生的态度、生的力量。

结　语

余华说过："如果让我选择一位中国作家做朋友，毫无疑问，我会选择鲁迅，我觉得我的内心深处和他非常接近。"[8]身处不同时代的两位作家，余华跨过了时间的鸿沟，在无意识却又自觉的状态中和鲁迅走到了一起。但又因为所生活的时代环境不同、人生经历不同，在生命感悟上两人也出现相区别的地方。

二十世纪初的中国，是一个处于内忧外患境地的中国：列强在中华民族的大地上肆意践踏，连年的战火使得民不聊生。五四运动和辛亥革命带来了短暂的希望，然而袁世凯夺取革命果实加冕称帝、军阀间混战不断，又把希望一步步击毙。鲁迅作为一位民族的战士，他为国人所遭遇的灾难感到悲哀，但同时又为国人不挣脱封建传统文化、封建伦理道德的枷锁而感到愤慨。甘愿活在封建社会束缚下的民众，毫无反抗意识，把拔神像胡子的吕纬甫当作疯子，把要毁掉长明灯的"疯子"当作不肖子孙；也没有意识到自己就是害死祥林嫂、孔乙己的罪恶帮凶；也不关心革命者为谁革命，甚至把他们的牺牲当戏看。正是民众这种沉睡麻木的状态，让觉醒者们陷入孤独而最终在封建势力面前低头，深受封建制度迫害的底层人民也只能孤独死去。鲁迅就是要打破这种悲哀的生存现状，他用他那充满战斗力的笔来控诉反动的封建势力和腐朽的封建思想文化，他用人物的死亡来反抗这个令人绝望的社会，在孤独中释放号叫的力量、反抗的力量，旨在唤醒国人那沉睡在"铁屋子"里的灵魂。

余华曾在接受日本《东方新报》专访时表示自己在小学和中学阶段并不喜欢读鲁迅的作品，而真正读到时已经是三十五六岁了，那时《许三观卖血记》已经出版。正因如此，余华身上出现鲁迅的影子可以说是处在一种无意识的状态中的。余华在他前期的作品中，因为过分执着于暴力、阴谋和血腥，对死亡场面更是精雕细琢，血淋淋的现实只不过给予了读者一种感官刺激、给读者展示生命的荒诞与虚无而已，相应地就缺失了对生命意义的感悟和对生命本真的探索，因而难以引起读者的情感共鸣，难以让人理解其内心思想，这不免让余华陷入一种孤寂的境地。而到了九十年代，死亡和孤独成了其苦难书写中的一部分。余华自觉地和鲁迅走到了一起，在作品中更多地关注像福贵和许三观这样处于社会底层的百姓的生存状态，刻画他们的生存困境，同时也赋予这样的生命一种抵抗的力量，所以孤独的孙光林考上了大学，孤身一人的福贵毅然活着。在不可避免的苦难面前，福贵以生命的韧性忍受一切不幸，以一种泰然之感面对死亡；而许三观则以卖血的方式顽强抵抗降临在身上的一切灾难，用一种戏谑的态度笑对苦难。因为他们明白，唯有活着，才是意志中不能被剥夺的东西。

鲁迅和余华，自觉地肩负起作家的历史使命和社会责任，分别以"向死而生"的死亡意识和"死也要活着"的生存意识，悲悯地关注着人类的生存现状。他们希望通过笔杆的力量来赋予人们精神力，从而指引人们去思考生存的价值、去探索生命的意义。虽然选择的生命书写形式不一样，但两人却一样表达了浓郁的人道主义关怀。

参考文献

[1] 鲁迅. 鲁迅小说集［M］. 北京：人民文学出版社，2002.

[2] 刘曾文. 终极的孤寂——对马原、余华、苏童创作的再思考［J］. 文艺理论研究，1997（1）.

[3] 余华. 活着［M］. 北京：作家出版社，2008.

[4] 余华. 许三观卖血记［M］. 北京：作家出版社，2011.

[5] 余华. 现实一种［M］. 北京：作家出版社，2008.

[6] 余华. 在细雨中呼喊［M］. 上海：上海文艺出版社，2004.

[7] 余华. 朋友［M］. 南京：江苏文艺出版社，2003.

[8] 洪治纲. 余华研究资料［M］. 天津：天津人民出版社，2007.

魏晋风度的生成背景、外在显现及精神寄托

郑伟文① 蔡 平②

摘要：魏晋是中国历史上第二个较长的战乱时期，在各种因素的影响下孕育出了与"诸子蜂拥，百家争鸣"不一样的文化现象——魏晋风度。率性任诞、清俊通脱的魏晋风度以药与酒为辅助，以文章为记录，以谈玄为表达方式，将真性情挥洒，将风采与雅量展现；出则特立独行，入则无迹可寻；崇尚名教，崇尚自然……从汉末到晋末，士人们以他们惊世的才华和独特的气质，用看似荒诞的行为艺术让原本平静的历史长河掀起了奇异绚烂的浪潮，而后复归于桃花源的平静，却留下了一个不可磨灭的文化印记供后世凭吊，让人们在这种不可复制的风度中寻找它的现实意义。

关键词：魏晋风度；药与酒及文章；美仪容和风采雅量；谈玄；桃源县令

前 言

"魏晋风度"一词较早出现于鲁迅先生在广州学术演讲会上的一篇题为"魏晋风度及文章与药及酒之关系"的演讲稿。魏晋是一个时间段。本篇所论的魏，是指曹魏，具体是从汉献帝建安元年（196 年）到晋武帝太康元年（280 年）这八十多年的时间，也就是民间所说的"三国时代"。晋则包括西晋和东晋，两晋总共历时 156 年。这样简单相加，魏晋风度的魏晋也就大约 240 年的光景。"风度"一词最早出现于范晔的《后汉书》，指人的言谈举止和仪态。鲁迅先生在用"风度"这个词的时候不局限于《后汉书》的言中之意，这里的风度是指不可以模仿的、往往是一个人独有的个性化标志。风度是因为具有了实力才显得具有魅力，实力为因，魅力是果。现在对魏晋风度的阐释一般就是简单地理解成魏晋时期名士们率

---

① 郑伟文，男，广东海洋大学文学与新闻传播学院汉语言文学专业 2013 级本科生。
② 蔡平，男，广东海洋大学文学与新闻传播学院副教授。

直任诞的行为方式和清俊通脱的气质，但笔者认为，任性放荡、率直通脱并不能将魏晋士人的精神气质跟其他朝代的那些隐士狂人区分开来，魏晋风度是魏晋所特有的、其他朝代的人都只能模仿的风度。魏晋作为春秋战国之后的又一个大分裂时代，其气象不同于"诸子蜂拥，百家争鸣"的春秋战国时期，虽然在思想和哲学上的成就不及春秋战国，但在美学和文学上的贡献却是可以与之媲美的，最能说明问题的一点就是日本学者铃木虎雄在 1920 年提出的"魏晋文学自觉说"。另外，鲁迅先生在《魏晋风度及文章与药及酒之关系》中也说"用近代的文学眼光来看，曹丕的一个时代可以说是'文学的自觉时代'"[1]102。文学从广义的文化学中分离出来成为独立的门类，人们对于文学的审美特质的认识进一步发展，这是文学史上的大事。除此之外，我们说到魏晋风度，还会想起饮酒、吃药、清谈、纵情山水，更有哲学史上的奇葩——玄学，这些几乎成了魏晋风度标志性的东西，标志着魏晋士人的特立独行，也标志着魏晋这个时代独树一帜的风度。我们研究魏晋风度，一方面是为了进一步了解历史，因为当下许多人对魏晋的认识只停留在乱世的阶段，没有完全认识到这个时代的价值，也就无法给予它应有的赞誉；另一方面也是对魏晋风度的现实意义的探索，以史为鉴，取其精华，去其糟粕。

一、魏晋风度产生的时代背景

（一）生于乱世

魏晋是中国历史上典型的乱世。其实早在东汉末年的桓、灵两朝就开始乱了，古代皇帝为了巩固政权只能倚仗两种势力——宦官和外戚，汉桓帝刘志为了铲除外戚梁氏，联合了宦官单超等五人，后来这五个宦官都封了侯，号称"五侯"，他们获得权力之后，比外戚为祸更甚，使得民怨沸腾。在汉桓帝延熹九年（166 年），宦官们与京畿都隶李膺发生大规模冲突，结果替李膺请愿的太学生 200 余人全部被逮捕，虽然在太傅陈蕃、将军窦武的反对下被释放，但是被禁锢终身，不能再做官了，这就是历史上赫赫有名的"党锢之祸"。汉灵帝更是昏聩无能、荒淫无度，开了个"裸游馆"，种上"望舒荷"，便成天和姬妾歌舞升平，导致朝政荒废。建宁元年（168 年），宦官与外戚及士大夫间的矛盾激化，中常侍曹节矫诏诛杀朝廷大员陈蕃、窦武等，并夷其族，逼迫太后归政。建宁二年（169 年），中常侍侯览兴大狱，将前司空虞放、太仆杜密、长乐少府李膺等 120 余人下狱处死，此为第二次"党锢之祸"。汉灵帝在位期间，由于宠信宦官，朝政被宦官赵忠、张让把持，政治腐败到达极点，竟到了朝廷公开卖官鬻爵的地步，导致中平元年（184 年）爆发了黄巾起义。

其后董卓进京，诛杀宦官，也杀了不少反对他的官员，废立皇帝，祸乱纲常，最后还一把火烧了京都洛阳，挟汉献帝出逃长安。董卓之后，天下分裂，袁绍做大，打败公孙瓒，坐拥冀、青、并、幽四州，接收了半个大汉天下。袁术在淮南称帝失败，随后曹操在官渡打败袁绍，统一了北方。孙策脱离袁术，在南方打下江东六郡的基业，当家不久又被吴郡太守许贡部下暗害，年轻的孙权继承父兄遗志。随后，孙刘联盟在赤壁打败曹操，刘备趁势借荆州，进取西川，不久又拿下汉中，兵威正盛之际关羽丢了荆州……许昌曹操、江东孙权、西蜀刘备，天下二分，已见雏形。从此大汉王朝江河日下，这个政权也行将就木。

"挟天子以令诸侯"的曹操死后，曹丕子承父业，进一步逼汉献帝禅让，在公元 220 年登基称帝，改元黄初，定国号为魏，是为魏文帝，封曹操为魏武帝，真应了曹操那句"若天意在我，我为周文王"[2]36。次年，刘备在成都称帝，建立蜀汉政权，孙权稍晚，但也称了帝，历史进入三国时代。这期间，魏蜀吴三方势力是处于制衡鼎立之势的，魏强，则孙刘联盟，火烧赤壁；蜀强，则孙曹联盟，"白衣渡江"夺取荆州，火烧连营。还有诸葛亮六出祁山，姜维九伐中原……三方处于不断的攻伐战争之中。直到司马氏篡魏并于公元 280 年平定东吴，天下三分才归于晋。晋朝不久就闹了"八王之乱"，灭亡之后东渡，进入东晋，东晋多次北伐无果，不久就为刘裕所灭，魏晋结束而进入南北朝。南北朝与本文所论关联不大，故不再详述。

（二）前路茫茫

本文所论的魏晋风度其大的历史背景就是如此，如果将魏晋风度具体到某些人物身上，那么大概就是从"三曹"、"七子"、正始名士、竹林七贤、王谢世家，到晋宋之际的陶渊明。为了更细致地说明魏晋士人的生活环境和魏晋风度产生的时代背景，以下列举一些魏晋时代较为重要的历史问题：

1. 九品中正制度

魏文帝曹丕为了顺利登基就必须得到士族大家的支持，因为曹操的名声不好，出身也不正。曹操的祖父曹腾是宦官，曹操是曹腾养子的儿了，"党锢之祸"让士人们变得异常同仇敌忾，从这个层面讲，曹操的出身连一般的庶族子弟都比不上，加之曹操年轻时飞鹰走狗、杀人太多，所以一直为士人所不屑，讥为"赘阉遗丑"。所以，为了笼络当时的士族大家，曹丕接受了尚书令陈群的建议，采用九品中正制度选取官员。比起"选秀才，不识字，举孝廉，父别居"的汉代察举制，九品中正制弊端更大。"上品无寒门，下品无士族"[3]839的局面使得当时社会的两极分化走向极端，并直接导致了两晋和南北朝时期皇帝和士族大家共同执政的畸形政治形态。"学而优则仕"，但是许多苦读诗书的士人因为出身不好而难以走上仕途，甚至终身穷困潦倒。就如左思《咏史》其二所言："郁郁涧底松，离离山上苗。以彼径寸茎，荫此百尺条。"可见士人们的内心是极其郁闷的。

2. 孔融之死

公元208年，曹操杀了孔融，罪名是"不孝"，因为孔融有言谓"父之于子，当有何亲？论其本意，实为情欲发耳。子之于母，亦复奚为？譬如寄物瓶中，出则离矣"[4]645。这当然是曹操的借口，以操之识略，岂能不知因言杀人是为暴虐昏聩？真正的原因大概是孔融在曹操出征时在后方唱反调，又常常讽刺曹操。曹丕抢了袁熙的妻子甄姬，孔融就以"武王伐纣，将妲己赐给周公"来讽刺曹操，说是"以今度之，想当然耳"[4]643。曹操禁酒，孔融反对，说要禁酒就得禁色，因为色也能亡国。孔融此话令其大为不悦。总之孔融之死其实在于冒犯了曹操。

然而，曹操以"不孝"的罪名将孔融杀害大概是个错误。孔融，字文举，据传是孔子的二十世孙，小时候就有"让梨"的美谈，其父亡故，他伤心得站不起来，在时人眼中是大孝子，是正直士族的代表。曹操当初标榜"唯才是举"，不忠不孝之人只要有才便可被任用，如今却把孔融杀了，而且是以"不孝"的罪名，这告诉世人，谁有权力，谁就能翻手为云覆手为雨，而且以"不孝"之名杀孔融不仅是杀其人，更是杀其心，狠狠地打了儒家的耳光。孔融的子女虽年幼亦不能幸免，真是"覆巢之下无完卵"。

孔融并不是第一个也非唯一一个死在曹操手中的名士，比如曹操还杀了九江太守边让，导致"士林愤痛，民怨弥重，一夫振臂，举州同声"[3]667。可见曹操在士人中声名狼藉，也说明了当时士人的身家性命是没有保障的，后来司马懿杀何晏，司马师杀夏侯玄，司马昭杀嵇康都是有力的佐证，有时候大名士就是当权者用来"骇猴"的"名鸡"。

3. 名教的虚伪

知识分子似乎向来都是标榜气节的，朱自清说：

气节是我国固有的道德标准，现代还用着这个标准来衡量人们的行为，主要的是所谓读书人或士人的立身处世之道。……向来论气节的，大概总从东汉末年的党祸起头。[5]

除了讲气节，知识分子也讲名声。汉末的士人就很有代表性，他们在讲气节的同时应该会有哪天逃亡时家家愿意收容的所谓"望门投止"的自豪感吧，这是老百姓对他们气节的肯定，而读书人的气节很多时候是体现在对名教的恪守上的。

曹操杀孔融可以说是用"伪名教"杀了名教的信徒，这是极其残忍的手段，然而当权者似乎都喜欢用这样的方式杀人，因为老百姓通常只知道名教的皮毛却看不出谁才是名教的信徒，所以用"伪名教"杀人不仅可以除去心腹之患，还能折其气节，愚弄平民。这伎俩司马昭如法炮制了，他怨恨嵇康的不合作又忌惮他的社会影响力，这个时候，三千太学生的联名信就成了嵇康的催命符，而钟会的推波助澜就是导火索。统治者掌握了生杀大权，就可以将名教随意揉捏把玩，让它成为权杖上的一颗血色的宝石。司马昭援引"孔子杀少正卯"的春秋旧案给嵇康判了个死刑，这便将嵇康和少正卯置于同等境地，而少正卯是被儒家圣人孔子批为"心达而险；行辟而坚；言伪而辩；记丑而博；顺非而泽"[6]的小人之桀雄，这就等于当着天下人的面借孔子的权威给嵇康贴了个"小人"的标签，此举在当时的士人眼中无疑是可笑的。尽管可笑，却不可言。

二、魏晋风度的外在显现

（一）药与酒及文章

无论是鲁迅先生借古讽今的文章也好，还是易中天先生将魏晋风度放在《中国智慧》一书中也罢，尽管二者所处时代不同，却都是以史为鉴，向往圣先贤学习，这个优秀传统需要继承和发扬。今天对魏晋风度的探讨，究其面貌，也是为了学习和继承，并发掘其现实意义，而魏晋风度的现实意义更偏向于抽象的精神、智慧和品格的熏陶，因为历史不会倒退，却能重演，总是"新瓶装旧酒"，但万变不离其宗，外在的形式会变化，内在的哲学却很稳定，因而前辈们的智慧和精神对于当下的指导意义便不言而喻。

那么魏晋风度究竟是一种怎样的风度呢？易中天先生认为这是一种"奇怪的风度"，并将其概括为"真性情、高智商、美仪容和风采雅量"，用来证明的材料多来自《世说新语》，因而讲故事的意味较为浓厚，这一点与鲁迅先生偏于议论和讽刺的《魏晋风度及文章与药及酒之关系》是不同的。笔者认为风度、气质、品格或者精神之类形而上的东西因其理解的差异性太大，不同人在不同时代和处境中对同一个问题的看法未必相同，因而个人的议论和总结总是显得以偏概全，所以笔者仍然选择如易中天先生讲故事一般的方式来讨论魏晋风度。

汉献帝建安二十二年（217 年），王粲从曹操南征孙权，在北返邺城的途中病逝，时年四十一岁。王粲，字仲宣，号称"七子之冠"，在邺下文人集团中占有重要地位，与曹丕和曹植都交情匪浅，所以曹植写了《王仲宣诔》，开篇便是：

呜呼哀哉！皇穹神察，哲人是恃，如何灵祇，歼我吉士[7]。

挚友溘然长逝，写诔文以纪之，这是很平常的事情。相比之下，曹丕的悼念方式就非常特别。王粲死的时候是建安二十二年的春天，当时的曹丕还不是魏世子，但已官居五官中郎将，这样的人物去吊唁一个作家，竟是号召众人学驴叫，因为王粲生前最喜欢听驴叫，于是墓前便响起一片驴叫声，追悼会就算开完了。然而这并非个例，孙子荆和王武子都是晋朝名士，王武子死后孙子荆是最后一个去吊丧的，也是学驴叫，结果弄得哄堂大笑，孙举头曰："使君辈存，令此人死。"言下之意就是"诸君不死，而令武子死乎？"结果宾客皆怒。这两则故事都是来自《世说新语》的《伤逝篇》，人物的身份跟其怪异行为所形成的反差就显示了魏晋风度的特别之处，易中天先生将其概括为真性情。虽然曹丕和孙子荆还达不到庄子"鼓盆而歌"的境界，但这份真性情却是相同的，是魏晋风度的重要特征。

药与酒也是魏晋风度的重要特征和标志，对魏晋风度的产生也有重要作用，而那些士人的文章则是魏晋风度的表现和记录。

道教对魏晋社会颇有影响，不少人为图长生而修仙炼丹，但魏晋风度所说的药却不是道教所谓的丹药，而是五石散。五石散是一种毒药，经过何晏的改造之后便开始有人服用，五石散的配方大概是"石钟乳、石硫黄、白石英、紫石英、赤石脂；另外怕还配点别样的药"[1]105-106。

何晏，字平叔，河南人，正始名士的代表，是汉末大将何进之孙，也是曹操的女婿，后为司马懿所杀，有《论语集解》存世。何晏便是服药的第一人。服药估计就像吸鸦片一样，可以让人放松甚至飘飘欲仙，但危险系数较高。魏晋时人多宽衣博带，穿木屐，披头散发，颇为飘逸，这样的穿着一开始并不是为了显示风度，而是发散药力的需要。想快些发散药力就得到处走动，故五石散又称"行散"。走动的时候皮肤容易与衣物摩擦而出血不止，有人因此丧命，所以要穿宽大的旧衣服，穿木屐也是为此。旧衣服又不能洗，所以长虱子，也就诞生了"扪虱谈玄"。饮食上除了酒，其他的都要冷食，所以五石散又有一个名字叫"寒食散"。

虽然稍不留心就会因服药而丧命，但还是有许多魏晋士人宁可冒险也要服药，就是求一时快活，这种及时行乐的思想也是魏晋乱世的产物。服药似乎还能振气壮胆，让魏晋士人变得暴躁狂放，甚至会因为蚊虫的侵扰而拔剑追杀，像王述吃鸡蛋这种漫画式的夸张倘若为真，那魏晋风度的怪诞就颇具幽默感。倘若在服药之后写文章，那笔杆子跟腰杆子都硬了，也就容易写出一些蔑视世俗礼教、讽刺挖苦统治阶级的文章，比如《与山巨源绝交书》中"每非汤武而薄周孔"，嵇康的所谓"必不堪者七，甚不堪者二"不过都是一些鸡毛蒜皮的小事，却是赤裸裸的挑衅，也就为《广陵散》的失传埋下了隐患。

面对黑暗的现实和残酷的政治统治，魏晋士人做出了几种选择，以"竹林七贤"为代表，骨节强硬如嵇康者，结局是被杀；弯腰顺从如山涛者，终于官至司徒；还有一种是乍降乍叛、佯疯卖傻的，正如阮籍。

阮籍，字嗣宗，与嵇康同为"竹林七贤"的代表人物。其实所谓的"竹林七贤"只是一个松散的小团体，大家因为都爱聚集于竹林之中喝酒抚琴，谈天说地，又都是当时较为有名的人物，所以世人便将他们列为小团体。但就文章风格和人生价值取向来看，他们有明显的差异，性格也不尽相同。与嵇康一样，阮籍也有狂傲而蔑视礼教的一面，《世说新语》载："阮公邻家妇有美色，当垆酤酒。阮与王安丰常从妇饮酒，阮醉，便眠其妇侧，夫始殊疑之，伺察，终无他意。"[8]410如阮籍之母过世后，阮籍"蒸一肥豚，饮酒二斗"的表现在"以孝治天下"的晋朝无疑是被视为大不孝的，甚至有人因此向司马昭进言杀阮籍，但司马昭是明白人，知道阮籍的为人。果然，在给母亲送葬"临诀"之际，阮籍"直言'穷矣'，一声长号，随即吐血，废顿良久"。

与嵇康不同的是，在对待司马氏政权的态度上，阮籍没有嵇康那么骨气凛凛，而是佯装轻视，实则妥协，乍降乍叛。"步兵校尉缺，厨中有储酒数百斛，阮籍乃求为步兵校尉。"[8]409当官只为美酒？表面上看似如此，实际上是接受了司马氏的封赏，是对当权者的妥协，可为了堵住悠悠众口，当司马昭要与他联姻时，他却大醉三月，结果司马昭只能不了了之。嵇康是服药的，服药使人死，因为服药之后腰杆子硬了，不屈服；而阮籍是喝酒的，喝酒使人活，因为醉酒就会摇摇晃晃，态度不明。司马昭借阮籍和嵇康向士人展示了他恩威并施的政治手段。

其实，"口不论人过"的阮籍是最苦的。他不像嵇康那样决绝，也不似山涛那样顺从，无力反抗又不能屈从，那幅潇洒不羁的面具掩盖不住一颗矛盾痛苦的心，以至于总是携酒驾车出游，一遇穷途便号啕大哭。他羡慕孙登的超然物外，又受道家玄虚思想的影响，援道入儒以对抗虚伪的名教，于是便在《大人先生传》中写道：

> 以万里为一步，以千岁为一朝。行不赴而居不处，求乎大道而无所寓。先生以应变顺和，天地为家，运去势颓，魁然独存。自以为能足与造化推移，故默探道德，不与世同[9]。

塑造了一个超世独立，洒脱豪迈的大人先生形象。可这毕竟只是一个梦想，实际上是：

> 夜中不能寐，起座谈鸣琴。薄帏鉴明月，清风吹我襟。孤鸿号外野，翔鸟鸣北林。徘徊将何见，忧思独伤心[10]。

那八十二首《咏怀》诗才是阮籍心灵的独白，可就连独白也只能很隐晦地表露，如此压抑，以致阮籍最终郁郁而死。

将酒与文章和魏晋风度的真性情浑然融合于一身的刘伶亦属"竹林七贤"之一。易中天先生讲魏晋风度的怪诞时举了桓温的妻子南康长公主和刘伶的例子，说南康长公主的"奇怪"可以认定为一种豁达的态度，而"真正奇怪的只有刘伶"。其实笔者认同魏晋风度是一种"奇怪的风度"，主要是因为它太不拘一格、太突破传统了，或者可以说是太前卫，而并非所谓的，因为刘伶的正奇怪，他只是放情肆志。

刘伶，字伯伦，沛国（今安徽淮北）人。《晋书·刘伶传》载其："常乘鹿车，携一壶酒，使人荷锸而随之，谓曰：'死便埋我。'其遗形骸如此。"[3]910 又《世说新语·任诞篇》载：

> 刘伶恒纵酒放达，或脱衣裸形在屋中。人见讥之，伶曰："我以天地为栋宇，屋室为裈衣。诸君何为入我裈中？"[8]410

其嗜酒率性如此，就连其代表作也与酒有关——《酒德颂》，其所塑造之形象跟阮籍的"大人先生"类似，就是多了一点嗜酒如命。但准备喝酒喝死的不只刘伶一人，阮籍也是这么打算的，刘伶也不是第一个脱衣裸形，至少祢衡是刘伶的前辈，祢衡还当着曹操和众多宾客的面脱衣裸形。相对于祢衡的狂悖，刘伶顶多就是放纵，这在崇尚任诞的魏晋并不算是最极端的，故而并不奇怪。

吃药使魏晋士人表现出暴躁刚直、大胆无畏的气概，酒让魏晋士人浇遍胸中块垒，既可借酒放纵，亦能借酒避世，药与酒丰富了魏晋风度，而文章又使之流芳万古。

（二）"美仪容"和风采雅量

魏晋是个极其崇尚美的时代，所以"美仪容"也是魏晋风度的重要特征。

汉末有品评人物的风气，但多为评价时人的品质，以便于察举征辟，著名的人物品评家有许邵、许靖两兄弟，许邵就曾评价曹操是"治世之能臣，乱世之奸雄"[2]30。到了魏晋，人物品评不局限于品格，也重相貌和风采，这就使得刘伶的才华更为突显了。《晋书·刘伶传》载："刘伶身长六尺，容貌甚陋。"[3]910丑男而成名士，在魏晋是少见的，才华才是刘伶出名的根本。

《世说新语》就有《容止》一篇，专记时人的仪容风采。如：

何平叔美姿仪，面至白。魏明帝疑其傅粉，正夏月，与热汤饼，既啖，大汗出，以朱衣自拭，色转皎然。[8]343

魏晋士族大家子弟好保养，把自己养得白白净净、柔柔弱弱的，体现一种阴柔之美。曹植出门喜欢带个脂粉奁，与朋友聚会喝酒吟诗之前先涂抹些脂粉。除了涂脂抹粉的，也有天生丽质的，《晋书·嵇康传》谓其："身长七尺八寸，美词气，有风仪，而土木形骸，不自藻饰，人以为龙章凤姿，天质自然。"[3]906

卫玠也因为长得太美，一出门就引得时人蜂拥围观，结果就留下了"看杀卫玠"的典故；潘安出一趟门回来就能拉回一车水果，张载却只能拉回一车石头，由此可见"美仪容"是整个社会的风气。在这种尚美风气下，时人甚至不畏权贵。《容止》篇载魏明帝使后弟毛曾与夏侯玄共坐，时人谓"蒹葭倚玉树"。相貌平平的毛曾，虽是皇帝后弟也难免遭时人讥讽，《世说新语新校》在这一段后面援引了《魏志》曰：

玄为黄门侍郎，与毛曾并坐，玄甚耻之，曾说形于色。明帝恨之，左迁玄为羽林监。[8]343

夏侯玄宁可得罪魏明帝而被贬也要以与毛曾并坐为耻，古今几人能如此？这就是魏晋风度。

《世说新语》在内容的编排上体现了儒家的思想和价值取向，依据孔门四学，将德行列为第一，言语第二，政事第三，文学第四，而紧随其后的就是《方正》和《雅量》。

魏晋风度虽以率性狂放、清俊通脱著称，但许多魏晋士人仍然是恪守名教，方正而不畏强权。《方正》曰：

明帝在西堂，会诸公饮酒，未大醉，帝问："今名臣共集，何如尧舜时？"周伯仁为仆射，因厉声曰："今虽同人主，复哪得圣治？"帝大怒，还内，作手诏满一黄纸，遂付廷尉令收，因欲杀之。后数日，诏出周，群臣往省之。周曰："近知当不死，罪不足至此。"[8]167

虽然周伯仁当众给晋明帝难堪，却能在王敦造反时质问王敦："今主非尧舜，何能无过？且人臣安得称兵以向朝廷？处仲狼抗刚愎，王平子何在？"[8]167可见周伯仁作为人臣的气节。

方正的另一种表现就是不畏鬼神。道教起于东汉，盛于魏晋，时人修仙炼丹以求白日飞升或长生不死者不在少数，尤其是那些手握权柄的人，诸如秦皇汉武，或寻访海外仙山，或铸金铜仙人承露盘，同时又都蓄术士以炼丹，求仙炼丹之风一时盛行。在这样的年代，作为最大军阀首脑的曹操却能发出"神龟虽寿，犹有竟时。腾蛇乘雾，终为土灰"这样横溢着理性而振聋发聩的呐喊。作为普通的种晋士人，也有一些能够保持清醒的头脑来看待鬼神之事，《方正》有关于阮宣子的记载：

阮宣子伐社树，有人止之。宣子曰："社而为树，伐树则社亡；树而为社，伐树则社移矣"。[8]162

社是土地神，社树便是土地神寄居的大树，《庄子》有"匠石去齐国，见栎社树。其大蔽数千牛，其干百围，其高临山"[11]的夸张描述，以社树之茂盛衬托齐国之强大。社树在老百姓的心中就是神灵，而阮宣子竟有公然伐树的勇气。对于鬼，阮宣子也是不信的，他对于人死化鬼有一番幽默的嘲讽:"今见鬼者云著生时衣服,若人死有鬼,衣服复有鬼邪?"[8]162-163 其不畏鬼神如此。

雅量,今为宽宏的气度之意,但在魏晋风度之中其含义似乎有所放大。《雅量》开篇便是:

> 豫章太守顾邵,是雍之子。邵在郡卒,雍盛集僚属,自围棋。……以 爪掐掌,血流沾褥。宾客既散,方叹曰:"已无延陵之高,岂可有丧明之 责?"于是豁情散哀,颜色自若。[8]184-185

顾雍的丧子之痛不发于客前,便是雅量,其实是能忍。而同样是在下棋,谢安忽闻晋军淝水之战的捷报时,作为总指挥的他依旧镇定自若,但在宾客走后却高兴得连屐齿碰掉了都不知道,这也是雅量,其实是能装。至于王戎七岁便不惧怕被断了爪牙的老虎,这是勇敢,也归于《雅量》。更有趣的是:

> 夏侯太初尝倚柱作书。时大雨,霹雳破所倚柱,衣服焦然,神色无 变,书亦如故。宾客左右,皆跌荡不得住。[8]186

这种雷打不动亦为雅量。

真正符合今人对雅量的定义的事例,来自《世说新语》的《规箴》篇。王导、谢安、郗鉴之后,陆玩拜司空,时人多有不服。有一宾客去陆玩家讨酒喝,当着陆玩的面,举着酒杯对着柱子说:"当今乏才,以尔为柱石之用,莫倾人栋梁。"陆玩听了,只是笑曰:"戢卿良箴。"[8]320意思是"我定当铭记您的金玉良言"。可见,陆玩之雅量便是其过人之处,这事搁一个普通人身上,恐怕也很难做到如此海量汪涵,而这正是魏晋风度。

风采与仪容关系密切,"美仪容"是魏晋士人展现其风采的重要的外部条件,而方正、雅量则是展现风采的根本内在涵养。"美仪容"与风采雅量是魏晋风度另一个重要组成部分。

三、魏晋风度的精神寄托

(一)谈玄——从"贵无""尚玄"到"崇有""独化"

前文提及魏晋士人所穿的宽大旧衣服上多有虱了,他们一边谈玄一边抓虱子,就有了"扪虱谈玄"的典故,这在我们今天看来是相当邋遢的,但在那时却是名士风度。谈玄时，谁的虱子多，谁似乎就是最有才华的。除了扪虱，还有麈谈。麈谈就是谈玄时拿着麈尾——用一种长得像鹿的动物的尾巴制作而成的拂尘，说到兴起便挥动麈尾。

扪虱或者麈谈是谈玄的形式，而"三玄"则是谈玄的内容。所谓"三玄"即《老子》《庄子》和《周易》，《老子》《庄子》是道家名作，而《周易》是儒家经典，由此可见魏晋玄学是援老入儒，以老庄思想来注解儒家经义，但魏晋玄学并不是儒道两家的简单相加，《中国文化史》云：

> 就其本质而言，中国哲学在长期发展过程中，各种流派的争斗交融促进了人们思维的深化，所以不能说玄学仅是儒家与道家的简单相加，而应看作一门在前有基础上涌现出的一种新思潮。[12]23-24

这种新思潮是在政治高压的环境中形成的，谈"玄"只涉及关于宇宙人生等哲学问题，是远离政治的。

读书人喜欢高谈阔论，可在那种混乱的社会中又容易因言获罪，所以只好对政治旁敲侧击或者干脆避而不谈，加之三教九流的影响，魏晋玄风便应运而生，不仅影响了文学，使得文学由建安风骨的慷慨悲壮转为"词旨渊永，寄托遥深"[13]35的正始文风，也使谈玄蔚然成风。魏晋玄学的创始人也是何晏，而谈玄却可分为建安七子、正始名士、竹林七贤、王谢世家和彭泽陶令几个时期。

何晏和王弼都是正始名士，何晏援老入儒，又博采众家之长而融于儒道为主的庞大体系之中，提炼出了"以无为本"的"贵无"思想：

> 在他看来，世界上的一切"有"，都是由"无"生出来的，"无"是一种超物质的虚静本体，是不可名状和难以捉摸的东西，它又神通广大，法力无边，能够创造出具体的物质世界，因而是世界万有的根源。[12]24

而王弼则将这种"贵无"思想发展成比较精致的哲学思辨，将"道"视为万物遵循的规律，而"道"即"自然"，这样，"名教本于自然"就是自然而然的事情了。

社会思想总是随着社会环境的变化而变化的。当名教成为统治者的工具时，标新立异的"竹林七贤"就发出了"越名教而任自然"的最强音，蕴含着对"伪名教"的反叛和对真诚"自然"的皈依，这种狂放洒脱是出于本心的，是内心无奈的真情流露。但到了西晋后期，一些士人盲目模仿这种风度，例如王戎的从弟王衍，他推崇"贵无"，却无深刻见解，效仿"竹林七贤"却只是学其外表，陷入"虚无主义"泥淖之中的他成为沽名钓誉之辈。《晋书·王衍传》载其："妙善玄言，唯谈老庄为事。每捉玉柄麈尾，与手同色。义理有所不安，随机改更，世号口中雌黄。"[3]814但由于王衍老谋深算，是当时的名士，且累居高官，所以不少士人效仿他，结果导致"矜高浮诞，遂成风俗焉"。这群人不学无术却又放浪形骸，以致聚众淫乱，荒诞颓废之风波及民风政治，使得社会严重失控，随后便是"八王之乱"和"永嘉南渡"，这就是后世批评魏晋玄谈误国的把柄。

所以裴頠和郭象就出来纠正这种错误，他们主张"崇有""独化"，提出了"不越名教而任自然"，把走向极端的"贵无""尚玄"思想又拉回了现实。

但事实上，真正的玄谈是不误国的。王谢世家盛极一时，而王导、谢安皆是玄谈高手，也都是政坛要员，谢安还在淝水打了一场以少胜多的著名战役，许多人也因为玄谈而名噪一时，因为谈玄是一件需要有高智商和深厚学养的事情，需要博览儒道及各家经典以便于引经据典，需要敏捷的思维以跟上天马行空的话题转换，更需要抽象思维以贯通宇宙人生等哲学思考。

到了晋宋之际的陶渊明，其玄谈主要流露于其闲适的田园山水诗歌之中，其《饮酒》诗云：

结庐在人境，而无车马喧。
问君何能尔，心远地自偏。
采菊东篱下，悠然见南山。
山气日夕佳，飞鸟相与还。
此中有真意，欲辨已忘言。[14]

南山与我合一，故而悠然可见，而这种平静闲适却是用言语无法表达的，既然"言不能尽意"，那就只能靠玄虚的感悟，这便将玄学与自然和生活浑然融合了，而这种融合的极致便是构筑出一个世外桃源。

（二）桃源县令

魏晋风度因孔融与嵇康的死而呈现的第一抹亮色便是血染的风采，中间是形形色色特立独行的风流人物，收尾的就是桃源县令陶渊明，而这个收尾实际上是建立了一道沟通魏晋风度另外一个部分的桥梁，即在世，特立独行，率性通脱；在隐，销声匿迹，无声无息。

桃花源的意义是什么呢？

为后世的士大夫筑了一个"巢"，一个精神家园。一方面可以掩护他们与虚伪、丑恶划清界限，另一方面也可使他们得以休息和逃避。[13]59

文学史给出的答案不可谓不对，但不是很完整，应该加上一个"大隐无形"的道理。

《桃花源记》通篇用了象征的手法，而象征的主体是三类人，其一是以武陵捕鱼人为代表的汲汲于功名富贵的平凡之人。他在偶然间误入桃花源，体验了一番世外桃源的生活之后，仍然眷恋着世俗功名，以至于不顾桃源人"不足为外人道也"的请求，一出桃源便"扶向路，处处志之"，一"及郡下"，便"诣太守"。而"诣太守"的目的大概就是将桃源作为声名富贵的敲门砖。这是最平凡且处境最接近隐士而内心却毫无归隐之意的一类人的代表，他们不经意间就放弃了归隐的最佳机缘。试想，假使武陵捕鱼人误入桃花源便终老于其间，那后面的一切都将不复存在。而武陵捕鱼人并未作此选择，陶渊明以此来对那些以退为进、试图以归隐的清名换取世俗功名的人进行嘲讽。

其二是以太守和南阳刘子骥为代表的早已名扬于俗世的一类人。他们又可分为两类，一类是有心归隐却受累于世俗功名的牵绊的人，比如南阳刘子骥，一听说桃花源便当即"欣然规往"，另一类则是以太守为代表的人。试想，太守遣人寻找桃花源的目的是什么？无非就是想以桃花源炒作，让自己的声名更大罢了，而这一类人无疑是陶渊明嘲讽的对象。但最终不管是刘子骥还是太守，都没有找到桃花源，因为他们并非真隐士。而如刘子骥这类当时名士都无法真正退世归隐，其他人就更难以做到了，于是便有"后遂无问津者"的喟然长叹。

其三则是以桃源人为代表的真隐士。那是如神仙般逍遥的存在，不需要丰富的物质财富，也不需要显达的声名，甚至不知汉魏，忘乎岁月，却能怡然自乐于良田美池桑竹之间，不在俗世留下半点痕迹，没有人知道他们一星半点的消息。

桃源人的生活正是陶渊明所向往的，但陶渊明并不是真隐士，他只是在追求真隐士的路上，或者说是在寻找桃花源的路上，因为他最终还是被俗世发现了。从这个层面上讲，"小隐隐于野，中隐隐于市，大隐隐于朝"是荒诞的，因为隐无大小之分，亦无庙堂草野之界，只有真假之别，而真隐是隐于"无",真隐士本身是没有意义的,因为他们的行迹和思想根本不现于世,只是他们注明的"大隐无形"的道理有意义。

相较而言,陶渊明是最接近真隐士的,他是桃花源存于世间的诉说者,是桃花源与世俗沟通的中间环节,故而将其喻为桃源县令。

陶渊明与魏晋风度的联系首先体现在桃花源的构想上,他毅然强迫自己远离世俗仕宦,结庐于南山之下,虽环堵萧然,亦能安贫乐道。这可与嵇康临刑东市而镇定自若、阮籍驾车徘徊而郁郁寡欢和山涛顺从统治而官高位显并列,代表着魏晋士人的四种人生选择,抑或是于嵇阮诸人之外,为士人开辟出一条新路,一条与世无争的康庄大道。其次便是热爱自然,这里的自然既有"越名教而任自然"的自然,也有真实的自然。魏晋风度崇尚自然,从时人品评人物的用词造句便可看出,前面提及的夏侯玄与毛曾的"蒹葭倚玉树",或者是山涛评价嵇康的"嵇叔夜之为人也,严严若孤松之独立;其醉也,巍峨若玉山之将崩"[7]344都是借自然之物喻人。而陶诗最显著的艺术特色就是"自然"。最后就是陶渊明本身清俊通脱、率性不羁的性情,以头巾滤酒,不为五斗米折腰等行为都将魏晋风度展现得淋漓尽致。

结 语

本文从《世说新语》《三国志》以及鲁迅先生的《魏晋风度及文章与药及酒之关系》等作品入手,参照易中天先生的《中国智慧·魏晋的风度》的结构,表达笔者对魏晋风度的认识,借此探讨魏晋风度对于我们今天的现实意义,从中领略中国知识分子一脉相承的气节。

魏晋风度以药与酒为辅助,以文章为记录,以谈玄为方式,将真性情挥洒,将风采与雅量展现;出则率性任诞,入则悄无声息;崇尚名教,崇尚自然……从汉末到晋末,魏晋士人以他们惊世的才华、独特的气质和人格魅力,以及看似荒诞的行为艺术,让原本平静的历史长河掀起了奇异绚烂的浪潮,而后复归于桃花源的平静,却留下了一个不可磨灭的文化印记供后世凭吊。面对当下的社会,我们需要在这种不可复制只能模仿的风度中寻找它的现实意义。

参考文献

[1] 鲁迅. 而已集 [C]. 桂林:漓江出版社,2007.

[2] 陈寿;裴松之,注;吴金华,点校. 三国志·魏书 [M]. 长沙:岳麓书社,2002.

［3］房玄龄，等. 晋书［M］. 北京：中华书局，1974.

［4］范晔；张道勤，校点. 后汉书［M］. 杭州：浙江古籍出版社，2001.

［5］赵一夫，选编. 朱自清［C］. 上海：文汇出版社，2001.

［6］国学整理社. 诸子集成·荀子集解［M］. 北京：中华书局，1996.

［7］萧统. 文选［M］. 上海：上海古籍出版社，1980.

［8］刘义庆；李天华，校. 世说新语［M］. 长沙：岳麓书社，2004.

［9］曹明纲. 魏晋南北朝散文［M］. 上海：上海书店出版社，2000.

［10］邬国平. 汉魏六朝诗选［M］. 上海：上海古籍出版社，2005.

［11］徐北文；朋星，选译. 诸子散文对读［M］. 济南：山东友谊出版社，2001.

［12］张维青，高毅清. 中国文化史［M］. 济南：山东人民出版社，2002.

［13］袁行霈. 中国文学史：第二卷［M］. 北京：高等教育出版社，2005.

［14］袁行霈. 陶渊明集笺注［M］. 北京：中华书局，1979.

汤显祖遂昌班春迎春诗考

刘　爽[①]　刘世杰[②]

摘要：万历二十二年三月，汤显祖被量移到浙江遂昌任知县。任遂昌令的五年，每年春天，汤显祖都会率领部下和遂昌百姓举行班春迎春仪式，并写下诗歌，表示对农事的重视，表达对农业取得丰收的祈望。这些班春迎春诗歌既是对传统习俗的继承和发展，也是汤显祖为节令风俗写出的补正史之不足的重要文献。这些诗歌深入浅出，标题鲜明，主题明确，通俗易懂但又十分精巧，是汤显祖诗歌的重要组成部分。

关键词：汤显祖；遂昌；班春；诗歌

一、汤显祖在遂昌任职时的情况

汤显祖（1550—1616），江西临川人，字义仍，又名义，号海若、海若士，又号若士，自署清远道人，堂号玉茗堂。晚年自号茧翁，又被人命名为寸虚、广虚。他是明代成就最高，影响最大的剧作家，其"临川四梦"达到了同时代戏曲创作的高峰，并且创作了大量的诗赋古文。[1]众所周知，汤显祖的戏曲创作（如《牡丹亭》）得到很多专家的研究与考证，而"三梦"研究者较少，对其诗文的研究显得不足。汤显祖诗作丰富，现存诗歌两千六百余首，仅在遂昌的五年就留下了两百多首。比汤显祖年长的徐渭这样评价汤显祖的诗歌："真奇才也，生平不多见。五言诗大约三谢二陆作也。其用典故多不知，却自觉其奇。古妙而又浑融。又音调畅足。"[2]。

万历十九年（1591），有着满腔报国之志的汤显祖向皇帝上了一篇《论辅臣科臣疏》，抨击了首辅申时行、次辅王锡爵等官员，指明他们贪赃枉法，滥用私权，坑害百姓的罪行，而且评价了当时的政治。汤显祖冒犯了君威，引起首辅申时行等人的愤怒和报复。皇帝虽然下了"从轻处了"

---

①　刘爽，女，广东海洋大学文学与新闻传播学院汉语言文学专业2013级本科生。

②　刘世杰，男，广东海洋大学文学与新闻传播学院教授。

的圣旨，申时行等却把汤显祖贬谪到极边的广东徐闻县任添注典史。[3] 三年后，万历二十二年（1594）正月春节一过，汤显祖离开徐闻，返回江西临川老家。根据刘世杰先生的考证，万历二十二年三月十八日，汤显祖到达浙江西南部的处州府遂昌县任知县。万历二十七年（1599）弃官归里。[4] 在遂昌的这五年，他建相圃书院，劝学有道，消弭盗匪，清除虎患。在除夕、元宵等佳节，他还令狱中人犯回家团圆或上街观灯，成为浙江县令中政声极佳的官员。直到现在，在遂昌百姓心中，作为清廉为政的官员，汤显祖还占着重要的地位。[5] 在遂昌的五年里，汤显祖创作了很多诗文。这些诗文反映了遂昌俊美的风光、百姓的平易朴实，显示了汤显祖为人正直，真诚待民的性情。

初到遂昌，汤显祖为眼前云雾缭绕、重峦叠嶂的美景痴迷，又有清泉流过，又有芳草树木环绕，汤显祖遂称遂昌为"仙县"。他满怀理想，充满斗志，希望通过治理这个小县城来实现自己的政治理想。初至遂昌的他第一时间并未想到遂昌地处浙江西南山区，交通非常不便，"学舍、仓庾、城垣等作俱废"，田地少且贫瘠，并且经常有盗贼、虎豹出没，民不聊生。在艰苦的环境面前，汤显祖充满信心，带领百姓脱贫迎新。他重视生产，奖励农事。每年的立春前后，他都带领下属官员准备好花酒，分发给百姓春花和春鞭，一同班春迎春。[6]《班春二首》就是汤显祖班春诗中的代表作之一。

自万历二十二年三月十八日至万历二十七年三月为止，汤显祖任遂昌县令整整五年。

二、班春迎春传统

班春又称鞭春，是古代县官指导农民催耕催种的政令的一项活动仪式。每年春天，从天子到地方官员都会主动带领百姓下田，牵着耕牛，拿着牛鞭，鞭打耕牛，教导人民耕作。

明代遂昌的班春是在立春前一日，有"官祀芒神，行鞭春礼，家设酒肴，祭祀土神"的习俗。在三月亥日，"祭祀先农，行耕籍礼"。这种习俗从明代传承到清代，并有所发展。[6] 汤显祖的班春迎春诗对当时的习俗有着明确的反映，这些习俗也得到了充分的证实。

汤显祖在遂昌的五年，每到立春时节都要举行班春迎春的仪式，奖励农桑，鼓励劳动人民热爱土地，勤于耕作，以求丰收。《牡丹亭·第八出劝农》中的民间习俗和生活背景也取材于遂昌的班春活动。南安太守和百姓关系融洽，在百姓空闲的时间，太守和百姓赏花饮酒。新春来到，百姓安居乐业的美好场景令人神往。这也是汤显祖在遂昌五年的真实写照。

三、汤显祖遂昌班春迎春诗

汤显祖的诗歌在文坛上的评价还是非常高的,他的好友兼同乡帅机曾说:"诚余目中所希觏,明兴以来所仅见者。"[2]341钱谦益在《列朝诗集小传》里这样说:"自王、李之兴,百有余岁,义仍当雾雰充塞之时,穿穴其间,力为解驳。归太仆之后,一人而已。"[7]他们的评价都是科学有理的。

(一)初至平昌与苏生谈耕读事

> 杏花轻浅讼庭闲,零雨疏风一往还。
> 新岁班春向谁手?许卿耕破瑞牛山。
>
> 青云坊下老明经,河畔桥边处士星。
> 不为峨眉风骨远,书声那得醉余听。

这首诗是汤显祖"初至平昌"所作。在徐朔方笺校的《汤显祖全集》中,徐先生认为这首诗作于万历二十一年(1593)癸巳,是年汤显祖量移浙江遂昌任知县,当时汤显祖四十四岁。其实,这里应该是万历二十二年。汤显祖在万历十九年被贬到雷州任徐闻典史,万历二十二年春天北返临川老家,万历二十二年三月十八日才到遂昌,公元1594年5月7日到任,这天是立夏。[8]

平昌,三国吴置,以县有平昌山,晋更名为遂昌。平昌山在遂昌县东十五里,形若昌字。诗题"初至平昌",证明是汤显祖初到遂昌时所作。瑞牛山,一名瑞山,又名眠牛山,在遂昌城东,和遂昌县隔着一条小河。青云坊,在遂昌城内[9]。瑞牛山和青云坊两处都是遂昌很有名气的景点。"苏生",名字不详,是一个姓苏的秀才。

第一首,"杏花轻浅"点明时间是杏花初放的时节。"讼庭闲"表明汤显祖初到遂昌,还没有很多案件需要审理,显得清闲。天空一会儿下雨,一会儿刮风。"新岁班春向谁手"二句,问今年的迎春班春是从谁的手里拿到春鞭,允许你在瑞牛山开春耕种的?这里可以看出汤显祖在公务之暇,询问群众耕种和读书情况的务实作风。"许卿耕破瑞牛山"之"瑞牛",既有瑞牛山的意思,又有"瑞雪兆丰年"之意。

第二首,"青云"二句,说明苏生是位住在青云坊河畔的老秀才。三、四句说，苏生不做峨眉山仙风道骨的山人，他读书的声音让汤显祖为之沉醉。汤显祖循声而来，见到了苏生。下车伊始，汤显祖就建相圃书院，与这次聊天有着一定的关系。

（二）迎春口占二首，甲午

> 并得花齐近午衙，花前含笑插乌纱。
> 不妨春色迟迟好，等是春三二月花。
>
> 去岁春花插较迟，风烟晴雨半参差。
> 年来乞与春晴好，得见河阳似旧时。

"笺：作于万历二十二年（1594）甲午正月，汤显祖此时在遂昌知县任。四十五岁。"

"校：万历本诗题下缺小注甲午二字。'来年乞与春晴好'，'晴'，万历本作'花'。"[9]480

这里，笔者不同意笺校者的有关结论。上文说到，汤显祖万历二十二年三月到达遂昌，这年的正月还在从徐闻返回临川的路上，不可能是"甲午正月，在遂昌任知县"。再看"万历本诗题下缺小注甲午二字"，不是"缺小注甲午二字"，这里的"甲午"二字是笺校者自己添上的。自己添上"甲午"二字，就破坏了文献的真实性，违背了保持古籍原貌的原则。徐朔方先生加上"甲午"二字是想让"汤显祖在万历二十一年在遂昌任县令"这一说法合理，这样也和笺中的万历二十二年照应了。其实，这样的结论是根本站不住脚的。经查，这两首诗写于万历二十三年的立春，这天是万历二十二年腊月二十七日，1595年2月5日，而不是这年的正月。这年的春节是1595年2月9日，这中间还有一个除夕，所以说这个2月5日是甲午年腊月二十七壬午日，也就是说这首诗写于万历二十二年腊月二十七，上一首诗是写于万历二十二年。[11]再根据上一首诗，汤显祖亲自写的"初至平昌"，那作者写上一首诗的时候很明显是刚到遂昌，而这首诗第一句是"去岁春花"，说明写这首诗时作者已经到遂昌一年了，所以说这首诗应该是作于万历二十三年乙未年，而不是甲午年。另外，万历二十二年的甲午不可能再班春，当时汤显祖还在广东徐闻回江西临川的路上，怎么会到遂昌班春？这首诗只能写于万历二十三年立春。[3]37根据这首诗的"甲午"二字我们可以大胆推测，以下有关丙申的班春诗的"丙申"等表示年份的题目都是有问题的。这些问题的出现，可能是沈羽飞和韩敬编辑《汤

《显祖诗文集》误置的。

第一首，"并得花齐近午衙"，是说把迎春的花朵并排摆齐已经将近午衙时候了。官府办公有早衙、午衙和晚衙。午衙，顾名思义，就是将近中午开门办公。白居易有"白头令尹府中坐，早衙才退暮衙催"，李洞有"病卧四更后，愁闻报早衙"的诗句。说明四更后就开早衙了。"花前含笑插乌纱"，是说汤显祖面含微笑把迎春的花朵插在乌纱帽上。汤显祖通过对"含笑""插"等动作的白描，表达了参加迎春班春的愉快心情。"不妨"二句说，春天不妨慢慢地到来，就等于是来年二三月盛开的百花。

第二首，"去岁春花插较迟，风烟晴雨半参差"，是说去年（万历二十二年）的迎春班春活动很晚，直到立夏之后半晴半雨中才举行。"年来"二句，是祈望来年风调雨顺，把遂昌治理成跟满县桃花盛开的"河阳"一样。"河阳"，是春秋的一个地名，现今河南孟州市有河阳古城。周襄王狩于河阳即此。[10]河阳花是一个典故，源自李白《赠崔秋浦诗》："河阳花作县，秋浦玉为人。"汤显祖初到遂昌，希望做一个潘岳式的河阳县令，将遂昌治理得就像过去潘岳在河阳当县令时满县桃花，一派欣欣向荣的景象。

（三）班春二首

今日班春也不迟，瑞牛山色雨晴时。
迎门竞带春鞭去，更与春花插几枝。

家家官里给春鞭，要尔鞭牛学种田。
盛与花枝各留赏，迎头喜胜在新年。

这同题二首诗被编辑在《汤显祖全集》卷十三"年月不详"部分。汤显祖来遂昌的五年里，除了第一年万历二十二年立春时没到遂昌、万历二十五年立春时在北京上计觐见，没有参加迎春班春活动外，其余几年里都参加了遂昌的迎春班春活动。对照前后有关诗作，这两首诗应该写于万历二十四年的立春，即万历二十四年正月初九，1596年2月6日，时年汤显祖四十七岁。

第一首诗，今天的班春也不晚，遂昌城郭的瑞牛山刚刚雨过天晴。大家争先恐后带着春鞭，还把发的几枝春花插在头上。

第二首诗，家家户户都带上官府发给的春鞭，学着县官的姿势鞭打春牛学种田。盛来的花枝大家各自留着欣赏，迎着春天的喜悦，把希望寄托在新的一年。这里的《班春》二首，简单平实地写来，对于我们了解当时的迎春班春活动，却是不可多得的历史文献。从此诗我们可以知道，迎春班春是县令官府的一项公务活动，官府发给百姓春鞭和头上戴的花枝，县令和百姓一起参加迎春班春活动，鼓励农民抓紧春耕春种，争取明年的大好收成。

（四）丙申平昌迎春，晓云如金，有喜

仙县春来士女前，插花堂上领春鞭。
青郊一出同人笑，黄气三书大有年。

"笺：作于万历二十四年（1596）丙申正月，在遂昌知县任，四十七岁。"[9]495

（五）丙申平昌戏赠勾芒神

春到平昌立四年，勾芒迎在土牛前。
也知欲去河阳宰，为与催花蚤一鞭。

"笺：作于万历二十四年（1596）丙申正月，在遂昌知县任，四十七岁。"[9]495

如前所论，这里的"丙申"是值得探讨的。丙申年的立春是在正月初九，1596年2月6日，丙子日。[11]其实并不一定是写于万历二十四年丙申正月。因为笺校者把汤显祖任遂昌令的时间提前了一年，把这两首诗当作"丙申"所作。根据汤显祖写诗的惯例，这两首诗的题目是不会有"丙申"二字的。退一步说，如果万历本有"丙申"二字，也是错误的。根据第二首"春到平昌立四年"可以断定，万历二十二年三月汤显祖到遂昌，"立四年"就是万历二十六年的立春，这天是万历二十五年腊月十九，1598年2月5日。当然，汤显祖是诗人，一次活动可以写一首诗、两首诗，甚至更多首诗。但是，迎春班春是官府的重要仪式，汤显祖从没有写过两个题目两首诗。也说明这两首诗题里的"丙申"，原来都是没有的。

第一首，诗题应是《平昌迎春，晓云如金，有喜》。题目"晓云如金，有喜"，表现出汤显祖惜墨如金，题中带景含情。诗的大意是说，立春来到了遂昌县的男男女女面前，在县衙的大堂上，大家头上插着迎春之花，拿着官府发给的春鞭。汤显祖和大家一同有说有笑地出县城，到青草茂密的郊外。黄气升腾，吉祥有征，汤显祖写下三个大字："大有年"。遥想当年，汤显祖和遂昌百姓一同举行迎春班春活动，与民同行，与民同乐，有说有笑，何等亲民！

《丙申平昌戏赠勾芒神》，"笺：同前诗"。前诗说"作于万历二十四年丙申正月"云云，其实是错误的。诗题中的"丙申"也是错误的。《词源》对芒神的解释是："句芒神。句芒本为管木之官，后作神名。见〈礼记·月令〉孟春之月'其神句芒'。〈元典章〉：'依＜春牛经＞式造作土牛芒神色相施行，其芒神貌像、服色、装束及鞭縻等，亦就年日干支为其设施。'清制，每年六月钦天监预定次年春牛芒神之制，于冬至后辰日取水土塑造。"这首诗是说，汤显祖到平昌四年了，勾芒童子迎在土牛前面。谁都知道汤显祖将要离开如"河阳"的遂昌，为了催开遂昌春天的花朵，早早地给春牛一鞭。说明汤显祖怀有深深的遂昌情结，即使将要离开遂昌，也要为迎春班春勾芒神早早地抽上一鞭！

（六）丁酉平昌迎春口占

琴歌积雪讼庭闲，五见阳春凤历班。
岁入火鸡催种蚕，插花鞭起睡牛山。

"笺：作于万历二十五年（1597）丁酉春，在遂昌知县任。四十八岁。"[10]502 "睡牛山，即瑞牛山。"

这首诗诗题中的"丁酉"，万历本中也是没有的。退一步说，如果万历本中有此"丁酉"，也是万历本编者添加的。如果是万历本编者添加的，今天的"笺校"者也应该予以纠正。诗中有"五见阳春凤历班"，意思是说，汤显祖来遂昌已经经过五个迎春班春的活动了。汤显祖万历二十二年三月十八日到达遂昌任上，经过五年，就是万历二十七年己亥立春，这天是万历二十七年正月初十，1599年2月5日。

还有一个证据，就是《汤显祖全集》（卷十二）《都下束同年三君二首有引》："同年南君鲁君刘君，偕予试政礼闱，十五年所矣。俱以县令来朝，困顿流移，可笑可叹。立春岁除，眷焉成咏。"

曲江花老曲台前，试政传看美少年。流涕复来歌笑地，白头相唤起朝天。

　　御河冰雪已溶溶，为爱长安日近冬。今夜岁除春立早，衣冠还似听朝钟。"

　　"笺：作于万历二十五年（1597）丁酉除夕，以遂昌令在北京上计。"如果是这天，应是万历二十五年丁酉腊月三十，1598年2月5日，这天是立春，也是除夕，第二天是万历二十六年戊戌正月初一，1598年2月6日。这样看来，汤显祖此刻在北京上计，不是上"戊戌之计"，而是上"五年之计"兼觐见朝拜。因此，《丁酉平昌迎春口占》中的"丁酉"显然是牛头不对马嘴。汤显祖没有分身术，无法化作两人来：一个在北京上计觐见，一个在遂昌迎春。

　　第一句"琴歌积雪讼庭闲"，说汤显祖和遂昌士子们弹琴作歌，积雪满山，瑞雪兆丰年。"讼庭闲"说明汤显祖治理遂昌，深得民心，社会和谐，打官司的事少，无案牍之劳形，显得衙门清闲。第二句如上所述，"五见"就是汤显祖在遂昌经历的五个春天。这也证明汤显祖万历二十二年任遂昌县令，直到万历二十七年春还是遂昌县令，这才叫"五见阳春"，并不是一些人所说的万历二十六年春汤显祖就被罢官了。第三句"岁入火鸡催种蚕"，火鸡典出《晋书》（卷八三）《江逌传》，说是江逌和姚襄打仗，江逌打败了姚襄。江逌"乃取数百鸡，以长绳连之，系火于足，群鸡骇散，飞集襄营，襄营火发，因其乱，随而击之，襄遂少败"[12]。南宋江湖派诗人戴复古之孙戴昺（天台人，字景明，号东野，嘉定进士。授赣州法曹参军，少工引用，为复古所称。有《东野农歌集》)《从军行》[13]"秦泾含药鸩，晋火逐火鸡"也是这个典故。汉郭宪《汉武帝别国洞冥记》记载："满喇伽国有火鸡，食火吐气。"[14]汤显祖该诗中的火鸡是把鸡足系上火，为迎春班春的活动增加热烈欢闹的气氛。这和诗题"丁酉"根本不沾边，更不能坐实是鸡年，笺校者不察此典，想当然地添加"丁酉"二字，进而坐实就是万历二十五年丁酉年，这就成了笑话。这句诗是说，立春就是新岁来临，举行班春，加上火鸡的飞舞，场面热闹，让人们抓紧时机，催耕催种。

　　（七）望春

　　　　除日迎春春吹开，凤凰今作望春台。
　　　　氤氲浅色含香芷，簌簌浮寒动早梅。[9]929

这是一首迎春诗，在万历年间，既是除日又是立春的日子，有两个年份。一是万历二十六年戊戌的立春，也即万历二十五年丁酉腊月三十，1590 年 2 月 5 日。二是万历四十五年丁巳的立春，也即万历四十四年丙辰腊月三十，1617 年 2 月 5 日，汤显祖已经去世。那么，这首《望春》诗一定是写于万历二十六年戊戌的立春除夕，这一天汤显祖正在北京接受"五年之计"的考察和"觐见"。如果不是汤显祖"除日迎春春吹开"这首诗，这首《望春》诗的写作时间将是无法确切知道的。再从诗的内容上考察，"凤凰今作望春台"，也是写于北京。"氤氲"二句，也是写京城春色将临，氤氲瑞气缭绕，觐见皇帝时，为了防止秽臭之气，嘴里含着香芷如鸡舌香之类来增加芳香之气。"含香"，储光曦《贻主客吕郎中》诗："委佩云霄里，含香日月前。"[15]139 王维《重酬苑郎中》诗："何幸含香奉至尊，多惭未报主人恩。"[15]128 这里诗人们所写的"日月前"就是指在皇帝身边，"奉至尊"就是朝觐皇帝、以皇帝为尊。

结　语

汤显祖遂昌班春迎春诗，既是民俗活动的文献记录，也是汤显祖遂昌五年履历的真实写照，还是一组流畅优美的七言绝句，具有一定的文学和文献价值。通过本文所选的汤显祖的班春迎春诗歌，我们可以发现每年班春迎春时节，汤显祖的心情都是愉悦的，对新的一年的丰收充满向往。他重视生产，奖励农事，仁政惠民，充满干劲，无所畏惧地实现自己的人生抱负，造福一方百姓。本文按照汤显祖到遂昌的时间顺序排列，就他的迎春班春诗进行了一些考证和论述，特别是针对本文中所列的每一首诗的写作时间进行分析和探讨，提出了一些自己的看法。

参考文献

[1] 江西省文学艺术研究所. 汤显祖研究论文集 [C]. 北京：中国戏剧出版社，1984.

[2] 袁行霈，等. 中国文学史 [M]. 北京：高等教育出版社，2005.

[3] 刘世杰. 汤显祖量移遂昌县令时间考 [J]. 甘肃社会科学，2015 (3).

[4] 苏振元. 汤显祖在浙江遂昌 [J]. 杭州大学学报（哲学社会科学版），1982，12 (2).

[5] 邹自振. 留得山城遗爱在——汤显祖与遂昌 [J]. 古典文学知识，2007 (3).

［6］乔野. 遂昌祭春文化与传承［J］. 浙江档案，2010（1）.

［7］钱谦益. 列朝诗集小传［M］. 上海：上海古籍出版社，1983.

［8］刘世杰. 汤显祖被贬徐闻典史原因考略［N］. 中国社会科学报，2015 - 01 - 30（B02）.

［9］汤显祖；徐朔方，笺校. 汤显祖全集［M］. 北京：北京古籍出版社，1998.

［10］方毅，等. 辞源［M］. 北京：商务印书馆，2000.

［11］陈垣. 二十史朔闰表［M］. 北京：中华书局，1982.

［12］房玄龄，等. 晋书［M］. 北京：中华书局，1974.

［13］臧励龢，等. 中国人名大辞典［Z］. 北京：商务印书馆，1980.

［14］郭宪. 汉武帝别国洞冥记［OL］. https://yuedu. baidu. com/ebook/01dccc04b90d6c85ed3ac606.

［15］彭定求，等. 全唐诗［M］. 上海：上海古籍出版社，1986.

谈汉语语法单位分级问题

陈夏媛①　费良华②

摘要：语法单位是人们分析语法时使用的音义结合的单位，研究其分级和关系对深入研究语法有至关重要的意义。目前学界对于语法单位的划分问题仍然存在争议，有三级论、四级论、五级论、六级论等说法。目前语法教材大多持四级论，即语素、词、词组、句子，实际上这种划分方法存在层级关系不明确的漏洞。在综合分析前人研究成果并进行深入研究后，本文主张将语法单位分为八级，分别是语素、语素组、词、词组、小句、小句组、句子、句组，并提出了"八级四层两面"层级观，形成一个较为完整的语法单位体系。

关键词：语法单位；分级；八级论；层级观

前　言

语法单位是人们分析语法时使用的音义结合的单位。就汉语语法单位应分为几级的问题，语法学界直到现在还无法达成共识。语法单位作为语法分析的基础，研究其分级和关系对深入研究语法有着至关重要的意义。

人们在研究汉语语法时，需要根据性质对语言中的音义结合体进行划分。因此可以说，语法单位是语法研究的基础，学习语法必先了解语法单位。研究汉语语法单位分级能够让人们更快地学会分析语法，更好地掌握汉语语法规律，对汉语语法有一个更加系统全面的认识。实际上，在选用词语、辨析同义词、变换句式、修改语病和写作时，汉语语法单位都起着基础性的作用；而且研究汉语语法单位分级对于阅读理解能力、语言组织能力的提高，都有至关重要的意义。

语法单位分级问题贯穿于语法研究的各个环节中，语法单位分级不统一或不明确引发了许多其他问题。就语言学界争论已久的字本位和词本位

---

①　陈夏媛，女，广东海洋大学文学与新闻传播学院汉语言文学专业 2013 级本科生。

②　费良华，女，广东海洋大学文学与新闻传播学院副教授。

问题来说，如果连语法单位都不明确的话，那么基本结构单位的研究也就很难开展；再如单句与复句的划分问题、词类的划分问题等，都与语法单位分级问题有着直接或间接的关系。语法是指语素之间、词语之间、小句之间、句子之间的组合规则，在运用层次分析法、变换分析法等方法研究语法时，必须对语法单位有明确的认知。如果语法单位分级问题没有解决，语法研究也就无从谈起。

一、语法单位分级的研究现状

（一）学界对于语法单位的划分看法不一

1956年公布的中学教学语法体系"暂拟汉语教学语法系统"持三级论，即词、词组、句子，早期的语法研究者也大多主张这种分法。随着结构主义语言学的兴起，语素的地位逐步被提高，人们将语素定义为最小的有意义的语言成分。[1]9许多汉语语法研究者因此主张四级论，即语素、词、词组、句子。此观点影响深远，现行的很多教材都这样划分。20世纪末，话语语言学成为一门独立的语言学科，使得汉语语法研究者注意到了语段这一超句单位。1981年举行的"全国语法和语法教学讨论会"将语素和语段增加到语法单位中。随后，由人民教育出版社中学语文室公布的《中学教学语法系统提要》（试用）和许多学者都主张五级论，即语素、词、词组、句子、语段。80年代末，董任将"语素组"纳入语法单位[2]，李作南和宋玉柱也分别提出了"语素群"[3]和"复合语素"[4]这两个相似的概念。高更生明确主张六级论，即语素、语素组、词、词组、句子、句组。邢福义认为语法单位共六级，分别为语素、词、短语、小句、复句、句群，它们都表现为音节；另有句子语气与六级语法单位一同构成七种语法实体。[5]郭锐主张七级论，即语素、语素组、词、词组、小句、小句组、句子。[6]辛长顺主张将语法单位分为语素、词、短语、句、句群、语团、段、节、章、篇十级，其中语素、词、短语为初级单位，句、句群、语团为中级单位，段、节、章、篇为高级单位。[7]可见，人们对语法单位划分的看法并不完全统一。

（二）主流分法

1. 词、词组、句子

"暂拟汉语教学语法系统"主张将语法单位分为三级：词、词组、句子，这个观点在当时产生了很大的影响。尽管当时语素的概念已经存在，但因为还没有被人们所熟知，所以未被纳入语法单位行列。这种分法其实是受到了西方语法学的影响，没有突破词法和句法学的局限。[8]

2．语素、词、词组、句子

朱德熙在《语法讲义》中将语法单位分为语素、词、词组、句子四级[1]9-24，这种观点对我国汉语语法界影响深远。黄伯荣、廖序东的《现代汉语》和吕冀平的《汉语语法基础》均主张这种分法。陆俭明将语素、词、词组、句子分为三个级别：语素为一级；词和词组同为一级；句子为一级。[9]吕冀平认为词和词组均小于句子，但在具备一定条件时可以成为句子；而在任何情况下，词素都小于词，词都小于词组。词素、词和词组是造句单位，句子是表达思想的单位。[10]

3．语素、词、短语、短语词、小句、句子

著名语言学家吕叔湘主张这一分法。他在《汉语语法分析问题》中提出，语素、词、短语、短语词是语言的静态单位，其中语素是基本单位；小句、句子是语言的动态单位，其中小句是基本单位。[11]28-29

4．语素、语素组、词、词组、句子、句组

高更生、安华林等主张这一划分方法。高更生认为语素、语素组是造词单位，词、词组是造句单位，句子、句组是交际单位；同时语法单位可以以句子为核心进行分类，分为非句子形式、句子形式、句子、句组四种单位。[12]安华林则从功能上将六级语法单位划分为三个层次：构词层、造句层和交际层，并认为三个层次六级单位缺一不可。[13]

5．语素、词、词组、分句、句子、句群

程家枢、张云徽提出这一分法。他们认为分句有自身的特点，这个特点体现在语调上。和语素、词或词组不一样，分句是有语调的，但又不像单句那样具有相对完整的语调。另外，将分句列入语法单位还能纠正"单句组成复句"的错误观念，也使语法单位系统更加完整。[14]

二、语法单位分级之我见

（一）四级论的漏洞

目前较普遍的划分方法是将语法单位分为语素、词、词组、句子四级，许多语法教材也主张这种分法。但实际上这种划分方法存在一定的漏洞，或者说是矛盾之处，即级与级之间的层级关系不明确。词组在语法单位中比较特殊，它不是由下级单位直接构成的，而是能包含更小的同级单位。[15]就四级论来看，词是词组的下级；但对句子来说，词和词组是同级。

两个语法单位既是上下级关系，又是同级关系，未免有些矛盾。词由语素直接构成，词组由词直接构成，但有些句子不是由词组直接构成，[14]如"好！""我。"等句子是由词构成的。

四级论漏洞的根源在于它提高了词组的地位，忽略了跟词组有同类性质的语法单位的级别。词组的定位应是过渡级单位，起着中介作用，在四级论中却被提高到了基础级单位，而其他过渡级单位被遗漏。若要弥补这个漏洞，要么剔除词组这一语法单位，要么将其他过渡级单位纳入其中。事实证明，词组起着重要的作用，学界也接受了将词组作为一级语法单位的观点。那么，为了语法系统的完整性，最好的做法就是将其他过渡级单位——如语素组等也纳入语法单位中。

（二）八级论的主张

本文在借鉴前人研究成果并进行深入研究后，认为将汉语语法单位分为八级更为合理，即为语素、语素组、词、词组、小句、小句组、句子、句组。语法单位中包含语素、词、词组、句子四级在学界已取得一致意见，故仅在此简要说明为何将其他几级列入语法单位范围。

1. 语素组

事实证明，语素组是客观存在的。语素组是两个或两个以上语素的组合体。如"解放军"这个词，它是有一定内部层次的，不是由"解""放""军"三个语素组成，而是由"解"和"放"这两个语素组成语素组，然后再与语素"军"构成词。如果说词组是词和句子的中间站，那么语素组就是语素和词之间的中间站，因此语素组也可视为一级语法单位。

可能有人会提出语素组易与合成词混淆的担忧，但其实两者有明确的界限。语素组与合成词不是同一个层级的单位，语素组是构词材料，属于下级，而合成词是上级。所有的合成词都是由语素组构成的，但不是说语素组就等于合成词。语素组可分为自由语素组和黏着语素组，黏着语素组不能单独构成词，如词"向日葵"中的"向日"就是语素组，但它不能单独成词。如果引入语素组这一术语作为语法单位，很多结构复杂的合成词反而更容易解释。另外，语素组已被国外的语法学派法位学看作一种重要的单位。

2. 小句

邢福义将小句定义为"最小的有表述性和独立性的语法单位"。同时认为在汉语语法系统中，小句居于中枢地位。[5]小句是句法结构相对独立并有一定表述功能和特定语调的单位。小句也应成为独立的一级语法单位，因为它有其自身的特点，不同于其他语法单位。

小句具有相对独立的句法结构，在结构上不被包含，即一个小句不充当另一个小句的任何句法成分。以"我们唱歌，他们打鼓，大家都很开心。"这句话为例，"我们唱歌""他们打鼓""大家都很开心"就分别是小句。如果一句话是"我们看他们打鼓"，那么其中的"他们打鼓"就不是小句，"我们看他们打鼓"才算小句，因为小句是一个独立的结构体。

小句能够体现一个特定的意图，但它在复句中所表述的意义又不完整，要前后的小句组合起来才能表达一个完整的意思，所以小句的表述功能是相对完整的。正因为要表达一个完整的意思，小句又有另外一个特点，就是小句间具有密切的逻辑联系。具体表现在形式上，就是小句间常常运用不同的关联词语来表示各种各样的逻辑关系。同时，小句有一定的语音停顿和句调，这种句调具有非结束性[14]，有别于句子的完整语调。

从小句的特点来看，它不同于语素、语素组、词或词组，因为它有特定的语调，是动态的单位，而语素、语素组、词或词组没有任何语调，是静态的单位；小句也不同于单句，它的语调是非结束性的，是不完整的，而单句具有完整的语调；小句也不同于复句，复句是由小句间接组成的。因此，有充分的理由将小句视为一级语法单位。

3. 小句组

小句组是小句的组合体，是由两个以上的小句组成的。这级单位也很普遍，它是小句和复句之间的中间站。复句不是由小句直接组成的，而是由小句组合成小句组再组成复句的。例如，"我们唱歌，他们打鼓，大家都很开心。"其中的"我们唱歌，他们打鼓"既不是小句，也不是复句，而是小句组；"我们唱歌，他们打鼓，大家都很开心"也是小句组。

单个的小句构成单句，小句组（小句与小句的组合）构成复句。将小句组当成语法单位不仅使复句的结构更加清晰，也不会产生"单句组成复句"这样的错误。同时，使语法单位系统更加完整与合理。

4. 句组

这里所说的句组和段落不同，句组有可能与段落重合，即一个段落就是一个句组；也有可能不重合，即一个段落有几个句组；也有可能段落中没有句组，仅由一个句子构成。很多时候，一个确切的意思必须在句组中才能表达清楚。句组最少由两个句子组成，且句子间有较为紧密的联系，共同围绕一个语义中心，构成一个完整的意思表述中心。句组在功能上与复句相似，句组中句子与句子或靠语法手段（关联词等），或靠语意连贯（意合法等）组合在一起。

　　吕叔湘先生指出篇章段落的分析属于作文法的范围，因此主张语法只讲到句子为止。[11]29但这种说法存在一定矛盾性，句组和语素一样处于边界，语素也是词汇学的研究对象，句组也在作文法的研究范围内，既然承认语素是语法单位，就不应将句组排除在外。另外，句组和复句意义类型相同，因此在很多情况下可以互相转换。既然承认复句（句子包括单句和复句）是语法单位，那么将句组当成语法单位也顺理成章。并且，将句组看作语法单位也会使语法体系更加完整。

（三）"八级四层两面"层级观

　　"八级"指八个级别，即语素、语素组、词、词组、小句、小句组、句子、句组八级语法单位。

　　"四层"指从功能上划分的四个层次，语素和语素组是构词单位，属于"构词层"；词和词组是造句单位，属于"造句层"；小句和小句组具有表述性，可以表明说话的大致意图，是准交际单位，也是表达单位，属于"表达层"；句子和句组是交际单位，属于"交际层"。

　　"两面"指的是材料平面和表述平面，语素、语素组、词、词组是静态单位，是构成表述平面的预备材料，属于"材料平面"，小句、小句组、句子、句组是动态单位，具有表达和交际的功能，属于"表述平面"。

　　八级语法单位分为两种性质：语素、词、小句、句子具有基础级性质，语素组、词组、小句组、句组具有过渡级性质。如果语法单位只讲基础级单位，则不便于读者了解整个语法体系，有些单位组合也无法解释。

（四）语法单位之间的关系

　　八级语法单位之间存在三种关系，分别是组成、构成和转化关系。

　　1. 组成

　　处于同一层次的语法单位是组成关系，上级单位是下级单位的组合体。即"语素组"由"语素"组成，"词组"由"词"组成，"小句组"由"小句"组成，"句组"由"句子"组成。两级之间性质相同，数量不同。

　　2. 构成

　　相邻的两层语法单位之间是构成关系，上层与下层有质的变化。而上下层语法单位的性质也不是完全改变，应该说上层单位的性质是在保留下层单位某些性质的基础上再有所增加。如"看电视"这个词组直接构成小句时，保留了可独立运用的性质，增加了结构上不被包含的性质[6]；"看电视"这个小句直接构成句子时，保留了结构上不被包含的性质，增加了可以作为交际的性质。

　　3. 转化

　　面与面之间是双向转化关系，语法单位不仅有升级转化现象还有降级转化现象。从材料平面转化到表述平面，或从表述平面转化到材料平面，语法单位会发生语音、语义等方面的变化。[13] 如材料平面的"我"要转化为表述平面"我！"时，必须加上语气；转化为表述平面"我。"时则增加了陈述义。

结　语

　　对于语法单位的分级问题学界一直存在争议，目前通行的分法是四级论，但这种分法存在漏洞。本文在综合分析了各位学者的研究成果后，提出"八级四层两面"层级观，主张将语法单位分为八级：语素、语素组、词、词组、小句、小句组、句子、句组。

　　其中，语素、语素组属于构词层，词、词组属于造句层，小句、小句组属于表达层，句子、句组属于交际层。处于同一层次的语法单位是组成关系，相邻的两层语法单位之间是构成关系。

　　语素、语素组、词、词组四个静态单位形成材料平面，小句、小句组、句子、句组四个动态单位形成表述平面。面与面之间是双向转化关系。

　　综上所述，完整的语法单位体系可表示为下图：

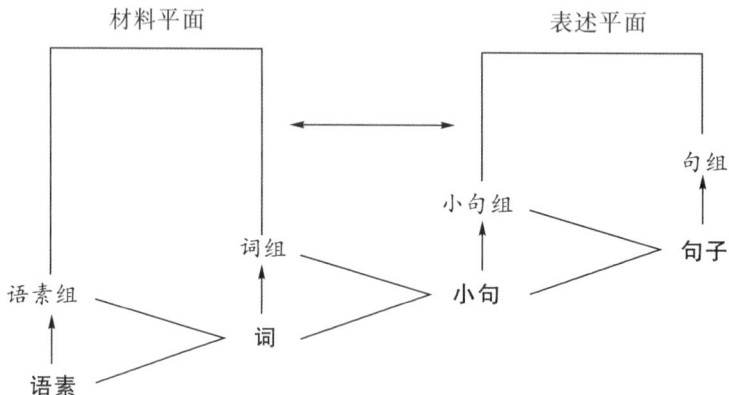

　　其中，黑体表示基础级；楷体表示过渡级；↑表示组成关系；＞表示构成关系；↔表示转化关系。

参考文献

［1］朱德熙. 语法讲义［M］. 北京：商务印书馆，1982.

［2］董任. 现代汉语"语素组"简论［J］. 盐城教育学院学报（社会科学版），1987（2）.

［3］李作南. 论语素群［J］. 内蒙古大学学报（哲学社会科学版），1987（4）.

［4］宋玉柱. 谈谈"复合词素"［J］. 语文学习，1989（10）.

［5］邢福义. 小句中枢说［J］. 中国语文，1995（6）.

［6］郭锐. 汉语语法单位及其相互关系［J］. 汉语学习，1996（1）.

［7］辛长顺. 高层语法单位研究的必要性［J］. 天中学刊，2001，16（6）.

［8］聂焱. 汉语语法、语言单位研究综述［J］. 固原师专学报（社会科学版），2004（4）.

［9］陆俭明. 现代汉语语法研究教程［M］. 北京：北京大学出版社，2013.

［10］吕冀平. 汉语语法基础［M］. 北京：商务印书馆，2000.

［11］吕叔湘. 汉语语法分析问题［M］. 北京：商务印书馆，1979.

［12］高更生. 汉语语法专题研究［M］. 济南：山东教育出版社，1990.

［13］安华林. 论语法单位的层级关系［J］. 濮阳教育学院学报，2002（2）.

［14］程家枢，张云徽. 汉语语法单位系统论［J］. 云南民族学院学报，1989（4）.

［15］刘丹青. 汉语语法单位分级理论的再探讨［J］. 汉语学习，1995（2）.

《连城诀》 中的人性异化研究

刘　鑫① 李雄飞②

摘要： 在《连城诀》中，为了利益，师徒、师兄弟反目成仇，亲人之间互相残杀，结义兄弟卑鄙无耻。这些丑恶现象的描绘展示出一个人性异化的世界，表现了人性的真实性和复杂性，更表现了作者独特的人文关怀与积极的自我反思能力。

关键词：《连城诀》；人性；异化

前　言

"飞雪连天射白鹿，笑书神侠倚碧鸳"的《连城诀》是金庸的一部奇特而又优秀的作品。书中没有一个光彩照人的大侠，主人公最后拥有过人的武力，行事作风却如凡人，没有成为江湖上受人景仰的一代，反而遭遇了一系列不白之冤。透过主人公狄云，我们可以看到金庸描绘的江湖世界极致地表现了人性的丑恶，生动地呈现了面对利益诱惑时人的种种罪恶，展现了人与人之间的极度自利。物欲横流的世界里，时不时上演着师与徒的同室操戈，父与子的欺瞒伤害，长与幼的手足相残，强与弱的欺凌残害。而这一切都源于人们对金钱的追逐，原本正常的人性扭曲成异化的人性。

一、人性的异化

异化就是人们常说的一种变形和扭曲，可以颠覆或推翻原有的正常成分。人性的异化，就是人的本性发生了变形和扭曲，导致人性丧失。关于人性的争论，古今常有四说：以孟子为代表的"人性善"说，以荀子为代表的"人性恶"说，以告子为代表的"性无善恶"论以及以康德为代表的人性"去恶向善"说。[1]116笔者认为，先天的人性是无善恶的，后天的人应

---

① 刘鑫，女，广东海洋人学文学与新闻传播学院汉语国际教育专业 2013 级本科生。
② 李雄飞，男，广东海洋大学文学与新闻传播学院教授。

该拥有正常人性。刚出生的婴儿是一个有待教养的本体，没有善恶观念及为善作恶的能力，本性的勃发有赖于后天的教育和所在环境的熏陶。在中国，仁义礼智信是一直被倡导的主流思想，要求人们拥有最基本的品质和操守，反之则是失去人性或人性异化。武侠小说中，侠义被大家认可，受人追捧，背离了侠义就会为武林同道不齿。拥有侠义之心的大侠是正常人性的代表，是武林楷模，在武技与操守方面都为大家认同。

二、《连城诀》中人性异化的表现

在《连城诀》中，人与人之间的伤害最直接的来源是身边的人。他们或是师徒，或是师兄弟，或是父子，或是父女。在利益面前，这些原本亲近的关系变得异常脆弱，甚至一文不值，只能带来罪恶。这些人不讲究任何底线，完全丧失了人的本性，一次次地伤害亲人。

（一）师门关系堕落

师门关系中最直接的有师徒关系、师兄弟关系及二代弟子与师叔伯之间的关系等。在《连城诀》中，以上关系大部分不正常，在异化的人性支配下变得扭曲：武林正道梅念笙的门派便是一个极其虚伪和贪婪的师门，除了他本人和徒孙狄云保持着一颗善良的心、拥有正常人性外，其他人只是一具具被利益驱使的行尸走肉，丧失了人格独立性，做了许多损人利己的勾当，甚至连亲近的师父、师兄弟、徒弟都不放过。万震山与徒弟之间的欺瞒和背叛便是书中的重头戏。

在小说中，师父梅念笙号称"铁骨墨萼"，武艺高强却被三个弟子暗算，受到围攻，重伤而死。这三个弟子分别是"五云手"万震山、"陆地神龟"言达平、"铁锁横江"戚长发。为了争夺隐藏宝藏秘密的连城剑诀，师兄弟被贪婪掏空，失去江湖道义，丧心病狂，无所不为，完全不念"一日为师，终身为父"的教育，置师父授艺的恩情及师父性命于不顾，只为自己所要的一份利益。其中，三弟子戚长发更是无比歹毒，残忍至极，在背后偷袭师父。梅念笙遭到暗算，虽然逃走，但奄奄一息。从此，《连城剑谱》的所有权从师父手中转移到三个徒弟手中，师兄弟相残的大幕才刚刚开启。他们从师父那里夺得《连城剑谱》后，都不相信对方，生怕对方盗走剑谱。于是，他们每晚睡同一房间，把那本剑谱锁在一只铁盒子里，盒上的小铁链分别系在三人手上。尽管如此，那剑谱仍然被心思缜密、城府极深的戚长发盗走了。这才有了小说开头的"乡下人进城"：戚长发盗走剑谱，隐居在湘西乡下，扮作乡下人。

接下来，三人处心积虑地进行了三次大规模碰撞，不讲情义，各怀鬼胎，以致反目成仇，一步步走向深渊，直至一齐毁灭在天宁寺中。万震山在自己五十寿诞时派弟子找到戚长发并请他赴宴，言达平则一直在暗中。这次，万震山非常狠毒，他偷袭师弟戚长发，把他的尸体砌入墙中，对外声称自己被师弟暗算了，师弟撇下女儿和徒弟跑了。可是，戚长发凭借自身实力真的逃跑了。第二次是万震山与言达平互相伤害，言达平被已经学得绝学武功的狄云所救，两人俱无损伤。第三次互相残杀，三人的性命都走向终点。在天宁寺，精明的戚长发暗算言达平，手段也是残忍毒辣，却被万震山点中穴道。万震山的一只右臂被戚长发用刀齐肘砍断。在他挣扎着逃向庙外时，戚长发抢上前去，一剑刺穿万震山的后背，万震山倒地而亡。戚长发危在旦夕，却被暗处的狄云救了。狄云的世界是单纯的，他救了师父。之后，又是徒弟狄云与忘恩负义的师父戚长发之间的对决。这一次对决出现在文中结局，是师父要残忍地偷袭徒弟。

戚长发瞧着两个师兄的尸体，缓缓地道："云儿，幸亏你及时赶到，救了师父的性命。咦，那边有谁来了？是芳儿吗？"说着伸手指着殿侧。

狄云听到"芳儿"两字，心头大震，转头一看，却不见有人，正惊讶间，觉得背上一痛。他反手抓住来袭敌人的手腕，一转头，只见那人手中抓着一柄明晃晃的匕首，正是师父戚长发。狄云大是迷茫，道："师……师父……弟子犯了什么罪，你要杀我？"他这时才想起，适才师父一刀已刺在自己背上，只因为自己有乌蚕衣护身，才逃得了性命。[2]350

这两段描写展示了戚长发阴险残忍、虚伪贪婪、忘恩负义的本性。为了价值连城的珍宝，他无所不用其极，杀了师父，杀了两位师兄，不顾亲生女儿的死活，又要杀害刚刚救了自己的徒弟。师门内部相残，人性的极度丑恶、极度异化已经到了无可救药的地步。

（二）亲属关系埋葬

亲属之间原本应是相亲相爱、互敬互重的，在《连城诀》中，亲人互相伤害的事件却接二连三发生，让人触目惊心。戚长发对女儿戚芳不闻不问，抛下她多年。凌退思是荆州知府，暗里是两湖龙沙帮的大龙头。他生生拆散女儿的美满爱情，把女儿闷死在棺材之中，只是为了抓住丁典进而从他手里获得连城诀的秘密，而这个秘密是梁元帝留下的巨额宝藏。如果说两个父亲对于女儿的加害是单向的，给她们造成了无比巨大的伤害；那么，万震山与万圭父子的行为更令我们惊异。他们的伤害是互相的、双向的，不相信彼此，一有机会都想害死对方，独吞宝藏。这一次次的伤害，都是拜金主义导致的人性极恶的表现，是漠视亲情、无视亲情的表现。人性的异化吞噬了独立的自我，使亲情变得一文不值，使人变成金钱的奴隶。

（三）异姓兄弟变志

花铁干是作者塑造人性突变的另一个典型。他是鹰爪铁枪门的门主，在南四奇"落花流水"中排行第二，与"仁义陆大刀"陆天抒、"柔云剑"刘乘风、"冷月剑"水岱结拜为异姓兄弟，是江湖成名已久的英雄。然而，在"藏边雪谷"对"血刀老祖"的一战中，他中了"血刀老祖"的计，失手杀死三弟刘乘风；后来又目睹了陆天抒与水岱在"血刀老祖"的毒计下被害死的惨状。在这个与外界隔绝的雪谷中，在这个生与死的抉择中，花铁干被压抑的卑鄙一面完全暴露出来，由一代大侠变成一个极为卑鄙无耻的小人。"血刀老祖"死后，为了生存下来，他抢了水岱的坐骑当肉吃，后来连结义兄弟陆天抒、刘乘风的尸体也不放过！甚至还将他们的衣物剥下，穿在自己身上御寒！最后竟想杀死已故结义兄弟留下的孤女水笙，以防自己的种种丑事在江湖中传扬开来。逃出雪谷之后，他污蔑水笙的清白，让江湖人士不相信水笙的话。这个无耻之人最后出现在天宁寺古庙，与戚长发、万圭、汪啸风等人哄抢财宝，死于金佛上的剧毒，也算是报应。作为一代大侠，花铁干背信弃义，眼看兄弟惨死，却贪生怕死、卑躬屈膝地投降于敌人。在生死关头，他被懦弱打败，以个人性命为重，抛弃了结拜誓言，背叛了兄弟情谊，内心的恶性充分爆发出来，往日的正人君子形象早已被抛到九霄云外。[3]244

二、人性异化的原因

《连城诀》塑造了大量人性异化的人物形象，他们没有善意，与周围人的关系都不正常；都是为了追逐财宝和个人利益，不是死于他人的暗算，就是被毒药毒死。具体来看，他们人性异化的原因有如下几种。

一是名利。笔者认为，重视名利也罢，淡泊名利也好，不能一味地去否定和肯定。名利是一把锋利的双刃剑，需要视具体情况看待，谨慎对待，正确追求。过于重视名利，可能使人利欲熏心，见利忘义，为名利的枷锁禁锢，失去人性。具有一定上进心的名利追求是值得大家肯定的，这是一种积极追求的人生态度，是实现人生价值的一种途径。但因为虚荣和妒忌产生的名利追求则是不可取的，是一种病态的追求。淡泊名利是隐士的人生追求，不慕虚名也是一种谦虚的人生态度；可是，过于淡泊名利的人生则显得消极和颓废。名利不是万恶的，也不全是洪水猛兽。对于名利追求的判断，"义"字必不可少。如果在追名逐利的征途中为非作歹，做了种种不义之事，人就会迷失原来的自我；如果是符合社会道义的，通过自己的正当行为获得，人会获得成就感，从而成就自我，实现人生价值。《连城诀》里的世俗世界是一个追名逐利的江湖，江湖豪客接受了名利的错误指引，为名利羁绊，丧失了基本人性，丢掉了江湖道义，最后走向深渊。言达平、戚长发、凌退思、万震山及其门下的八名弟子以及到天宁寺哄抢财物的江湖中人无不如此。为了连城剑诀的宝藏，他们费尽心机，却没人得到好的结局。这样的结局既是艺术的，是作者独特的构思；也是现实的，符合情节发展所需。古往今来，追名逐利之徒，利欲熏心之辈，都会掉入泥沼陷阱，越陷越深，最终难以自拔。这样的下滑是有渐进性的，需要防微杜渐。这是作者对于社会丑恶行为及追名逐利的深度思考，为名利异化的人性也应该引起我们的关注和思考。

二是社会环境。良好的社会氛围可以使人健康向上，落后的社会风气则会异化人性。小说里的社会环境可以表现人物性格，烘托人物形象，展示人物心理。《连城诀》中江湖环境的险恶，社会不良风气的盛行，是大部分江湖人士人性异化的一个重要原因。梅念笙的师门是江湖的缩影，在这里只有互相欺诈，互相争利，互相残杀。师父梅念笙没有教给三个品行不端的徒弟真正的最高武学，更没有改正他们邪恶的本性。万震山也只是利用徒弟，名利面前，徒弟可以随意抛弃。最后齐聚天宁寺的各路好汉无不是为了无价宝藏而来，作为江湖恶势力的"血刀门"更是些穷凶极恶之徒，滥杀无辜，无恶不作。作者描绘的社会是一个病态的社会、扭曲的社会，江湖好汉生在这个社会中，耳濡目染，潜移默化，自然走上人性异化的道路。只有狄云一人充满了人性和善行，他的善性是天生的，没有一丝杂质，没有一丝个人利欲膨胀，从头到尾都在坚守。这种社会环境是作者创造出来的一种典型环境。在这个环境里，我们可以看到各类人性异化的人物，看清楚丑恶，也看清楚面对丑恶时人的不同选择，看清真善美的珍贵，看清作者寄予的厚重的人文思想。

三是环境突变。环境突变重在强调突然之间的变化，既是突然之间产生的，也是有着长时间的量变作基础的。它会导致人物性格的突变，造成人性的突变。作为南方江湖武林名门正派的领军人物，花铁干必然拥有过人的武技和令人钦佩的江湖侠义感，除恶扬善、维护正义是他义不容辞的责任。由于地位的特殊性，平时稍有一丝恶念产生，他便将之压制下去。这些恶念长期得不到宣泄，一有契机便可能猛烈爆发。所以，花铁干的人性异化是有深厚的内在原因的，只是需要一个契机。当生存条件或生活状况突然恶化，面临生死考验，人性也会在旦夕之间选择恶化，走向异化。在小说中，优越的生存环境骤然变得极端恶劣，雪谷中需要食物才能生存，花铁干便以结义兄弟的尸体为食物，生存的本我开始吞噬自我，恶的本我报复性反弹，湮灭人的超我，控制人的自我，最终弃善向恶，人性完全扭曲。[1]122

结　语

与金庸其他武侠作品相比，《连城诀》没有宏大的历史气魄，也没能塑造出脍炙人口的武侠形象，却有独特的存在价值与意义。它以人性之恶为叙述主题，透过主人公狄云的视角，集中描摹了恶人当道、人性扭曲的武侠世界及种种丑恶社会现象，人性弱点、人的欲望追求被淋漓尽致地展现出来。作者尝试用武侠小说承载厚重的人文思想，对武侠小说的出路和人类生存做出有益探索。

参考文献

[1] 易海琴. 人性扭曲的病理标本：《连城诀》中的人性分析 [J]. 华西语文学刊，2014（1）.

[2] 金庸. 连城诀 [M]. 广州：广州出版社，2010.

[3] 陈墨. 众生之相：金庸小说人物谈 [M]. 上海：上海三联书店，2001.

《再生缘》 女性形象背后的男性意识

周叶欣[①]　钟嘉芳[②]

摘要：《再生缘》是明清时期弹词小说中比较优秀的代表性作品之一。女性作家陈端生的《再生缘》以塑造女性形象为主，反映的是女性意识的影响，但其体现的女性意识始终没有脱离主导时代的男性意识，因此具有重要的文学价值。《再生缘》中以孟丽君为主的众多女性形象在社会意识和个性独立等方面体现了一定的女性意识，但是她们在爱情、婚姻上的价值选择，尤其是孟丽君"扮男为官"等行为又彰显了鲜明的男性意识，最终以悲剧结局，揭示了封建社会思想对女性价值的禁锢。

关键词：《再生缘》；孟丽君；男性意识；女性意识；陈端生

前　言

弹词小说是明清时期流行的一种文学形式，最明显的特征就是其作者大多数为女性，因此与其他的文学形式相比更具有突出的历史和文化价值。中国封建社会的历史十分漫长，在宗法制度主导下的等级社会中，女性一直没有足够的社会地位。在家庭中，一切以男人为中心，女性处于被压迫的地位。到明清时期，随着社会生产力的不断发展，两性之间的社会价值差异更是被扩大了。在这样的社会背景下，具有女性意识的文学创作进入一个相对繁荣的时代。从内容上看，弹词小说主要反映明清时期的社会现实生活，通过展示女性的悲剧命运，表达对男女平等的社会价值的追求。

弹词小说的内容不仅反映了时代的家庭生活内容，也从平凡的生活记叙中塑造了令人敬仰的女性形象，具有较高的文学价值。陈端生的《再生缘》是弹词小说的代表作品之一，其细腻的文学内涵和写实的内容叙述使之成为反映明清时期社会意识的重要的文学载体。《再生缘》以塑造女性

---

①　周叶欣，女，广东海洋大学文学与新闻传播学院汉语国际教育专业2013级本科生。

②　钟嘉芳，女，广东海洋大学文学与新闻传播学院讲师。

形象为主，反映的是女性意识，但其体现的女性意识始终没有脱离时代主导的男性意识的影响，具有重要的文学价值。

一、《再生缘》创作的时代背景

（一）明中叶个性解放思潮

明中叶以后，社会掀起了一股个性解放的思潮，以王阳明、顾炎武等哲学家、思想家为主要代表，对当时女性作家创作女性文学表达自己的思想意识产生了重要的影响。

明朝中期开始，中国资本主义经济萌芽，一些西方文化开始缓慢传入中国，在冲击传统的思想意识的同时，也掀起了第三次思想解放潮流，以王阳明"致良知"、李贽"童心说"等理论为主要代表。其中，李贽的思想对封建等级观念大胆提出挑战，认为女性的天赋并不低于男性。这种思想推动了女性意识的觉醒和发展。此外，黄宗羲等人对传统的封建思想进行了猛烈的批判，对传统的"存天理、灭人欲""天下为主"的理念都进行了抨击。这些理论观点间接推动了女性凸显个性、实现自我价值的意识，对当时的文学创作产生重要的影响。

女性的地位提高并得到尊重，使《再生缘》的创作成为可能。在中国的封建社会中，女性从一出生就被灌输"女子无才便是德"的思想，一直到明清时期，女性都处于"痛苦"的状态之中。"在思想解放潮流的推动下，很多思想名人如李贽等对女性改观，开始宣扬女性的价值"[1]。随着经济的不断发展，明清时期开始掀起了女性读书的热潮，女性的诗社、诗词唱和活动提高了女性文学的创作水平。

这样的社会风气为女性创作创造了条件，也渐渐提升了女性的文学地位。女作家不但尝试学习文学，更尝试创作文学，女性文学地位的提高促进了陈端生将自己的思想寄托在弹词小说中，引起广大女性的共鸣。

（二）明代弹词文化市场

在明代，弹词这种文学形式广受欢迎，成为当时主流的文化艺术形式，女性作家也愿意选择弹词作为思想表达的载体。

明清时期的社会经济文化都迈入了一个发展的高峰，市民的文化消费需求也在不断提高，以往的诗词歌赋已经不能满足市民文化对新颖性、写实性的需求。除了家庭生活之外，女性只能寻求具有娱乐性而又合乎封建礼教的文化，弹词恰好满足了女性文化市场的需求。

弹词中的内容多数是描写妇女的家庭生活。对女性来说，这些写实的画面更贴近生活，更具有亲切之感，激发了女性的阅读兴趣。明清时期很多家庭女性都喜欢聚集一堂，将欣赏弹词作为生活的娱乐内容。很多具有一定文化基础的女性就会模仿弹词的写法，弹词成为女性抒发文学才情和思想的场所。"在参与弹词创作的过程中，女性的思想心理就会一定程度上得到满足，从而进一步促进了弹词的发展"。[2]《再生缘》就是在这样的文化需求市场中产生，并逐渐成为具有代表性的作品之一，其以"女扮男装"的主要情节来彰显女性独立这一意识并通过弹词的手法表达出来，获得女性观众的好评。

二、《再生缘》女性形象中的女性意识

《再生缘》主要塑造了孟丽君这个女性形象，她的形象明显表达了特定的女性意识。具体来说，孟丽君的女性意识表现在追求女性独立和女性的社会意识两方面。

（一）追求女性独立

《再生缘》的女性独立意识主要体现在孟丽君的婚姻选择和经济独立两个方面，从主人公孟丽君的身上可以明显看出其具有不合时代的女性意识，她在婚姻上、精神上、经济上和人格上具有不依附男性的思想追求，体现了鲜明的自主、自立的独立意识。

在未婚夫皇甫少华家道败落、连其本人都不知去向以后，孟丽君的父母要求她另择夫婿、奉旨成婚，孟丽君明确反对，并决定为未婚夫一家洗清冤屈。这体现了她勇于对抗封建父母和封建统治思想的精神，也体现了她具有独立意识：

> 读书数载不无知，闺秀之名久自持。射柳夺袍曾受聘，实指望，良缘直到百年时……奴若不，轰轰烈烈为奇女，要此才华待怎生。[3]

此段描写交代了孟丽君打算花烛潜逃，"生出妙计的过程和妙计的内容及具体操作，这同时也是智慧和胆识的发挥过程"[4]。在充满激情和自我意识的思考中，她决定离家出走，追求自己的价值，成为独立的个体。孟丽君拒绝做皇帝的妃子，拒绝依附皇帝生活，拒绝依附于封建体制中的男性，强烈表现了孟丽君人格上的独立。

在婚姻和爱情观上，孟丽君要求皇甫少华尊重自己的意见；在明知他

做不到这一点时，决定做一位女官。这种观念意识与传统要求女性服从男性的意识不同，孟丽君需要的是夫妻之间绝对的尊重，女性要在两性的交往中获得独立的地位。

从经济独立意识上看，孟丽君之所以实现了独立就是因为她能够为自己挣得俸银，有了经济来源，才能拥有与男性对话并参与到男性生活当中去的资本和条件，享受当时男性才拥有的尊严和特权。"自身可养自身来"说明孟丽君实现了经济独立这一女性独立意识的根本前提条件。只有经济解放才能独立生存，才能追求自己想要的生活，这是超越时代的女性意识。

总之，孟丽君的独立意识以女官的身份作为支撑，在婚姻爱情和经济上的独立追求深刻体现了她要追求真正女性独立的思想意识，具有较高的社会和文化价值。

（二）女性的社会意识

女性的社会意识的产生是女性独立意识向前发展的必然结果，社会意识与自我独立的意识构成了人的全面的价值内容。"女性的社会意识即女性对社会关系的看法，对社会与人的关系的看法是其独立意识的重要内容表现。"[5]

在《再生缘》中，孟丽君的社会意识主要体现在其作为"女官"的社会价值的创造上。在拜相后，孟丽君展现了卓越的政治才干，成为皇帝的辅佐，为国家培养了一批有识之士。在皇甫少华出征之前，她给王元帅饯行时说的那番话：

> 赏罚分明随大体，恩威并用得人情。骄兵必败从来说，王者之师自古云。如若朝鲜人既服，年兄呀，不须剿灭许求成。苍生惨杀天公怒，似这等，才谓安邦定国人。愿乞年兄存此念，惜民爱士作贤臣。[6]

这段话是她劝诫王元帅在军队中应该赏罚分明，与其他的士兵共进退，戒骄戒傲，乃为安邦定国的智慧，这些内容也体现了她身为女子却有过人的军事能力。

因此，《再生缘》中描写孟丽君的各项才华从侧面体现了孟丽君独特的社会意识，对政治的参与和对军事的独到见解体现了孟丽君的社会责任和社会意识，向读者表明女性不仅可以承担家庭责任，还可以承担社会责任。

三、《再生缘》男性意识的体现

《再生缘》作者陈端生是出生于封建社会文化家庭中的才女，在家庭文化的长期熏陶下，作者具有浓厚的男性意识，使作品在描写追求女性独立的同时呈现了鲜明的男性意识。

从写作动机上看，陈端生创作《再生缘》主要是出于"不平之感"：

然则陈氏一门之内，句山以下，女之不劣于男，情事昭然，端生处此两两相形之环境中，其不平之感，有非他人所能共喻者。[6]

这段话就是说，陈端生并不是因真正的女性意识的觉醒才创作孟丽君这个人物形象，而是出于对陈氏家族内部的"不平"之感。陈端生生活的家庭是一个典型的封建社会"重男轻女"的家庭，家里的男孩更受到长辈的重视。在这样的环境下，陈端生认为自己并不比男孩差，于是对家人的行为有深深的不平之感。

从陈端生的个人生活经历中也可以看出其思想深处仍存在浓厚的男性意识，并没有形成真正的女性意识。在丈夫去世以后，陈端生依旧为丈夫苦守贞洁，独自抚养儿女，从一而终。可见现实生活中的她遵守封建伦理道德，且这是牢牢占据其内心的教条，因而《再生缘》中刘燕玉的苦守、苏映雪的投湖等情节安排都体现了陈端生内心深处的封建道德观念，这也直接体现在了孟丽君的身上。

（一）孟丽君形象彰显的男性意识

1. 孟丽君的道德观

在《再生缘》中，孟丽君身上具有鲜明的男性意识，即男权社会中的封建思想意识，这从孟丽君的道德观中可见一二。

在孟丽君的爱情观念中，具有浓厚的女性贞洁观念。在封建社会，女性坚守贞洁是女性依附于男性的最直接的体现，在婚姻关系中，男性可以有多个妻子，但是女性只能对自己的丈夫保持"忠贞"。在《再生缘》的开端，孟丽君逃婚的动机就是"保住贞洁"，并下定决心"守节"。在最后拒绝皇帝的理由也是为了少华而"守节"。可见孟丽君的婚姻观念以"贞洁"道德观念贯穿始终。其次，在孟丽君的观念中，一夫多妻制度是可以接受的，甚至接受侍女映雪与自己同嫁少华："到后来，皇甫郎君如得第，奴和你，同归同处不异端。"[6]从此处可以看出，孟丽君的封建道德观念是十分浓厚的，她是一个固守传统道德观念的人，其行为并没有完全打破封建传统意识的束缚，其思想深处仍有根深蒂固的男性意识。

2. 孟丽君的"女扮男装"

《再生缘》中孟丽君能够成为女官、离家出走的重要手段就是其"女扮男装"的行为，也是其施展自己才华的一个主要途径。在赶考的过程中，为了自己的男装打扮不被识破而"扬眉吐气装男子，举止全然非女流"[6]，她深刻意识到一旦自己被识破就无法进入男性的世界，就无法进入政治的领域。在进入"男性社会"以后，孟丽君在模仿男性的过程中意识到男性和女性之间的差异，开始以男性的角度去处理问题，在政治官场上如鱼得水的她表明其男性化的社会角色已经让外界无法认出其真正的女性身份。如在与映雪假扮夫妻的过程中与映雪的书信表达的就是一个男性对女性的"柔情"，在要求映雪代嫁时完全是一种命令的口吻。这表明孟丽君在"女扮男装"的过程中已经产生了男性意识，对女性开始进行"不自觉"的"欺压"，这也可以看出隐藏在孟丽君思想深处的男性意识。

（二）其他女性角色彰显的男性意识

1. 女性悲剧的婚姻

《再生缘》中的刘燕玉和苏映雪悲剧的婚姻所表现出来的男性意识更加明显。

在男性意识主导的社会中，女性如果走出伦理道德的束缚，无异于自寻死路。在长期的社会文化的渲染中，女性就自然而然接受了这种思想文化，这也就决定了其悲惨的命运。刘燕玉和苏映雪都选择了皇甫少华，但是在封建的妻妾制度下，她们的婚姻充满悲剧性。刘燕玉是一个千金小姐，愿意为少华逃婚并在庵堂为其守节。在明知少华只钟情于孟丽君的情况下仍旧为少华全心付出，在得不到任何感情回馈的情况下也愿意为丈夫付出一切。侍女苏映雪在传统的思想中就将自己定位成一个妾室，可以为了少华放弃一切，嫁给皇甫少华是其一生的愿望，最后落得投湖殉情的结局。

从刘燕玉和苏映雪对爱情、婚姻的观念及最终的命运抉择上看，她们两人是封建男权社会中的牺牲品。就如谭丽娜在《〈再生缘〉研究》中提到的"两个人在思想上都认为女性必须要依附于男性，而一生的追求就是嫁给一个男人，无所谓婚姻中的地位"[7]。她们不要求爱情的忠诚，不要求婚姻的完美，历尽艰辛也要为男人守节。她们的行为和思想满足了封建社会男性对女性的要求，是典型的男性意识。

2. 女将军的男性气概

在《再生缘》中，皇甫长华与卫勇娥这两位女将军的形象英气逼人，在面对家庭和命运的困境时，勇敢选择与朝廷对抗，谋求改变自己的命运。但是在陈端生男性意识的主导下，这些女将军的英雄气概注定要被社会的男性意识所淹没，她们的命运也是曲折的。

皇甫长华性格豪爽、有勇有谋，在战争时期毫不示弱，指挥军队获得多次重要战役的胜利。还公开起义对抗朝廷：

因此在山多安乐，广招豪杰制刀锋。立心要破朝鲜国，好报亲仇畅此胸。[6]

这些文字形象描述了长华的英雄气概。可她却在做了皇后以后为了突出自己的贤德而忍受悲苦，命运可怜可叹。与皇甫长华一起的卫勇娥虽然钟情于少华，还是服从皇帝和父亲的命令嫁人，后成为贤妻良母，其战场上的英姿在陈端生的笔下转瞬即逝。

两位女将军回归封建社会女性形象的情节比较自然、流畅，作者塑造这两位女性形象的出发点是为了表明在那个时代，女性意识的崛起只是一种暂时的现象，女性的命运最终由男性决定。向荣、王宁对此现象也有相关解读，"无论女子多么优秀，最后的结局都是回归家庭，回归于男性社会，男性才是家庭、社会的主导"[8]。女英雄有如皇甫长华、卫勇娥莫不如是。

结 语

孟丽君身上所体现的男性意识和女性意识矛盾纠结，是因为陈端生想把孟丽君塑造成一个时代的"异类"，是一个与其他女性都不同的、不输于男性的女性角色，但是其自身意识形态深处的男性意识根深蒂固，写作意图和内心意识形成矛盾，这也是她最终没有完成《再生缘》的主要原因。

从全文可以看出，具有反抗精神的女性意识和最初的故事安排始终存在矛盾，孟丽君身上也多处体现鲜明的矛盾。在开篇中，"他日复还真面貌，箫声吹上凤凰台"[6]的诗词描写，说明孟丽君最后还是会恢复女性的身份，与皇甫少华成婚。也就是说，孟丽君最后的结局还是要从属于"丈夫"，还是要回归于家庭，回归于婚姻，这体现了作者内心深处的男性意识。

综上所述，《再生缘》作为弹词小说的代表有其产生的特殊的社会历史背景，《再生缘》所表达的清晰的思想文化价值与社会历史的思想趋势高度契合也使其成为弹词小说中的经典代表作品。从《再生缘》的内容上看，其直接表达的女性意识是通过女性独立意识和社会意识两个方面表现出来的。《再生缘》最明显的艺术价值特征就是其女性形象背后的男性意识，主要从孟丽君背后的男性意识、其他次要人物的男性意识和陈端生的男性意识三个方面体现出来，这直接表明了作品背后的封建思想文化特征。女性意识的张扬与男性意识的固有矛盾让人物形象更加饱满鲜活，彰显了该文学作品的极高艺术价值。

参考文献

［1］张俊.《再生缘》三论［D］. 重庆：重庆师范大学，2003.

［2］崔琇景. 清后期女性的文学生活研究［D］. 上海：复旦大学，2010.

［3］陈端生. 再生缘［M］. 北京：中国古籍出版社，2002.

［4］李凯旋. 寄宿在自己的一间闺房里——《再生缘》研究［D］. 桂林：广西师范大学，2006.

［5］郭平平. 清代小说戏曲中的女性自觉［D］. 济南：山东大学，2013.

［6］陈端生. 再生缘［M］. 北京：中国古籍出版社，2002.

［7］谭丽娜.《再生缘》研究［D］. 汉中：陕西理工学院，2015.

［8］向荣，王宁.《空城》的奥秘：都市女性形象背后的男性意识［J］. 理论与创作，2010（5）.

秘书职业技能竞赛对提升秘书
能力的利弊分析
——以本科在校生为例

梁佳焰①　朱欣文②

摘要：本文重点考察了第六、第七届全国商务秘书职业技能大赛和2017年全国高等院校秘书专业知识技能大赛，论证了举办秘书职业技能竞赛对培养本科生秘书能力的利弊。对于承办院校学生，大赛锻炼和提高了他们处理事务的能力、专业接待能力、交际能力，培养爱校敬业精神；对于参赛院校学生，大赛提高了他们的学习能力，培养了合作能力，增强了心理素质，提升了专业核心竞争力。但是，在举办比赛的过程中也暴露出存在的问题，本文提出了相应的优化建议，通过优化将更完善的秘书职业技能竞赛加以推广，将竞赛内容迁移到本科秘书学专业教学中，促进本科秘书学教育的发展。

关键词：秘书职业技能竞赛；秘书能力；优化

前　言

2012年10月，秘书学首次作为一个独立的本科专业出现在教育部新修订的《普通高等学校本科专业目录》中，本科秘书学是一个年轻的专业。2014年3月，教育部明确指出，在现有的普通本科高等院校中，将会有600多所本科院校逐渐向应用技术型大学转变[1]，即从传统的培养学术型人才，转为培养高素质应用型本科人才。秘书学正是在此机遇下进入了本科目录。与此同时，随着近年本土企业的快速成长以及外来企业的增加，高级秘书已成为企业招聘的热门人才，但符合企业要求的应聘者却极少。那么高素质秘书是如何界定的呢？中国高教秘书学会副会长范立荣给

---

①　梁佳焰，女，广东海洋大学文学与新闻传播学院汉语言文学专业（高级文秘方向）2013级本科生。

②　朱欣文，女，广东海洋大学文学与新闻传播学院副教授。

出这样的标准："现代合格的高素质秘书应是多方位发展的人才，懂两三门外语，熟练运用互联网，具有组织能力、表达能力、沟通能力、团队合作能力。"[2]

本科秘书学专业旨在培养社会各行各业急需的高级秘书人才，目前我国高校本科秘书人才培养模式还处于探索阶段。近年来，在各高职高专院校，职业技能竞赛作为一种培养学生职业素质的重要方式正开展得如火如荼，这种人才培养方式也逐渐得到社会的认可。那么，本科秘书学专业是否可以借鉴这种模式的成功经验，将理论教育和技能培养相结合，建立适合应用型秘书人才的培养方式？从而推动自身的专业发展。

一、秘书职业技能竞赛的发展现状

（一）发展现状

2005 年，国务院颁布的《关于大力发展职业教育的决定》明确提出："要定期开展全国性的职业技能竞赛活动，对优胜者给予表彰奖励。"[3]这是国家关于职业技能竞赛出台的最早规定。2008 年，教育部联合天津市人民政府及相关部门按照此条规定，在天津举办了第一届全国职业院校技能大赛，这是近年来各类技能竞赛的前身，也是国内规格最大、影响力最大的竞赛。同年，教育部职业教育与成人教育司司长黄尧指出，"通过举办职业院校技能大赛，把多年来职业教育发展过程中逐步探索出的具有中国特色的'工学结合、校企合作、顶岗实习'的经验和做法加以制度化和规范化，形成'普通教育有高考，职业教育有技能大赛'的局面，这是职业教育适应经济社会发展新形势的需要，是发展有中国特色职业教育的重要内容。"[4]这可以视为全国性技能竞赛普遍开展的重要标志。2010 年，国务院颁布《国家中长期教育改革和发展规划纲要（2010—2020 年）》，重申提高技能型人才的社会地位和待遇，要加大对有突出贡献的高技能人才的表彰奖励力度，并且明确指出要开展职业技能竞赛。[5]按照相关规定，全国职业院校技能大赛每年举办一次。2017 年 5 月 8 日，第十届全国职业院校技能大赛在天津举行，李克强总理对大赛作出重要批示，刘延东副总理出席开幕式并讲话，她强调："要深化改革，完善产教融合、校企合作制度，推动一批本科高校向应用型转变。"[6]

职业技能竞赛是我国职业教育的一项重大的制度设计和创新。从上述国家纲要及决定以及领导人的重要讲话中我们看到，国家鼓励技能竞赛的开展，重视高技能人才的培养，肯定职业技能竞赛在提高学生的职业技能水平方面发挥了重要作用，竞赛为各院校提供展示和交流的平台，从而促进专业建设与发展。

近年来，随着职业技能竞赛的开展，竞赛的科目越来越多，分类也越来越细，比赛形式越来越多样化，主办方也不仅仅局限于政府部门。作为一个各院校广泛设置的专业，同时，也是响应国家推动应用型专业发展的号召，文秘专业的技能竞赛如雨后春笋般涌现。

从竞赛类型看，秘书职业技能竞赛可以分为综合性和专门性两类。综合性的一般统称为秘书职业技能大赛，竞赛的内容涉及秘书职业理论知识、秘书工作技能、才艺展示等多个方面；专门性的竞赛有速记速录竞赛、礼仪竞赛等。从竞赛级别看，可以分为世界性、全国性、全省性以及校内竞赛等几级。世界性的秘书职业技能比赛有世界速录比赛等。全国范围的秘书职业技能竞赛主要有全国高职高专院校秘书职业技能大赛、全国商务秘书职业技能大赛以及全国高等院校秘书专业知识技能大赛等。省级的秘书职业技能竞赛则开展得较少，根据调查，仅有湖南、广东、浙江、海南这四个省份举办过省级秘书职业技能竞赛。[7]在各院校中，形式多样的校内秘书职业技能比赛相继开展，例如文秘技能大赛、秘书基本技能大赛、秘书风采大赛等，形式灵活多样。从竞赛层次看，2017年分组逐渐明确，不再将专科和本科混在一起比赛，而是分开进行。2016年第六届全国商务秘书职业技能竞赛共有60支参赛队伍，240名选手参加，其中专科队伍26支，本科队伍34支。比赛以专科为主，专科和本科一起比赛，使用同样的试题。2017年第七届全国商务秘书职业技能竞赛共有92支参赛队伍，368名选手参加，其中专科队伍36支，本科队伍56支。比赛同样是以专科为主，但本科的参赛人数已经远远超过专科，本科和专科同场竞技，分开命题，分组评奖，这样的分组在一定程度上保证了比赛的相对公平。2017年全国高等院校秘书专业知识技能大赛分别设置了本科部比赛和高职高专部比赛，其中本科部比赛共吸引了32所本科院校派出的46支参赛队伍，共184名选手参加。由此可见，秘书职业技能竞赛逐渐发展，参赛人数不断增加，规模不断扩大，同时本科院校的参赛热情高涨。

（二）竞赛内容

上述各式各样的秘书职业技能竞赛的内容各有侧重，但总体上说，基本涵盖了对秘书学专业学生的素质与能力要求。下面将2017年全国高等院校秘书专业知识技能大赛本科部竞赛内容和高职高专部竞赛内容进行对比，将第六、第七届全国商务秘书职业技能竞赛内容和2017年全国高等院校秘书专业知识技能大赛本科部竞赛内容进行对比，对竞赛内容进行归纳总结，情况如下。

1. 理论知识

此项目无论本科还是专科都会考查。本科考查内容以秘书学概论、秘书实务为主，包括中国秘书史、秘书公关原理与实务、文书处理和档案管理、管理学原理等6门主干科目内容，还包括少量文史哲知识拓展题。专科考查内容包括秘书写作、秘书礼仪、文书与档案管理、公共关系与公关策划、办公自动化等主干课程知识。考查形式为客观题，上机考试，计算机当场自动生成成绩。可见，在理论知识方面，秘书学本科专业对学生的要求比专科高，学生除了要扎实地掌握本学科的基础理论知识外，还要广泛涉猎其他相关知识。

2. 操作技能

这是本科和专科都重点考查的项目，可以分为两类。一类是考查参赛团队成员的分工协作能力以及文案处理、公文写作、办公自动化系统运用等专业技能，考查形式是题目中给出秘书工作背景材料，参赛团队成员要合作完成公文写作和方案策划。另一类是考查参赛选手速记速录的能力，分为硬笔书写和电子速录两种，要求选手在一定时间内完成信息录入。

3. 职业形象与素养

本科主要考查参赛选手分析问题的能力以及选手思维的广度和深度，还考查选手口头表达、人际沟通以及职业形象塑造等能力。考查形式是无领导小组讨论，参赛选手临时抽签，跨校组队，根据提供的素材或题目阐述观点或看法，题目来源于与秘书工作相关的现实内容或社会热点问题。专科考查参赛选手的职业素养、人际沟通与对应的职场通用能力。考查多以形象与口才展示的形式进行，参赛选手要完成即兴演讲、回答评委现场提问、分析秘书工作案例等。可见，本科秘书学专业要求学生应该具备更强的科学思维能力，能够分析并正确判断和解决问题。

4. 才艺展示

这是本科和专科均考查的项目，展示内容包括唱歌跳舞、相声、小品、插花、舞剑、器乐演奏、书法绘画等。考查形式是赛前先行排练，现场向评委展示。设置此项内容，是为了鼓励秘书人员发展有利于工作开展、怡情悦性的特长与爱好，提升秘书的职业形象和人际魅力。

除此之外，还有全国商务秘书职业技能大赛的创新项目——秘书工作情境展示。此项目考查参赛团队对秘书工作的了解，以及团队的策划能力、组织能力、表演能力和队伍中成员之间配合协调的工作能力。参赛团队要将秘书在工作中可能遇到的情境编排成一个情景剧展示出来，例如：办公环境的布置与维护、办公用品管理、电话事务、请示汇报、值班、保密、接待、会议（活动）的组织与策划、危机与紧急事务处理等。主题自选，脚本自拟，每支参赛队伍的 4 名选手都必须参加。所展示的内容要健康、积极，并且有中心、有重点，还应具有一定的观赏性和启发性，时间不超过 10 分钟。这个项目实施起来并不容易，因为秘书工作中的许多内容是无法通过表演展示出来的，能够展示的内容仅局限于一小部分。目前，其他一些秘书职业技能竞赛也设置这个项目，有些竞赛则将该内容归到才艺展示里面。

二、秘书职业技能竞赛对秘书能力的优化

国际秘书联合会给"秘书"下的定义是："秘书应是主管人员的一位特殊助手，他们掌握了办公室工作的技巧，能在没有上级过问的情况下表现自己的责任感，以实际行动显示出主动性和正确的判断能力，并且在所给予的权利范围内作出决定。"[8]根据定义及职业特点，秘书能力由三类能力构成。一类是基本能力，主要有观察力、思维力、记忆力、注意力等；一类是职业能力，包括办文、办会、办事、信息处理、管理等能力；一类是操作能力，包括速记速录技术、计算机及网络技术、现代化办公设备的操作技能等。[9]提升秘书职业能力是培养应用型秘书人才的核心问题。[10]

一场秘书职业技能竞赛的举办，对比赛的主体——各参赛院校的学生来说，无疑具有积极的作用，同时，对于承办院校的学生也有着独特的锻炼和教育功能，能够使学生的多种能力得到提升。下面从多角度探讨秘书职业技能竞赛对在校生能力的优化作用。

（一）优化承办院校学生的能力

目前，全国以及省级的秘书职业技能竞赛均由设置文秘或者相关专业的院校承办，承办大赛不仅可以提升院校知名度、增强校企合作，而且对该院校的专业发展也起着促进作用。赛事的组织和承办工作是竞赛圆满完成的关键，从赛前筹备到竞赛实施，对承办院校是一个极大的考验，但也是一个极好的锻炼机会。

1. 锻炼处理事务能力

一场令人满意的赛事离不开赛务组提供的细致贴心的服务。据了解，在赛前，承办院校会针对文秘或相关专业的学生招募赛事志愿者，对他们进行为期几周至几个月的培训，培训内容包括礼仪、接待流程、现场解

说、相关设施操作等。有时将上述内容融入日常的课堂学习中，学生再利用课余时间进行巩固至熟练掌握。志愿者参与赛前准备、赛事组织、赛会服务的整个过程，接触和处理各种琐碎的事情以及突发情况。例如，有的队伍先期不要求接送，后又提出接送要求；有的对住宿、餐饮有特殊要求；有的则因交通延误，抵达时间变动很大，需要志愿者和领队临时沟通确定具体接站时间……学生真实地面对并处理这些琐碎、繁杂、随机的事件，其效果胜过几次模拟培训，学生综合处理事务能力得到提升。

2. 锻炼专业接待能力

如 2016 年 5 月由唐山师范学院承办的第六届全国商务秘书职业技能竞赛，从四面八方前来参赛的选手、指导老师有 300 余人，全部由学校文秘专业学生承担接待任务，实行一对一接待。每支参赛队伍从到达至比赛结束离开，其间的食、宿、出行、比赛等所有事宜都由一位学生具体负责。接待规模庞大，接待对象除高校师生外，更有专业领域内的学者专家，对接待水平要求很高。因此，负责接待工作的学生在接待活动中能够锻炼自身的专业接待能力。

3. 提高交际能力

专业赛事是接待学生锻炼交际能力、沟通能力的绝佳机会。[11]首先是志愿者之间，必须有效协调工作，相互配合，做到有问题及时沟通，才能保证赛组委的要求完整准确地得到实施。其次是志愿者与参赛队伍之间，志愿者在确认接待对象以后，就开始与自己负责的参赛院校联系，确定参赛队员的个人信息，将赛事的最新信息及时传递给参赛队伍，为他们解答疑问，将他们提出的问题和要求向赛组委反映。志愿者成为参赛队伍和赛组委之间沟通的桥梁与纽带。在比赛间隙，志愿者还与参赛学生交流学习，增进友谊，有些甚至成为好朋友。在这些工作中，接待学生通过与天南地北不同文化背景的人交流，能够掌握更多的沟通技巧，提高社交能力。

4. 培养爱校敬业精神

一方面，在比赛之余，参赛队伍通常还会参观校园，到处走走看看。这时，志愿者就担任导游的角色，带领参赛单位参观校园，向他们介绍校园，故负责接待的学生对母校要有充分的了解才能完成这项工作。此过程有助于学生进一步了解母校的校园文化、学校实力等，增强对母校的自豪感，加深与母校的感情。另一方面，学生参与其中，通过自己的工作协助比赛顺利进行并圆满结束，为比赛的举办贡献了一分力量，在此过程中，自我价值和专业价值得到体现，增强了职业认同感。

（二）优化参赛院校学生的能力

对于参赛学生，参加秘书职业技能竞赛不仅使他们有了相互切磋、相互学习的机会，更是检验其知识掌握程度、提升其秘书能力的有效手段。教师还能够从参赛学生的赛后总结得到信息，针对性地调整教学方案，优化教学内容，进一步深化秘书专业教育教学改革，全面提高学生的职业素养和专业技能，为学生未来就业打下良好的基础。

1. 学生培养的导向作用

从竞赛内容来看，内容设置全面，包括基础知识、基本能力（公文＋方案制作）、职业形象与素养、才艺展示等部分。考查学生秘书学专业 6 门主干科目的知识，学生思维的广度和深度以及办文办会、团队协作、分析问题、办公自动化运用、人际沟通等能力，基本涵盖了对秘书学专业学生的素质与能力要求。竞赛内容与专业教学内容、专业核心竞争力要求紧密联系，能够反映秘书学专业的发展趋势，具有前瞻性和普适性，对秘书学本科学生的培养起风向标的作用。学校可以根据竞赛内容与标准对教学方案进行补充或修订，整合教学内容，突出专业特色，加强专业内涵建设。对于承办院校也同样能起到这个作用。笔者所在学校秘书学专业的学生于 2016 年和 2017 年分别参加了第六届全国商务秘书职业技能竞赛和 2017 年全国高等院校秘书专业知识技能大赛，根据比赛情况，学院总结经验，更强调实训，加强了本科实训室建设以及方案策划、公文写作等实用性教学，更好地培养秘书人才。

2. 提高学习能力

未来社会是一个学习型社会，每个人都将成为终身学习者。秘书职业技能竞赛的竞争性可以很好地激起学生的求胜欲，从而提高学生学习的积极性，实现由"要我学"向"我要学"转变，学生一旦有了学习目标，激发了学习欲望，自然就会自觉地投入到学习中去。学生除了备赛，还要完成正常的课业，因此，学生必须学会合理安排学习时间，将课下零散的时间充分利用起来，提高学习效率。在备赛过程中，指导老师更多是起指导作用，学生通过网络或者图书馆查阅相关资料，深入学习秘书专业所涉及的各方面知识，将新知识与课堂所学知识及实际生活联系起来，在学习中发现和解决问题，通过归纳总结将知识内化为能力。在这一过程中，学生形成一套自己的学习方式，养成多角度思考问题的习惯，从中体会到学习的快乐。

3. 培养合作能力

秘书职业技能竞赛一般都要求以团队形式参加比赛，并设置团队项日，所以仅凭出色的个人能力是不够的，必须整个团队拧成一股绳。团队的战斗力强弱在于每个成员能否默契地配合。在培训期间，学生之间、学生与指导老师之间朝夕相处，一起学习，最后会产生家人般亲密的情谊。在这个过程中，队员之间逐渐熟悉彼此，尊重彼此，学会欣赏别人的长处，以宽容的胸襟包容队友的错误，扬长避短、优势互补。当队员互相认可并有共同的奋斗目标后，队员自然会产生极强的责任感，互帮互助，共同攻克学习中的难关，共同解决训练中遇到的各种问题，共同争取这个"家"的荣誉，产生 1 + 1 大于 2 甚至大于 3 的能量。这个过程不仅使每个人明确了自己的职责、与队友团结协作，而且让学生学会了和同学、老师沟通相处的方法。通过这些磨合，能在竞赛中发挥出最强的团队力量，共同完成竞赛任务。

4. 增强心理素质

首先，良好的心理素质是建立在充分准备之上的，俗话说"不打无准备的仗"。在长达几个月的备赛过程中，指导老师根据比赛内容对同学们进行针对性地培训，从服装到发型，从动作到神情，每个细节都仔细考虑和斟酌，这些准备可以让参赛学生心里有底气，是学生在赛场上发挥水平的前提。但是，赛场上充满着未知数，影响着选手的临场发挥。在比赛中，学生要面对陌生的环境、陌生的裁判，还要在规定时间内完成比赛项目，压力和紧张感对每个参赛选手来说都是不可避免的，选手们必须克服这些情绪，学会自我调整状态，将最完美的表现呈现给评委。此外，选手们还可能遇到训练时没有出现过的突发情况，比如操作的电脑死机、比赛场地和预想的不同、比赛用品不齐全等问题，如何才能保持镇定，快速处理突发事件继续比赛，这些问题的解决都能使学生的心理素质得到锻炼，并通过成功克服这些困难提升自信心。

5. 提升秘书专业核心竞争力

通过参加专业赛事，能够加深学生对本专业本领域的了解，无论是参加竞赛还是备赛的学生，都能够夯实理论基础，提升秘书专业核心竞争力，增强就业竞争力。首先，学生在参赛过程中，丰富了经验阅历，增强了心理素质，提升了情商，掌握了培养兴趣、多交朋友、博览群书等心理调适的方法，逐步形成成熟稳定的心理与性格。其次，比赛可以帮助学生了解和认清秘书这一职业，增强角色意识，正确看待所谓的秘书权利，不做越权越位的事情，培养敬业谦逊的职业品质。再次，比赛对选手思维广度和深度的考查，有助于学生形成正确的世界观、人生观、价值观，学会融会贯通、举一反三，具备干练融通的秘书素质。最后，学生在备赛过程中，自主学习，广泛涉猎知识，树立终身学习的意识，有利于学生形成善于学习的前瞻视野。以上几个方面是秘书核心竞争力的具体体现。[12]当然，学生秘书专业核心竞争力的培养和提升不是一场比赛就能立竿见影的，竞赛是一个有效提升秘书专业核心竞争力的方式，除此之外，还要靠课堂教学和学生日常的自我培养。当学生拥有秘书专业所特有的技能时，其他专业学生难以替代和模仿，就业便产生优势。

三、秘书职业技能竞赛存在的问题

综上所述，秘书职业技能竞赛对提升学生的秘书专业核心竞争力具有积极的作用，然而在竞赛的举办过程中也暴露出了一些问题，这些问题会阻碍秘书职业技能竞赛的发展，应引起我们的重视。

（一）竞赛功利化

在秘书职业技能竞赛中取得的成绩往往被视为衡量学校办学实力和教学水平的重要标志，故对于每一个参赛院校都意义重大，因此，参赛院校很容易走入片面追求竞赛成绩的误区。有些参赛单位认为参加比赛不容易，花费了大量的人力物力，必须拿个好名次才能有所交代，导致出现参赛单位争抢名次的现象，甚至有一些院校通过非常规手段来影响评委的评分，弄虚作假。这样既违背了竞赛的原则和初衷，又对学生产生错误的观念导向，影响学生身心的健康发展。

（二）"应赛"的学习弊端

由于参赛学生除了备赛之外，还有正常的课业要完成，很多时候只能利用课余时间接受培训，所以真正训练的时间并不多。有些院校为了让学生在短时间内能够快速掌握竞赛中的内容，只重视竞赛项目所考查技能的传授与学习，并且大搞题海战术。这种学生为竞赛而学，教师为竞赛而教的做法，忽视了学生的全面发展，有违素质教育思想。

（三）比赛失利的挫败感

对于部分心理承受能力较弱的学生，比赛失利会让他们产生沮丧、焦虑甚至愤怒等不良情绪，这种比赛的挫败感会打击学生的自信心，使学生逃避现实，无法集中精神，对后续学习失去兴趣，影响正常的学习和生活。

（四）频繁竞赛的负担

现在各种与秘书职业技能相关的竞赛纷纷开展，参加竞赛已经成为许多学校的常年性工作。有些学校在一年之内参加好几场竞赛，参加一次竞赛的开销，有些少则 1 万元，多则 2 万 ~3 万元，参赛单位要负担一大笔开销。上半年参加比赛，下半年又参加比赛，不仅参赛单位要花费很长时间对学生进行培训，把一学年的时间安排得满满当当，而且学生也要花费很多精力备赛，影响正常的课业学习。这样的备赛、参赛耗费大量人力物力，甚至影响专业正常教学计划的执行，成为学校和学生的负担。

四、对秘书职业技能竞赛优化的建议

针对上述秘书职业技能竞赛存在的问题，我们应该有清醒的认识，并积极寻找解决策略。下面就对秘书职业技能竞赛提出几点优化建议，以构建完善的秘书职业技能竞赛体系，更好地发挥秘书职业技能竞赛的作用，最大限度促进学生秘书能力的提升。

（一）倡导正确的竞赛观

秘书职业技能竞赛是提升学生秘书能力和学校教学质量的重要手段，但竞赛仅仅是一种形式，而非目的。要避免进入应赛的误区，应该树立"以赛促教"的正确竞赛观，将秘书职业技能竞赛与院校日常的教学有机结合，通过竞赛检验教学水平，引导教学改革，让全体学生都有机会参与其中，激发学生学习专业知识的积极性，由灌输式教学转变成自主学习，改变高分低能的现象，促进学生的全面发展。

（二）整合各级各类比赛

秘书职业技能竞赛既要做到常态化，但也不能无限制地开设各种比赛，要整合比赛形式，开展代表专业水平的比赛，提升赛事质量。首先是要控制赛项数量，根据中职、高职、本科秘书专业在校生的比例来举办适量的比赛；其次是各个地区可以根据自己的实际情况设置赛项，但是各类比赛内容不重复、不类似；最后，要完善全国大赛体系，从校内竞赛到省级比赛再到全国性的比赛，做到人人参与和层层选拔的真正实施，使大赛真正做到常态化。

（三）适时更新竞赛内容

更新竞赛内容，一方面要注意其实用性，题目以专业要求为导向，命题者可以通过社会调查设计比赛的题目，或者让企业参与命题，使试题更符合秘书岗位要求。另一方面要注意参赛主体的实际水平，命题不能一味地追求难度和深度，难度要适中为好。竞赛内容还应该适时更新，不能一成不变。与此同时，要分清比赛层次，为本科和专科分别设立专门的比赛，这样才能在人才的选拔上更有针对性。本科和专科培养学生的目的不同、层次不同，应以不同的标准制定比赛内容和规则。

（四）合理安排竞赛时间

从每年的秘书职业技能竞赛结束到第二年竞赛的开展，这中间往往隔着较长的一段时间，学校可以安排好校内竞赛的时间，成立相关社团、协会，依托社团、协会开展竞赛活动，既为来年的全国赛做准备，又做到全员参与，使每个学生都得到锻炼。学生在大一的时候主要任务是学习，课余时间参加社团、协会，丰富专业理论知识，或者在其中担任某些职务，锻炼人际交往能力；大二的时候参加校内选拔比赛，并在赛前集中培训，参加过竞赛的选手可以作为指导老师助手，帮助低年级的同学；大三的时候参加全国竞赛，对在校内选拔赛中表现出色的学生进行针对性培训，最后从中选拔出优秀的选手参赛。这样两轮的选拔培训过程拉长了训练周期，学生的专业能力也能得到切实提高。

（五）改进竞赛规则及评分标准

当前，秘书职业技能竞赛的评价标准都比较笼统，有些根本就不对外公布评分标准，这样的竞赛结果带有很强的随意性，应该细化评价指标内容，并且分等级，每个等级有相应的标准和得分扣分项。有些比赛在竞赛过程中禁止与比赛无关的人员进入赛场，这样的做法无法让竞赛的引领作用和示范效应得到充分发挥。正确的解决方法是设立观摩区，比赛过程向各院校师生全程开放，为大家提供学习的机会，同时也有利于加强公众对竞赛全过程的监督，从而提高竞赛的质量。

（六）赛点的选定

目前，在秘书职业技能竞赛中，承办院校是可以派队伍参赛的，那么承办院校的参赛队伍具有得天独厚的优势。首先是竞赛环境，承办院校选手的日常训练可以直接在比赛场地进行，在比赛中不会出现因不熟悉竞赛环境而导致的一系列问题。其次是竞赛内容，承办院校从比赛的准备阶段到比赛结束，或多或少能够了解到比赛内容，可以进行针对性训练。最后是在竞赛规则的制定上，承办院校可以根据自己擅长的方面来相应调整相关规则，让本校的参赛队伍获得更好的成绩。而解决这些不公平现象的办法就是实行承办院校选手回避制或者交予第三方承办，并且承办方要通过申请才能获得承办的资格，从而最大可能地保证竞赛的公平公正。

结　语

本科秘书职业技能竞赛刚刚兴起，2017 年全国高等院校秘书专业知识技能大赛是第一届以本科为主的秘书职业技能竞赛，但它所起的作用是巨大的，即对本科秘书学专业起到风向标的作用。本次竞赛项目基本涵盖了对秘书学专业学生的素质与能力需求，基础知识考查学生的基本能力，无领导小组讨论考查学生思想的深度和广度，公文写作及方案策划考查学生的秘书职业技能，才艺展示考查学生的业余特长。竞赛通过内容设置对本科秘书学的教学进行引导，告诉本科秘书学院校，本科秘书学专业应该培养什么样的高级秘书：第一是知识面宽的，第二是有思想的，第三是有职业能力的。学校可以根据竞赛内容与标准对教学方案进行补充或修订，整合教学内容，突出专业特色，提升学生核心竞争力，加强专业内涵建设。综上所述，秘书职业技能竞赛作为一种人才培养方式对提升学生的秘书能力有着独特的作用，提升了学生的秘书专业核心竞争力，因此，本科秘书学专业要加强实训，要举办竞赛。同时，我们也要看到目前竞赛存在的问题，我们要做的是将优化后更完善的秘书职业技能竞赛加以推广，将竞赛内容迁移到本科秘书学专业教学中，让学生将所学的理论知识应用于实践当中，使学生的秘书能力得到提升，为社会培养出更多符合当今社会要求的应用型高素质本科秘书人才。

参考文献

［1］鲁昕．600 多所本科院校转做职业教育［OL］．（2014 – 03 – 22）http：//learning. sohu. com.

［2］张媛媛．聚焦专业技能，培养应用型高级秘书人才［J］．陕西学前师范学院学报，2013，29（3）.

［3］国务院办公厅．国务院关于大力发展职业教育的决定［M］．北京：中国法制出版社，2005.

［4］黄尧．在 2008 年全国职业院校技能大赛新闻发布会上的讲话［OL］．（2008 – 6 – 20）http：//www. jyb. cn.

［5］佚名．国家中长期教育改革和发展规划纲要（2010—2020 年）［M］．北京：人民出版社，2010.

［6］曹灿．坚持工学结合知行合一德技并修努力造就源源不断的高素

质产业大军［N］.天津日报，2017 – 05 – 09（1）.

［7］李展.秘书职业技能竞赛评析［J］.秘书，2012（6）.

［8］安娜·埃克丝蕾，安娜·约翰逊.韦氏秘书手册［M］.北京：中国新闻出版社，1985.

［9］何宝梅，杨剑宇.秘书学导论［M］.上海：华东师范大学出版社，2013.

［10］杨剑宇.申请设置普通高等学校秘书学专业本科的报告［J］.秘书，2011（12）.

［11］乔桂强.专业赛事对培养学生能力素质的作用分析［J］.内江科技，2009，30（9）.

［12］蔡茂.试论秘书学专业学生的核心竞争力［J］.秘书，2017（5）.

李贺诗歌中的水意象研究

凌尚玲①　张　莲②

摘要： 李贺诗歌中有不少写"水"诗，诗中水意象的内涵非常丰富——有借水喻官府，抒发对当政者的怨恨与不满；有寄失意凄悲于水波；也有借山姿水态叹沧海桑田之变。李贺写"水"诗中对水意象的描写也独具特色，如多用修辞手法或主观情感修饰词；将水意象陌生化、反理性化。李贺对水意象独特的使用手法，使李贺诗更具艺术感染力，对其形成奇诡冷艳、幽冥凄冷的诗歌风格具有极其重要的作用和价值。

关键词： 李贺；诗歌；水意象

前　言

　　李贺是中唐极具代表性的一位诗人。他的诗风格奇诡瑰丽，意象繁密跳脱，文辞色彩斑斓，用字坚锐狠重，给人以梦的迷幻、力的震撼、美的享受，被誉为唐诗中的一朵奇葩。在诗坛上，李贺以"凄艳奇诡"的诗风而名垂千古。李贺诗歌杰出的成就与深远的影响，历来受到学者们的关注。自晚唐以来，学者们采用了多种形式对李贺进行研究，成果颇丰。早期学者运用传统的点校、批注、总评等方法对李贺诗歌进行了点注；近代，朱自清的《李贺年谱》运用传统考证的方法给大量诗歌以较为合理的年谱考究，开较为确切全面地展现了李贺的生平经历。还有一部分留学西洋归来者，例如王礼锡的《李长吉评传》中引用新潮的西方唯物史观和审美观念，从李贺所处的社会环境、个人身体心理因素以及审美趣味方面，对李贺诗歌进行了深入的探究；王氏书中还考证了李贺的生平经历，并编制李贺年谱，较为详细地论述其诗作对后世的影响。书中多角度地对李贺诗歌作了观照，其研究具有一定高度和深度。新时期，学者们偏向对李贺

---

　　① 凌尚玲，女，广东海洋大学文学与新闻传播学院汉语言文学专业（高级文秘方向）2013级本科生。

　　② 张莲，女，广东海洋大学文学与新闻传播学院讲师。

诗的笺注、解字，如王琦的《李长吉歌诗汇解》、姚文燮的《昌谷集注》等。李贺诗注解的出现使诗中很多字词得到了更加合理的解释。近期大批学者借鉴前人硕果，对李贺的心理世界、李贺的"鬼神诗"、李贺诗中的"马""剑""竹"等进行了大量的探讨；众多学者前辈对李贺诗歌、生平都作出过系统的阐述和研究，但少有论文著述对其诗歌中"水"的意象进行深入研究，或只是只言片语，难以成系统之论。在李贺诗中写水的山水田园诗不在少数，对"水"这一意象的刻画也尤为突出，诗人以"水"寄寓情感，正如杜牧评论李贺的诗"云烟连绵，不足为态也；水之迢迢，不足为情也"[1]。水意象的构造不仅是他情感的寄托之所，更是观照其人生的缩影，其对"水"意象的巧妙运用对其诗风的塑造起着极为重要的作用。因此本文汲取前人之成果及笔者所学以论其诗歌中的水意象，借以观照李贺的坎坷人生路、其创作的社会背景、个人的心态和情感等对其诗风的影响。并与有"许浑千首湿"之誉的许浑进行比较，论其不同，以显李贺水意象描绘之独特。

一、水意象的历史文化渊源及其意义传承和发展

水不仅仅是以人类赖以生存的自然物质资料的形式存在于我们的生活和生命中，随着人类对情感意识的不断感知和追求，水也逐渐流淌到了人们表达的情感观念和意识中。对于水这一意象的表达和借用，先人以水抒情言志不在少数。最早在《诗经》中就有"关关雎鸠，在河之洲。窈窕淑女，君子好逑"的以水传情的描写，水的柔软和缠绵被视为爱情的象征；"水能载舟，亦能覆舟"道出了水所具有的强大力量；老子曾说过"上善若水，水善利万物而不争"，水的无私和包容被老子一语道破；苏东坡也曾发出"大江东去，浪淘尽，千古风流人物"的慨叹；李煜借"问君能有几多愁，恰似一江春水向东流"感叹沧海桑田之变的无奈和惋惜。对于水的蕴涵，既有传承也有相应的发展。水可以表达爱情、友情、亲情；水与漂泊、孤苦、忧思也息息相关；豪情、豪放也是水的象征意义；最后水与哲思、理想、人文更存在着直接的联系。水不仅作为一种自然资源而存在，它更作为一种无形的理念存在于我们的头脑中，赋予它丰富的情感、哲学的思想以及强大的力量时，它便有了另外一种文化韵味。而水作为诗歌中一意象，也有其独特之处，水可以作为一种象征存在于诗歌之中，水也是诗人情感寄托和抒发的途径。水意象成了诗歌中一幅或喜或悲的图景。

二、李贺诗中水意象的内涵

（一）借水针砭时政

姚文燮在《昌谷集注序》有过这样的论述："且元和之朝，外则藩镇悖逆，戎寇交讧，内则八关十六子之徒，肆志流毒，为祸不测。上则有英武之君，而又惑于神仙。有志之士，即身膺朱紫，亦且郁郁忧愤，矧乎怀才兀处者乎？贺不敢言，又不能无言。于是寓今托古，比物征事，无一不为世道人心虑。"[2]文中指出了李贺诗中对象征手法的运用。李贺处于政治黑暗、官府腐败无能的环境，又是没落家族的后裔，其父名晋肃，因"晋"与"进士"之"进"同音，犯忌讳而遭排挤，终未能及第。因此他执笔书愤，借水喻官府，反映劳动人民的痛苦与不幸，表达对黑暗残暴的官府的愤恨之情，如《老夫采玉歌》。

1. 对当政者的怨恨和不满

老夫采玉歌

采玉采玉须水碧，琢作步摇徒好色。
老夫饥寒龙为愁，蓝溪水气无清白。
夜雨冈头食蓁子，杜鹃口血老夫泪。
蓝溪之水厌生人，身死千年恨溪水。
斜杉柏风雨如啸，泉脚挂绳青袅袅。
村寒白屋念娇婴，古台石磴悬肠草。[3]57

此诗主要通过描写一个被压迫去悬崖峭壁等艰险地带，冒着饥饿严寒乃至生命危险，长年累月地为官府采玉的老农夫，深切反映了人民饥寒交迫，生活于水深火热之中的社会现实，对统治阶级只管贪图享乐而不顾百姓生命的恶径作出了强烈的批判和控诉。一句"老夫饥寒龙为愁，蓝溪水气无清白"就揭露出当时社会的残酷和黑暗，尽管平静碧绿的溪水在农夫日积月累的劳作中早已被搅和得龙不宁、水不清，但还是填补不了统治阶级贪婪私欲的沟壑；"蓝溪之水厌生人，身死千年恨溪水"，仅凭一个"恨"字就道出了李贺心中对统治阶级的愤怨，对处于水深火热当中的人民表示深深的同情。诗人不直说恨官府、恨统治者，而是把矛头指向恨"溪水"，用恨"溪水"表达对贪婪的统治阶级的愤恨。以"溪水"暗喻官府，这不仅是出于避讳，更是诗人对意象的巧妙运用，使读者从这细节中感悟到，导致农民悲惨命运的罪魁祸首即贪婪的统治阶级。诗人以"龙为愁""水气无清白"衬托"老夫"饥寒交迫的艰险处境，给人以"物已至此，人何以堪"的哀叹。诗歌中的"老夫"不仅仅是一个单独个体，他是整个社会底层劳动者的象征，也是诗人自己的深刻写照，他就是个精神上的"采玉夫"。才华横溢的李贺，只因父亲之名"晋肃"的"晋"与科举进士之"进"同音，竟以冒犯大唐科举制度之名而被取消了考试资格，满腹才华却不被重用，李贺转悲伤为愤懑，对当权者的愤怒之情就在此诗中传达出来。"恨溪水"三字意蕴深切，正如王琦所说："夫不恨官吏，而恨溪水，微词也。"[4]诗人赋予"水"以人的性格，以及人的情感，把水写活了，给予读者足够的想象空间，从微词中感悟其中的意蕴，从而领略这技巧运用所产生的审美意趣。正所谓"诗以传情，诗以言志"，李贺诗歌中的水意象，是对统治者的隐喻，"恨水"即是恨当权者，李贺通过"水"这一意象传达了对当权者的怨恨和不满之情。

2. 时代预见性

《老夫采玉歌》不仅表达了李贺心中的愤懑之情，还昭示着唐朝的衰亡。李贺处于中晚唐时期，而此时社会正走向衰弱，朝政混乱、当政者昏庸无能、战争频发，人民处于水深火热之中。"采玉夫"就是社会底层民众的典型，"采玉夫"的生活悲剧更是象征着整个社会的悲剧。李贺满怀怨恨和不满的复杂感情，由于受到社会的排斥，"欲言"而"不敢明言"，只能通过"寓今托古，以物证事"来揭露时弊。所以李贺诗歌也是史诗，它观照着社会的命运趋势。正如王琦所论："故必善读史者，始可注书，善论唐史者，始可注贺。"[5]从《老夫采玉歌》我们能感受到诗人的脉搏连同时代的脉搏一起跳动，我们能听到诗人内心深处向统治者发出清醒的呐喊声。诗的意蕴不只是停留于字、词的表层含义，诗中的典型形象还昭示着李唐王朝危机爆发和社会的日趋衰败。

（二）寄失意凄悲于水波

李贺生不逢时，身为皇家后裔却没能受到厚待，面临的却是朝政昏乱，加之自己仕途不顺，屡遭坎坷，失意的悲伤自然在诗歌中得以流露，李贺把一生悲戚、哀愁寄托于"水"，"水"是他情感的寄托，更是他灵魂的归宿。如《感讽五首·其五》《感讽五首·其三》《南山田中行》。

感讽五首·其五

石根秋水明，石畔秋草瘦。

侵衣野竹香，蛰蛰垂野厚。

岑中月归来，蟾光挂空秀。

桂露对仙娥，星星下云逗。

凄凉栀子落，山璺泣清漏。

下有张仲蔚，披书案将朽。[3]82

这首诗是诗人在秋大久住家中，对自己功业无成的现状有感而发。"石根秋水明"，展现的是纯净澄明的秋光水色；"石畔秋草瘦"，却又营造出凄冷寒凉，草木消瘦凋零的悲戚气氛，给人以压抑寒凉之感。诗人以明净之水与自己的晦涩心境形成鲜明的对比；以"秋水之澄明，秋草之枯瘦"这明丽而又凄凉的景象来反映当时欲进不得、欲退不能的矛盾心情。

再如在《感讽五首·其三》"南山何其悲，鬼雨洒空草"这一句中，"鬼雨"这一意象，从客观上来讲应该是"雨"这一意象，但是诗人却以"鬼"作为"雨"的修饰，以营造一种诡异、恐怖的氛围，诗人借此反映了自己内心的灰暗无力和悲愤。而在《南山田中行》中，李贺这样描写泉水："秋野明，秋风白，塘水漻漻虫喞喞。"即石缝之泉滴落沙地发出沉闷幽咽的响声。泉水一般为人们所爱，看着泉水流淌，其清脆的声音总给人一种欢快愉悦之感，因此诗人也常以"明净""清澈""叮咚"来形容泉水之悦耳。而此诗中，李贺通过描摹泉水滴在沙子上沉闷而又无力的形态和声响，营造出一种幽暗的氛围，巧用水滴沙之声的沉闷来隐喻自己内心的苦闷压抑之情。

（三）借山姿水态叹沧海桑田之变

人生短暂，时代在不断变化，物是人非。对于逝去的青春年华、辉煌历史，李贺悄然叹息，对美好而短暂的年华终将逝去也心感惋惜。这种沧桑巨变给李贺心灵带来了巨大的伤痛，也影响着他对生命的看法和理解。如在《梦天》《天上谣》《巫山高》《金铜仙人辞汉歌》《帝子歌》等诗歌中都有充分的证实。

1. 对生命的理解

由于生不逢时，李贺的仕途坎坷波折、生活困苦，心境也随着生活诸多不顺而低落，对生命的理解也逐渐发生着变化。如在《梦天》中，一句"黄尘清水三山下，更变千年如走马"就道出了李贺对于沧海巨变的深沉感叹。"黄尘清水"亦"沧海桑田"之谓，显现了诗人对岁月匆匆的扼腕叹息。《梦天》是超脱的，同时也是有悖常理的。如江河湖海夸张的缩放、时间世事走马灯一样飞速更替，这种意象的选取和表现手法似乎与神话本身的规律相吻合——神话真正的基质不是思维的基质，而是情感的基质。他们的条理性更多的是依赖情感的统一性而不是依据逻辑的法则。夸张的缩放才能传达出他对浮世易逝的无限感慨以及对生命短暂的惋惜。

在《天上谣》中，李贺用东海三神山周遭的海水瞬干，寓意世间的"沧海变桑田"。诗人借助"天河"这一意象，表面写天河之悠闲，而实叹人间岁月之迅疾。在《巫山高》中，李贺写道："碧丛丛，高插天，大江翻澜神曳烟。"面对奔腾不已的江河，感慨人的一生就像江水一样无时无刻不在奔向生命的终点。诗人从山姿水态之秀丽想到它们也会有如"沧海桑田"而对生命、青春易逝心生惋惜，发出好景不长、年命难久的慨叹。

2. 咏叹历史、感慨兴亡盛衰

《金铜仙人辞汉歌》一诗中，诗人所表达的情感是复杂的，内心也是百感交集的，一方面有着对历史的咏叹，另一方面也有着对兴亡盛衰的无限感慨。年十九，诗人满怀进取热情，参加省考，却因"犯家讳"而失去了进举的机会，后在长安担任卑微官职，其间备受权贵的冷眼和排斥，最终愤然辞官回乡，在这之后，他努力寻找仕途之路，却以无果告终。韩愈《讳辨》曰："愈与李贺书，劝贺举进士。贺举进士有名，与贺争名者毁之，曰贺父名晋肃，贺不举进士为是。"[6]5644面对现实，李贺一句"忆君清泪如铅水"喊出了日益腐朽的唐王朝即将走向灭亡的哀痛，即便对大唐王朝诸多埋怨和不满，但是作为"皇室家族"的后裔，他是绝对不希望大唐王朝灭亡的，更多是希望不断强大，因此他发出对唐王朝的兴亡盛衰的感慨是希望能为日益衰败的国家贡献自己的一分力量。另外，"空将汉月出宫门，忆君清泪如铅水""携盘独出月荒凉，渭城已远波声小"不仅是在叹国家兴衰，也是在咏怀历史。李贺把泪比作铅水，不仅生动传神地把泪写活了，且以渭城水波渐流渐小来隐喻国家趋于衰败的惨淡光景，把心中无限怀念的往日兴盛与今夕的衰败场景形成鲜明的对照，表达了对国家日渐衰败的哀怨和叹惜。同样，在《帝子歌》中写道"凉风雁啼天在水"，天在下着雨，然而李贺在这雨中却叠加了很多晦涩的、充满着暗冷色调的意象，如"凉风""雁啼"。在这些意象笼罩下的水就显得更加冷寂，而这冷寂的水正是此时此刻李贺内心的独白。面对自己所生存的危机四伏的国家，李贺心中是压抑和失落悲伤的，"寒水"这一意象更是传达出了李贺心中的寒凉之意，昏庸的统治阶级贪图享乐而置国家人民的生死于不顾，实在是令人感到心寒。

（四）李贺写"水"诗的特点

1. 多用修辞手法或主观情感修饰词

李贺在写"水"诗中多使用修辞手法，如在表达对当政者的怨恨和不满之情的《老夫采玉歌》中采用象征的修辞手法——借水喻官府，以恨"水"来表达对官府的愤恨。在李贺诗中以水叹国家盛衰、今非昔比之时，多用曲喻、通感的修辞手法。对于通感，古代批评家未曾涉及，钱锺书先生率先在《通感》一文讨论这一修辞手法，他说："在日常经验里，视觉、听觉、触觉、嗅觉、味觉往往可以彼此打通或交通，眼、耳、舌、鼻等身体各个官能的领域可以不分界限。颜色似乎会有温度，声音似乎会有形象，冷暖似乎会有重量，气味似乎会有体质。"钱先生举了李贺诗《恼公》"歌声春草露，门掩杏花丛"为例，他分析说"歌如珠，露如珠，所以歌如露"[7]。又如"银浦流云学水声"，把云比作水，因云与水都有相同之处——流动的状态，那么云动也会像水流发出声音，这就使用了通感的手法，赋予云以水的属性。又如"石涧冻波声"，把涧比喻成波，涧与波同出于水，而水冻坚锐有声，那么波亦有声；"清泪如铅水"，用"如"字，形式上是直接比喻，取泪之"清"与铅的青白色类似，泪水与铅水都有光泽，以此曲喻，由此可见李贺用词之奇妙。李贺以水抒哀情，在借用水意象时多用修饰词如"鬼雨""白水""水潺潺"等，赋予其不同的个人感情色彩，给人以想象空间。在许浑诗中也曾有过以水写失意悲伤的诗篇，如《将赴京师留赠僧院》："空悲浮世云无定，多感流年水不定。"《竹林寺别友人》："骚人吟罢起乡愁，暗觉流年似水流。"《晓发天井关寄李师晦》："山在水滔滔，流年欲二毛。"许浑在描写水意象时多用平铺直叙，并不多加其他感情色彩，显得较为朴实平淡。在许浑的咏史怀古诗中，水的意象也有寓意历史的兴广与变迁。如《洛阳道中》："兴亡不可问，自古东流水。"《咸阳东楼》："行人莫问当年事，故国东来渭水流。"《登洛阳故城》："水声东去朝市变，山势北来宫殿高。"许浑在以水意象表达对国家江河日下的痛惜之情也多是直接抒情，而少有修辞手法的使用。

2. 意象陌生化、反理性化

意象陌生化、反理性化也是李贺写"水"诗中的一大特点。如"南山何其悲，鬼雨洒空草"这一句中"鬼雨"这一意象，从客观上来讲应该是"雨"这一物象，但是诗人却以"鬼"作为"雨"的修饰，使得"水"这一意象以一种陌生的物象呈现于读者面前。再如"松溪黑水新龙卵"（《南园·其十二》），"黑水"一词给"水"作出了一种异于常理的修饰，给人以一种新奇的感觉。李贺诗贯穿反理性的美学倾向，打破客观世界的原始状态，以一种全新的自我审美体验和主观情感赋予事物全新的面貌和情感，来折射或象征这个歪曲、变形的客观世界。而在大自然中，水具备独特的物质属性，它不仅反映客观物质世界，也是个倒影，可以折射现实社会，很符合李贺反理性的美学倾向。

三、水意象在李贺诗中的作用和价值

李贺诗歌的意象是李贺诗歌的一大亮点，也是他诗歌中的一大特色，各种各样的意象交织在一起，在李贺诗歌中起着非常重要的作用和价值，而作为李贺诗歌中的典型意象——"水"更是在李贺诗歌中起着举足轻重的作用，例如在增强艺术感染力、使诗歌更具独特性、增添审美理想和审美趣味、对诗歌风格的影响等方面都有着非常重要的作用和价值。

（一）增强艺术感染力

意象是诗歌借以传情达意的一个重要途径，也是诗歌中塑造意境的重要的艺术手法，采用意象塑造意境可以产生鲜明的艺术效果和艺术感染力。如《北中寒》的"争潗海水飞凌喧，山瀑无声玉虹悬"，海水激荡回旋，冲击着冰凌，声震于天，飞瀑遇寒而冻，像白虹悬挂，无声无息。就"水"这一意象，李贺通过动静对比，鲜明地表现出了北方严冬的奇寒景象。再如《南山田中行》中，李贺是这样塑造水意象的，"秋野明，秋风白，塘水潦潦虫啧啧""石脉水流泉滴沙，鬼灯如漆点松花"，在这首诗里李贺的诗笔就像一个摄像头一样，可以自动调节。首先长镜头给出了一个大场景，深秋夜半、月白风清，接着逐渐聚焦到各个细节，水静虫吟、流萤乱飞、石声泉细。这意象的塑造，给人一种幽静的心理感受，也给诗歌增添了艺术感染力。

（二）使诗歌更具独特性

李贺诗歌意象多用修辞手法，主要运用通感、象征和曲喻。修辞手法的混用也为其诗歌带来了与众不同的特点，使其诗歌更具独特性。例如在《老夫采玉歌》"蓝溪之水厌生人，身死千年恨溪水"中，李贺就以水隐喻"官府"，用"恨水"表达了对官府的不满和怨恨，巧用了象征的手法，一方面使诗歌表达的意蕴更加委婉和含蓄，另一方面也形成了独具一格的艺术创作特色。另外，在《天上谣》中使用了曲喻的修辞，"云浦流云学水声"，云可比作水，都是可以流动的，并没有什么独特之处，但是出现在李贺笔下时却有了另外一番风味，云如水流，也被赋予流动之声。再如在

《月漉漉篇》中，"秋白鲜红死，水香莲子齐"，在"水"的特性上用了一个"香"，运用通感的修辞手法，把水写活了更写"香"了，李贺巧妙地运用艺术手法而使水意象产生了美感，显现了李贺诗的独特，为其诗歌的独特性奠定了基础。

（三）对诗歌风格的影响

李贺诗歌中水意象多用象征、曲喻、通感等修辞手法或表达主观情感色彩的修饰词以及多使用陌生化、反理性化的表现手法。如上文所提及的"黑水""鬼雨""丹水""香水"，巧用色调渲染环境，这些色调的强烈对比，渲染出萧瑟凄迷的氛围。诗人对意象的刻意雕琢，使意象以一种异于物象原形的属性展现于读者眼前，制造出陌生化的意象。再加上诗歌采用多种意象的纷繁叠加、意象之间的明暗色彩对比，使诗歌笼罩着一种幽暗、怪异、晦涩的情感色彩。这也就形成了李贺诗歌奇诡冷艳、幽冥凄冷的风格与意境。

结　语

综上所述，水意象的运用是李贺诗歌的一大特色，李贺诗歌中的水意象是李贺人生以及情感的寄托，神奇多变的水意象可谓李贺人生的缩影，从中解构出李贺创作的心境以及其对人生、对生命、对社会的不同理解和感受。对于水意象的熟练运用，也使得水意象在其诗中产生着深远的影响，使其更具艺术感染力、更具独特性，尤其是对于他诗风的形成更是起着非常重要的作用。这大概就是李贺诗被传颂的一个奇妙魅力吧。

参考文献
[1] 李贺；王琦，等评注. 三家评注李长吉歌诗 [M]. 上海：上海古籍出版社，1998.
[2] 陈治国. 李贺研究资料 [M]. 北京：北京师范大学出版社，1983.
[3] 李贺；徐传武，校点. 李贺诗集 [M]. 上海：上海古籍出版社，2015.
[4] 王琦. 李长吉歌诗汇解 [M]//萧涤非，刘学锴，袁行霈，等. 唐诗鉴赏大辞典. 上海：上海辞书出版社，2004.
[5] 王琦，等. 李贺诗歌集注 [M]. 上海：上海人民出版社，1977.
[6] 董诰. 全唐文 [M]. 北京：中华书局，1983.
[7] 钱锺书. 七缀集 [M]. 上海：上海古籍出版社，1985.

路遥笔下的城乡矛盾冲突与
人道主义情怀
——从《人生》到《平凡的世界》

聂启金① 肖佩华②

摘要：《人生》与《平凡的世界》作为路遥的经典力作，是具有独特审美价值以及审美趣味的文学作品。路遥，以他一贯朴实无华的语言以及对乡土的独特情怀，向我们展示了20世纪60年代末至80年代初中国农村人民生活这样一幅波澜壮阔的历史画卷。作者的笔下充满了温情与人道主义情怀，通过对中国当时城乡生活的描写，强有力地展现了农村生活及其随时代发展而发生的变化。从这两本书的字里行间，我们能深深地感受到作者对乡土的依恋，对人生、爱情的思考以及强烈的社会责任感和历史感。本文通过对作品中各种矛盾冲突、人物形象、话语体系、文化背景的归纳分析，试图揭示出路遥的人生与精神世界。

关键词：城与乡；苦难与人生；乡土情怀与人性美；知识与爱情

前 言

优秀的文学作品，能以其独特的话语体系以及文学魅力，在经受了时代与读者的检验后，仍然焕发着耀眼的光芒。《人生》与《平凡的世界》就是这样两部值得沉思与不断回味的优秀文学作品。

路遥，作为中国当代文学史上新型"乡土小说"的领军人物，以其独特的人格魅力与思想深度影响了一代又一代的知识青年以及人生旅途中的奋斗者。透过他的代表性作品《人生》与《平凡的世界》，我们能感受到他独特的人生经历，他对农村、农民以及乡土的人文情怀。20世纪60年代，中国经历着最为艰苦的探索时期。在这样一个时代大背景下，路遥以

---

① 聂启金，男，广东海洋大学文学与新闻传播学院汉语言文学专业（高级文秘方向）2013级本科生。

② 肖佩华，男，广东海洋大学文学与新闻传播学院教授。

他独特的视觉与敏锐的触觉，把城乡的图景以一种新颖的方式展现在人们面前。

作为黄土高原上土生土长的农民的儿了，路遥对土地有着深厚而独特的感情，他把这种特殊的乡土情怀以及一生的心血倾注于自己的创作中。乡土小说在众多的文学作品题材中是十分普遍的，然而真正能将农村人民的苦难人生、知识分子的命运以及城乡矛盾冲突以一种崭新的方式呈现出来，路遥是新时代文学的第一人。

笔者在仔细品读过路遥的作品后，为其独特的叙事话语体系，朴实无华的语言，丰富而细腻的情感所触动。在当今城市化进程急剧加快的趋势下，人们的物质生活不断丰富，城市文明的洪流似乎已经占据了人们的心灵，人们似乎渐渐地淡忘了上一代人曾经苦难的生活与坎坷的人生。笔者认为路遥的《人生》与《平凡的世界》不仅是一部记录农村人民艰苦生活的苦难史，同时也是一部记录农村文明与城市文明发展演变过程的发展史。因此，对《人生》与《平凡的世界》中农村人民的艰苦奋斗与生存历程、农村文明与城市文明的发展演变以及矛盾冲突进行研究分析，对于当今城乡发展、缩小城乡差距、实现精神财富与物质财富的平衡以及促进社会主义精神文明建设具有重要意义。

笔者通过搜集、整理、分析资料发现，学术界对路遥的研究很多都侧重于发掘其潜在的乡土意识、苦难意识，高度赞扬其作品中的农村劳动人民质朴、纯真、勤劳、善良的品质。此外，在众多的研究中，大部分是围绕路遥的创作特色、文学魅力以及路遥对现实主义的超越等方面的论述。这些研究和论述是基于众多材料的简单堆积，论述过于浅显，大多都只是停留在细枝末节的层面上。很少研究能够真正通过深层次的论述，从城乡文明发展与冲突的角度，进入路遥的精神世界，发掘其潜藏在内心的情感与矛盾心理，从而能让读者更深刻地体会到路遥心中对黄土高原的热爱和独特的乡土人文情怀。

路遥的人生与作品中充满着苦难与辛酸。他的每个字、每个词里都饱含对黄土地的深情与热爱。笔者认为对《人生》和《平凡的世界》这两部代表性作品的研究，能够使我们更好地走进路遥的精神世界，感受其不一样的人生。同时也能够让我们在城市文明快速发展的今天，重新审视城市化给我们生活带来的变化和启示，并重新审视人生。特别是能够给予当今社会处于迷茫和彷徨的一代人以启示，指引他们在时代洪流中找到自己的人生定位。

一、时代洪流下的城乡文明与矛盾冲突

（一）贫穷是矛盾冲突的根源

对于扎根在土地上的农民来说，他们有着勤劳、勇敢、善良、质朴的性格特点，但是也不可避免地存在着自身的劣根性和局限性。一直以来，贫穷是他们面临的最根本也是最迫切需要改变的问题，由贫穷衍生出的矛盾、冲突、悲剧等也层出不穷。

高考的失利，让《人生》当中的高加林又回到了最初的起点。然而他并不甘心成为一个农民。当高加林进城拉粪时，他受到了张克南妈妈辛辣的嘲讽。这让他觉得人格受到了极大的侮辱。他的双眼被泪水模糊了视线，凝望着万籁俱寂的城市，心里说：我非要到这里来不可！我有文化、有知识。我比这里生活的年轻人哪一点差？我为什么非要受这样的侮辱呢？[1]他深刻地意识到：如果只是停留在高家村，只能一辈子与土地结伴，也无法从根本上改变家里贫穷的局面和自己的命运。但是正因为迫切想要改变贫穷而又矛盾的生活状态，各种矛盾和冲突也相继爆发。例如，他和刘巧珍的爱情并不被巧珍的父亲刘立本所看好，最根本的原因是他家穷，刘立本觉得自己的女儿跟着他只能受苦。但高加林偏要和这种带有蔑视性眼光的人抗争到底，因此，他和刘立本之间的矛盾也就产生了。可以说，高加林就是认为受到了刘立本这种稍微带有城里人眼光的农民的侮辱以及轻蔑，在他刚强不屈的个性的驱使下，他更加不会向这种人屈服。这从本质上说也是一种矛盾和冲突。此外，高加林一心想要跻身城市也是为了摆脱那个贫穷落后的农村。但是当他抛弃了对自己一片真心的刘巧珍而跟黄亚萍在一起后，他们的爱情并没有像他们想象中的那么美好。热恋过后，他们不得不面对他们之间存在的真实差距。一个是农村出身的知识青年，另一个是有身份、地位的女性。贫穷是造成他们之间隔阂的根本原因。也正是因为这样，他们之间的矛盾总会在某天爆发。他们的爱情也就只能以失败告终。高加林的人生也是个悲剧性的结局。但是高加林在这个过程中的选择，也体现了两种文明的矛盾与冲突是有多么明显。不管他选择了谁，他的人生都将是一个悲剧。因为贫穷造就了这两种文明之间的差距，而他本身又是不甘于平庸的人。这在他自己身上也体现为一种矛盾。

《平凡的世界》以双水村为轴心，辐射至整个黄土高原乃至全国的广大农村地区，当时人们大都处于一种极度贫穷的状态。孙少平在求学时代因为贫穷，不仅饱受饥饿的煎熬，还受尽了同学们的嘲讽和对他尊严的伤害。虽然他强烈的自尊心受到了打击，但这并没有使他放弃人生。然而他也无法掩饰因贫穷带来的忧伤和自卑感。可以说，贫穷是引发一切矛盾和关系变化的根源。在现实生活中，人们会为了各自的利益和私心不顾一切地捍卫有利于自身发展的一切，哪怕是自己的亲人和朋友也不顾。例如，在农业学大寨运动中，孙少安因"猪饲料地"问题被田福堂揭发并遭到政治批判。再如，双水村的"偷水事件"。为了满足本村的粮食需求和摆脱在贫穷局面下的窘境，在村支书等领导的带领下，他们到罐子村"偷水"。虽说农民自身带有的局限性是导致各种矛盾冲突的主要因素，但是现实生活的压迫更是引发矛盾冲突的根源。

（二）贫穷与苦难，矛盾的加剧

在路遥的作品里，贫穷、饥饿与苦难是最为突出的主题。生活在黄土高原上的农民，落后与愚昧使得他们丧失了对未来的信心。在《人生》当中，作者以贫穷为基调，塑造了高加林这样一个悲剧形象。我们可以从主人公的人生际遇变化中感受到贫穷与苦难对人们的影响有多么深远和严重。高加林虽然是地地道道的农村子弟，但是他却根本不希望像农民那样生活。一方面是因为他的父母不希望他吃这种苦，另一方面是因为他并不想像父母和其他农民一样，在农村这样狭隘的角落里，饱受贫穷和苦难的煎熬。在县城求学时，接受了城市文明洗礼的高加林从心底里就已经开始抗拒农村的生活。他看到了先进的城市文明与落后农村文明之间的差距，这在他眼里就已经形成了一种矛盾，而这种矛盾在贫穷落后的农村生活面前更加尖锐。

在《平凡的世界》里，劳苦大众在窘迫的生存环境下的生活，让人们深深地记住了那段艰难困苦的岁月。小说以孙家兄弟的奋斗史为主线，以双水村的发展变化为辅线。作者在这一部作品当中，把自己人生命运的辛酸史幻化成孙少安和孙少平的身影。小说中，人们总是食不果腹，每天早出晚归地出山劳作，仅仅是为了挣下勉强能够维持生计的工分。孙少平在上学时，时时刻刻都在忍受饥饿的折磨，但是比起饥饿更让人心酸的是别人的嘲讽与异样的目光。

而孙少安为了家人的生活，选择了辍学回家，以早日减轻父亲身上的压力。对于一个求知欲望强烈、阳光朝气的男生来说，这无疑是人生旅途中一个沉重的打击。然而生活中的他，仍然是那个乐观、对生活充满信心的上进青年，只不过从此以后他的心里就多了一份忧伤。而摆在他面前最为尖锐的现实问题便是贫穷的生活以及弟妹的前途，他能够忍受贫穷生活带来的压力，但是他没有办法忍受自己的家人因贫穷生活而承受的痛苦。他一直在默默地耕耘，希望能够通过自己的努力去改变贫穷的现状，让家人过上安稳的日子，但无奈现实的压迫一次又一次敲碎了他那刚强的心。即使后来他遇上了秀莲并和她成婚，但家里过着的仍然是一贫如洗的生活，而这时候他想起曾经出现在他心里的润叶，他觉得自己和她已经是两个世界的人，他们过着的是两种不同的现实生活，他们之间的距离越来越远。这是两种不同文明下的现实生活。曾经他也幻想过和润叶的生活，然而他不得不屈服于现实，所以他才最终做出了选择。这是理想与现实矛盾加剧下的产物。

（三）改革的春风唤醒了沉睡的城市文明

在经历了 20 世纪 50—70 年代那段艰辛的岁月之后，改革的春风掠过，沉睡已久的黄土高原再次焕发出活力。

在城乡变革这样一个时代背景下，以高加林和孙少平为代表的农村知识青年不得不重新审视自己的人生，他们年轻躁动的心再次激起了浪花。高加林和孙少平这一类知识青年都是扎根于农村的人，但是他们心底里都向往着城市。改革开放的到来，给他们提供了最大的机遇。因此，他们决定"进城"，开始自己的人生奋斗历程。

在高加林人生最为低落的时候，巧珍的出现给予了他最大的抚慰。她把自己最纯真的爱情无私地奉献给了高加林，使躁动不安的他暂时有了回归的心。然而他不久便放弃了这一想法，因为他觉得城市才是实现自己梦想的舞台。但是来到城市后，城市生活的诱惑似乎让他忘记了自己的身份。因此，当他的奋斗历程以失败告终时，他的内心是如此难受。其实，他并不是不爱巧珍，只不过他想"进城"追求自己想要的生活而已。但他又不是真正意义上地爱黄亚萍，他只是想在城市追求自己想要的生活而已。或许，他就是在人生的岔道口做出了错误的选择，才以悲剧式的结局结束了自己的人生奋斗历程。正如路遥在《人生》前言中引用柳青的一段话："人生漫长的道路上，但紧要处常常只有几步，特别是当人年轻的时候，没有一个人的生活道路是笔直的，没有岔道的，有些岔道口，譬如政治上的、事业上的、个人生活上的，你走错一步，可以影响人生的一个时期，甚至影响一生。"[2]

孙少平，来自黄土高原的穷贫农民的儿子，一出生便在饥饿与寒冷中接受人生的洗礼，但他并没有因为苦难的现实而放弃自己的人生。相反，他已经把艰难与困苦的生存现实，当作人生中习以为常的风景，因为他知道"历史乌托邦的美丽景象就在世界不断延伸的尽头，而个体只需努力就可以把握自己的命运，尽管个体会遇到各种困难"[3]。苦难早已造就了他一颗坚强不屈的心。即使当他因为纵容喝酒的矿工下矿，在煤矿中为救自己的徒弟而毁容，但是当他从医院走出来的那一刻，他便做回了坚强乐观的自己。他的奋斗历程比高加林要显得成功。或许是因为他对人生的信念以及他时刻没有忘记自己是农民的儿子的身份。当改革的春风唤醒了沉睡的都市文明之后，他们都抓住了机遇，开始了奋斗的历程。

1. 保守与闭塞环境下的不安与骚动

高加林和孙少平，虽然有着不一样的人生经历，但他们的身上有着一种共同的特质——对现实的不安与骚动的心。高考的失利让他们回到了原点，但是知识的增长与眼界的开阔让他们不甘于现实。因此，这导致了他们的内心向往着更为发达的城市和外面更为广阔的世界，因为这能够让他们在自由的天空中展翅翱翔，实现自己的梦想与价值。

面朝黄土背朝天的农村生活似乎早已让他们产生了厌倦的心理。他们的内心其实在不断地翻滚着，对未来的生活充满着美好的憧憬与希冀，不甘心就这样屈就在一个封闭的小村庄。他们渴望通过自身的努力与闯荡，能够在外面的世界找到自己的生存与立足之地。

高加林是典型的向往着城市文明但又奋斗失败的形象。他生活在农村的时候，根本没办法平复自己的内心。当他失去小学教师的资格后，为了家里的生计，不得不挑起那一担馍到城里去卖的时候，他的内心充满着恐惧与不安。但其实这里就是自己内心一直十分向往的地方，因此他的内心是极其矛盾和复杂的。特别是"掏粪事件"后，张克南母亲的话极大地刺激了高加林。

高加林的形象与司汤达《红与黑》中的主人公于连有着许多相似之处，比如阶级出身、性格、人生追求等。出生在维利耶尔市郊区的于连，被嘲笑为"乡下佬""农民的儿子"。高加林也是祖辈依靠土地生活的农民的儿子。他们都迫切要求改变自身的生存状态。于连为了权势会戴上伪装的面具阿谀奉承和虚伪，高加林想通过黄亚萍的关系实现自己远大追求而表现出的妥协，都是他们性格特点的体现。例如，于连受聘去市长家当家庭教师的首要条件就是坚持与主人同桌进餐。他原是一个以才能与贵族特权对立的平民青年。但当跻身于"上流社会"的机会一旦到来，他又宁可把自己平民阶级的"傲气"掩饰在虚伪的笑容背后，决心"成为一个奉公守法的良好公民"[4]。高加林的生活环境中，也有一种权势者，但知识的力量使他变得清高。集市卖馍的尴尬，"掏粪事件"所受的屈辱，都没有使他低头。但由于叔父转业给他带来了变化，他又变得十分高兴，甚至处于一种如痴如醉的状态。

但是高加林跟于连相比，多了一份善良。他明确知道自己的道德底线处于什么位置。所以，当他在遭遇人生的失败时，他并不会出于对社会和他人的怨恨而做出不理智的事情。即使人生的奋斗历程最终以失败告终了，他也不会像连那样燃起杀人的复仇之火。他甚至连常人的怨恨都没有。在悔恨、自责之余，他还庆幸：假若"他躲过了生活这一次惩罚，但躲不过去下一次惩罚——那时候，他也许就被彻底毁灭了"[5]。

而孙少平与高加林、于连又是两种不同类型的人。虽然孙少平与高加林的性格特点有着相似之处，但可以说孙少平的人物形象比高加林更饱满。他虽然也是一直不安地徘徊在农村的边缘，但他不会像高加林那样为了跻身城市而不顾一切。他能像农民一样在土地里经营，但是他的知识眼界在他脑海中铸就了不安的灵魂。他只是不甘心自己还没有出去闯荡过，就这样在双水村这片土地上终此一生。因此，就算后来他哥孙少安经营起自己的烧砖窑，他们家的日子越来越红火的时候，他还是拒绝了哥哥的好意，独自一人走出双水村这个相对闭塞的角落，到外面闯荡一番。哪怕是揽工，做苦力，甚至是后来的挖煤工人他都不后悔和埋怨。这也就是他与高加林的区别之处。

2. 知识与爱情，人生的升华

《人生》中的高加林在高考落榜后，回到了贫穷落后的高家村，但是他没有放弃过自己的理想。他知道自己心中向往的是能够让自己大展身手、绽放青春与梦想的城市，这也是他坚持不懈的动力和源泉，而这一切，都来源于他所获得的知识以及形成的世界观。但是与他同时代的许多农村知识青年却不像他那样积极进取，很多都是处于迷惘的状态，对于自己的未来没有任何想法。家境相对好点的干部子弟就通过各种关系，找到相对稳定的工作。农村知识青年大部分回到了自己生活的农村，深深扎根于土地上，成了一名地地道道的农民。然而对高加林而言，自己曾经出类拔萃，怎么能甘心回到原点呢？那时候在学校，他与黄亚萍那种谈天说地的生活让他多么眷恋啊！在亲密交往的过程中，他们总能产生思想碰撞的火花。而在那个青春萌动的时候，爱情的种子便已经悄悄地在他们的心中种下。虽然高加林受现实的压迫不得不回到农村，但是他的内心其实从来没有放弃过自己想要追求的生活。这是因为知识与爱情的力量让他敢于正视自身的弱点且能努力克服它。这就让高加林的人生变得不平凡。

孙少平与高加林有着同样的命运与经历，然而孙少平的形象比高加林更为成熟和饱满。我们更希望在他的身上汲取精神的养分，成为在人生道路上引领我们的希望之光。受贫穷的煎熬，孙少平一直以来都为生活和温饱问题而徘徊。勤劳勇敢而又努力上进的他十分珍惜求学的机会。虽然他在求学的道路上饱受饥饿的折磨，但是他并没有失去学习的动力。因为他意识到知识才是人类最好的粮食。正因为这样，他开启了他不平凡的人生历程。热爱读书，关心国家大事，直率，这些闪光点在他身上都得到了呈现。这也就为他与田晓霞的交集奠定了最坚实的基础。田晓霞是身上带有"男孩子色彩"的知识女青年。在她身边出现过不少优秀的男生，但并没有哪个能够让她真正动心。直到孙少平这样一个农村青年的出现，田晓霞才渐渐地被他的人格魅力所感染。因为孙少平对知识的渴望、对未来人生的抱负以及思想的成熟与积极上进的态度拉近了他与田晓霞之间的距离，他们之间的交集也渐渐增多。他们的爱情是建立在纯洁友谊的基础上的。即使在恋爱的过程中，他们也不曾忘记知识的交流与思想的交融。他们就在这样的过程中，相互促进，渐渐走向美好的爱情道路。无论他是与田晓霞分隔两地，甚至是后来的天各一方，孙少平从来没有忘记过对知识的追求。无论是做普通的揽工汉，还是平凡的挖煤工人，他始终畅游在知识的海洋里。知识与爱情的力量促使他完成了人生的蜕变。他也实现了从平凡到"不平凡"的质的跨越，实现了人生的升华。

3. 矛盾交叉：城乡之间的矛盾与融合问题

"城乡交叉地带"是路遥首次提出来的。他认为"我国当代社会如同北京新建的立体交叉桥，层层叠叠，复杂万端。而在农村和城市'交叉地带'可以说是立体交叉桥上的立体交叉桥"[6]。《人生》和《平凡的世界》将处于城乡变革时代背景下的"城乡交叉地带"的社会生活面貌以及城乡之间的矛盾与融合问题深刻地展现出来。路遥曾指出："城与乡的'交叉地带'，是色彩斑斓的生活与矛盾冲突并存的，是值得用作品去深刻表现的独特环境……在这一种状态下，我们要立足于当前农村的具体生活现象去分析和研究，还要把这些生活放入社会背景和长远的历史视野之内进行思考和审视。"[7] 对于"城乡交叉"这一词，很多人或许只是看到了地域上的简单交叉。也许在我们的理解当中，交叉只是地域空间上与平行相对而言的相交。然而此处并不是城乡地域上的简单相交，更是传统文明与现代文明的相交、各种矛盾的相交、传统情感与现代理性的矛盾、城乡发展差距之间矛盾的相交，等等。而在这众多的矛盾中，笔者认为城乡发展的差距是主要矛盾，传统情感与现代理性之间的矛盾是主要矛盾的主要方面。

笔者认为路遥自身的生命历程也是一个矛盾体。他本身也是农民的儿子，然而却走向了西安，并取得了辉煌的成就。这也从另一个方面反映出城与乡的矛盾。因此，城与乡的矛盾与融合问题，是路遥创作的一个永远的命题。

路遥关注的这个"地带"是介于城与乡对立下的一个独特的生存环境。城与乡的发展存在着巨大差异，而这种差距一直延续至今。也正是因为有这种差距的存在才驱使着孙少平、高加林这一代农村知识青年想要摆脱农村的生活，想要接触外面宽广的世界，我们能深深地感受到由这种城乡差距给这一代农村知识青年人生命运所带来的变化。在这个由农村进入城市的过程中，其实他们心里是相当矛盾的。正如李继凯在《路遥评论集》中提到的："我们会感受到路遥由农而市带来的心理矛盾是相当深的，就像高加林提篮进城卖白馍、进城掏粪的那种情绪一样，羡慕城市人而又妒忌城市人，仇恨城市人而又热恋城市人；既执着地珍视自己的出身，又竭力想从土地上挣扎出去。"[8]或许从路遥笔下的高加林、孙少平等人身上更能够体现出这种心理矛盾和复杂的情感，同时我们也能感受到路遥的复杂情感，他也曾经在城市与农村之间徘徊。因为如果选择进入城市，他就要放弃和远离亲人和土地，正如高加林选择了黄亚萍，他就彻底地伤害了刘巧珍。

城乡之间存在过渡地带，很难达到一种绝对平衡的境界。就好比刘巧珍和黄亚萍在高加林眼里是不可能处于同样的地位的，他只能选择其一。因此，在传统情感与现代理性之间也很难达到一种平衡，很难实现真正意义上的融合。

（四）矛盾的现实，不一样的人生价值观

当时代的洪流冲刷着黄土高原这片神奇的土地时，人们的生活也随着时代的变迁与社会的变革发生了深刻的变化。于是他们不得不重新审视当下的现实，思考人生的出路。在时代变革的社会大背景下，生活在城乡交叉地带的农村知识青年面临的是矛盾的现实与人生的奋斗追求两个关键问题。"当历史要求我们拔腿走向新生活的彼岸时，我们对生活过的'老土地'是珍惜地告别还是无情地斩断？"[9]对于农村知识青年来说，这是一个永恒的命题。

高加林、孙少平这类有志知识青年，拥有知识的力量和开阔的眼界，他们希望能够在宽阔的天地里展翅翱翔，去实现自己的人生价值追求。他们不甘平庸，但是又没有办法抹去自己生活在农村的事实。他们不得不去

面对这种矛盾的生存状态。当机遇来临时，他们都选择了去外面的天地开展自己的人生奋斗历程。从他们的奋斗结果也能体现出他们的人生价值观。高加林在最终奋斗失败的时候，才选择回到自己土生土长的黄土地，最终才醒悟过来，有一种后知后觉的意味存在。而孙少平在人生的奋斗中，不管何时何地始终牵挂着黄土地上自己最亲的人，那是因为他钟情于这块美丽的黄土地。他的人生奋斗取得了成功，因此他最终能够光荣地回家乡。他选择去城市奋斗，但他没有忘记自己双水村的家，这是他的人生价值取向的体现。

孙少安是另一种农村青年的代表。他没有很高的文化水平，也不像弟弟那样有开阔的眼界。他一直以来都在土地上默默地耕耘着，同时也充当着"家长"的角色，为一家人的生计奋斗着。虽然他没有接受什么文化的熏陶，但他并不是像其他农民一样甘心把自己的一生都奉献在土地上。他有自己的想法，时时刻刻想着如何才能改变家里的生活，然而无奈现实的环境却与他的想法，相去甚远。这是一种矛盾现实下的生存状态。但是当改革的春风掠过黄土高原时，他选择了在农村发展，而没有像少平那样去城市开始自己的奋斗历程。他也通过自己的努力实现了自己的人生追求。在面对城乡碰撞的矛盾时，他选择了在农村发展，是自己不一样的人生价值追求的深刻体现。

二、黄土地、乡土情，独特的"人性美"

（一）黄土地，深深扎根的地方

在笔者看来，路遥身上的"农村味"是最突出的。赵学勇在《路遥的乡土情结》中提到"路遥对土地有一种更深沉的思考与理解。他的'乡土情结'是与时代以及农民生活紧密相关的"[10]。婆姨、烂包、箍窑、圪崂、山峁峁这类极具陕北方言特色的词语在路遥小说中经常出现。"路遥小说中的这些陕北方言不全是天然生成的。只有经过路遥的精心提炼和炮制，才能显示出有滋有味的陕北方言的文化内涵。"[11]这些极具农村乡土气息的词语在路遥的作品里化为了陕北大地上永恒的诗意象征，在他的笔下得到了全方位的审视和关照。他身上独特的农村气息和乡土情结决定了他的作品始终以故乡情结和淳朴自然的农村为题材。因此他的作品也呈现出一种沉郁、厚重的特色。

《人生》中的高加林，一个农村知识青年，在经历了人生的跌宕起伏后，最终还是回到了自己熟悉的那片黄土地上。因此，故事的结尾他捧起一抔黄土在手上，发出了"黄土地啊，我最亲爱的黄土地啊，我最亲爱的人呐，心像金子一般的人呐"的心声。正是因为他心中蕴含着对黄土地的感情，他才会发出这样的感慨。当他在人生的旅途中跌跌撞撞之后，他才醒悟过来原来自己一直错过了这片黄土地。只有这片黄土地才是永远都不会嫌弃自己的地方。

（二）独特的"人性美"

路遥把自己的一生都与那一片黄土地紧紧相连。他无论何时何地都把自己定义为"农民的儿子，黄土地的儿子"。因为这片黄土地是他浓厚乡土情怀最好的心灵寄托，是闪耀着独特"人性美"的乐土。

1. 那片远离"城市文明"喧嚣的黄土地

路遥在一生的创作里，都将自己的心血凝聚在黄土高原这片神奇的土地上。他通过最朴实无华的语言，蕴含着细腻而丰富情感的文字，把黄土高原农村人民最朴素和崇高的品质表达出来，打动了千千万万读者。路遥的《人生》和《平凡的世界》当中所蕴含的独特"人性美"与沈从文《边城》中的"人性美"是有相似之处但也有区别的。虽然他们都是通过对特定区域内独特的乡土人文情怀的描写和对爱情与至善至美的心灵的赞美，来展现"人性美"的光环，但是他们无论是话语体系、人物塑造，还是给读者带来的审美感受，都有着本质的区别。

沈从文的《边城》以湘西地区的边城小镇为核心，通过船家少女翠翠的纯真爱情故事，展现出了人性最为善良美好的一面和湘西地区独特的风土人情。但笔者认为这是一种带有理想主义色彩的文化倾向，作者希望通过湘西边城小镇的人性美来引导人们回归传统，远离都市的喧嚣，使人们回归纯真的世界。这是一种带有乌托邦色彩的倾向。

而《人生》与《平凡的世界》里，生活在黄土地上的农村人民身上带有的"独特人性美"色彩是他们最本真的写照。那是一片没有被城市文明浸染的净土，远离了都市的喧嚣，是人性本真的回归。

2. 爱情，独特"人性美"的写照

我们或许能够从路遥笔下的《人生》和《平凡的世界》里透视路遥现实人生中的爱情观以及他对黄土高原独特"人性美"的赞美。

《人生》中围绕在高加林、刘巧珍以及黄亚萍之间的是一段纠缠不清的三角爱情，最终以悲剧告终。路遥之所以会在作品中这样安排高加林的命运，笔者认为很大程度上和作者本身现实人生中的爱情遭遇有关系。路遥本身也是来自农村的知识青年，他也和高加林一样对爱情有着比较完美

的追求，他们都希望自己梦想中的另一半能够符合自己的审美需求，同时也能够在生活中与对方有共同理想。然而理想和现实总是背道而驰，结局令人叹息。

而在《平凡的世界》里，路遥则是通过另一种方式展现出独特的"人性美"。孙少平与田晓霞的爱情是带有人道主义情怀的凄美爱情。虽然带有人道主义精神的田晓霞最终以悲剧式的告白离开了孙少平，但是这并不能抹去他们爱情的人性美光辉。再如田润生与郝红梅的爱情以及田润叶与李向前的爱情、秀莲与少安的爱情，都充满着人道主义情怀的色彩。从本质上说，他们这种人道主义情怀的色彩来自于他们质朴、善良的品质，是黄土高原上独特人性美在爱情里的写照。同时也体现出路遥对爱情当中的人道主义情怀给予了充分的肯定。在这两部作品中，虽然人物爱情的经历和结果不太一样，但是我们可以从他们的爱情中感受到黄土高原上劳动人民朴素、善良，以及一尘不染的"人性美"。

三、从《人生》到《平凡的世界》的情感价值转变

《人生》的悲剧意味十分浓烈，在对高加林的人生命运进行思考的同时，作者也提供了一个参照物和永恒的命题给当代知识青年。这体现出路遥对当代农村知识青年命运的关注。此外，这也反映出路遥当时的现实人生同样也是悲剧式的，所以他的作品里面的感情基调偏向悲惨、沉重，注重刻画贫困时期人们的悲惨生活。

《平凡的世界》里，作者不再倾向于通过写悲剧式的生活来表达自己对人生的美好向往。虽然小说中也反映人民悲惨和贫困的生活，但读者更能够感受到的是苦尽甘来。同时他对孙少安和孙少平两个农村青年形象的塑造宣扬了一种乐观主义，表现出昂扬向上、积极进取的精神，给我们这些处于迷茫时期的青年以极大的精神鼓舞。

路遥在坎坷的人生经历中渐渐成长，从而铸就自己不一样的人生。他有着丰富而细腻的情感世界，并以文字的方式留给了世人最为难能可贵的品质。

四、《人生》与《平凡的世界》的象征意义

路遥深深地扎根于现实土壤，并深入挖掘农村和城乡交叉地带的独特之处。在他的创作原则中，他始终坚持文学的"现实性"就是创作应该服务于活的现实人生的原则。路遥曾说："并不是所有的生活体验都可以作为写作题材的，应该把它们放在时代的社会大背景和大环境中去加以思考

和检验。"[12] 在他看来，文学的"现实性"就是以当代正在发展的社会现实和人民生活为立足点和出发点，并通过贴近时代的广阔的现实生活题材进行文学创作。这反映出路遥对"现实性"的独特理解。他认为，没有什么比正在发展和进行的事物更令活着的人关心的。人们追求幸福美好的生活，他们首先就要明白自己的处境和困难，他们会想要看到作家通过创作来提供更大范围内真实的生活，他们能够通过这种方式来认清自己的局限和力量，寄托他们的苦乐和忧思。而路遥就是看到了这一点，才选择以反映现实生活、贴近时代发展的农村和城乡交叉地带的现实为立足点。这两部作品就象征着路遥的现实人生。

结　语

路遥是在中国当代文学史上取得杰出成就、极具影响力的作家。他的作品和当代青年的人生命运紧密相关，不仅能让我们感受到上一代人的苦难生活，也提醒着我们要谨记历史，要让人们生活得更好，不能再让饥饿侵袭我们这一代人。同时他也让我们感受到了爱情的力量，让我们相信爱情，相信知识的力量，要对世界抱有一种审视的眼光。这就是路遥的独特人格魅力和其作品的感染力所在。因此笔者认为，我们这一代人都应该仔细地品读路遥的作品，感受他眼中"不平凡的世界"！

参考文献

[1] 路遥. 路遥全集·人生［M］. 广州：广州出版社，西安：太白文艺出版社，2000.

[2] 路遥. 路遥文集［M］. 西安：陕西人民出版社，1993.

[3] 雷达. 路遥研究资料［M］. 济南：山东文艺出版社，2006.

[4] 司汤达. 红与黑［M］. 罗玉君，译. 上海：上海译文出版社，1979.

[5] 路遥. 路遥小说研究［M］. 西宁：青海人民出版社，1985.

[6] 路遥. 路遥精选集［M］. 北京：北京燕山出版社，2006.

[7] 晓蓉，李星. 深入农村，写变革中农民的面貌和心理——在西安召开的农村题材小说创作座谈会纪要［J］. 文艺报，1981（22）.

[8] 李继凯. 路遥评论集——矛盾交叉：路遥文化心理的复杂构成［M］. 北京：人民文学出版社，2007.

[9] 阎慧玲. 路遥的小说世界［M］. 北京：中国文联出版社，2007.

[10] 赵学勇. 路遥研究资料——路遥的乡土情结［M］. 济南：山东

文艺出版社，2006.

　　［11］贺智利. 路遥评论集——试论路遥小说与陕北方言［M］. 北京：人民文学出版社，2007.

　　［12］路遥. 答《延河》编辑部问［J］. 延河，1985（3）.

中日河神形象比较

——以河伯和河童为例

周佩蕾[①]　张声怡[②]

摘要： 河伯是中国最古老的河神形象，原型有猪、白鳍豚和鲧等多种说法，关于其祀主的争议主要来源于对《河伯》中的事物的不同解释。根据文献记载，河伯的主要功能是操控河水和治理水患。日本的河神以河童最为典型，河童生性活泼调皮，在柳田国男等日本民俗学家的作品中，河童和人类交往时大都像一个顽童，并且具有一定的控制河流的能力，经常运用其能力跟与之接触的人类开一些无伤大雅的玩笑。河伯和河童形象的差异与其各自所处的文化环境有关，河伯个性当中的威严稳重带有中国传统儒家文化的特点，而河童形象则带有日本民族文化中独有的灵动和趣味。

关键词： 河神形象；河伯；河童；形象比较

前　言

中日两国自古以来交流十分密切，在神话传说和神怪形象塑造过程中相互影响。人类作为文明发展的主体，在劳动生活中创造出了神怪，而神的形象往往就寄托了人类对在当时所不能认识和理解的某些事物或现象的猜测，并且被认为拥有控制该事物或现象最强大的力量。在生产力低下、文明尚未完全开化的时代，人们最初都把信仰寄托在山川、河流、风、雨、雷等自然物和自然现象中，由此出现了山神、河神、风神等形象。中国文化发源于黄河流域，许多神话人物往往跟河水有着密切关系。而日本则是一个河流交错、四面环海的岛国，水信仰盛行的日本文化中也不乏和河神有关的传说故事。两国各自都有典型的河神形象代表，中国以河伯最为原始，日本以河童最为典型，本文将以河伯和河童为例，对中日各自特殊的文化背景中的河神形象进行比较分析。

---

① 周佩蕾，女，广东海洋大学文学与新闻传播学院汉语国际教育专业 2013 级本科生。

② 张声怡，女，广东海洋大学文学与新闻传播学院副教授。

一、河神起源

中国河神的起源最早可以追溯到新石器时代。生活在黄河流域的先民一切生产活动都依赖于黄河水，一旦遭遇极端恶劣的洪涝灾害，人们没有任何抵御能力，也因此衍生了对河神高度敬畏的文化信仰。日本拥有十分特殊的地理环境，是依山傍水发展起来的国家，因此在日本文化中，河神是最早出现在日本神话故事中的一个形象。中日两国各有自己独特的文化背景，河神形象在两国历史的记载中各不相同。

（一）河伯来源考证

在殷商卜辞的记载中，祈雨、求禾是主要内容，而且当中包含了许多祭河活动，由此可见，重视祖先祭祀和神明祭祀的殷人给予河神极其崇高的地位。在女娲崇拜、生殖崇拜和河水崇拜的原始传统中，河神作为一位被独立出来的神明，说明殷人对于河水和河神的特殊情感，甚至是作为祖先神来祭拜。到了战国时期，河神演变得更加多样化，其信仰内涵也就更加多元。自宋朝以后，河神的形象发生了极大的变化，代表人物除了河伯，还有金龙四大王和黄大王。

神话学家袁珂先生说："河伯盖古黄河水神，渊源亦已古矣。战国之世奉祀河伯之风仍有增未已。至《楚辞·九歌》，乃有《河伯》专章之叙写，表现人身恋爱之情况，亦浪荡风流之神。"[1]358在卢中阳《先秦时期河神人格化的演进》[2]一文中，作者引用了大量的古籍资料如《山海经》《楚辞》《庄子》《穆天子传》等，论证了"河伯"一词最早出现在战国时期，但是对于"河伯"本身的出现以及河伯的祀主，他并没有作出解释。《九歌·河伯》是一篇描述河伯娶妻的文学作品，但是其叙写的河伯祀主是否为黄河之神在学界有许多的争议。

在《河伯》开篇提到了"与女游兮九河"，关于河伯祀主的主要争议就来自于对"九河"的不同解释。大多数人所持的观点以及中国文学史教科书都认为河伯所祀的是黄河之神。东汉王逸《楚辞章句》注曰："九河：徒骇、太史、马颊、覆釜、胡苏、简、絜、钩盘、鬲津也。"[3]根据这里的描述，九河指黄河下游的九条支流。明代王夫之《楚辞通释》中说："河伯，河神也，四渎视诸侯，故称伯。"同时还在"九河"一词下注曰："九河，河之下流，入海，禹所凿者。"[4]根据他们的解释，河伯是黄河之神，"九河"指黄河下游接近入海口的一个地理位置，且河伯曾游经此地。明代汪瑗《楚辞集注》曰："按此谓九河之神也。曰伯者，称美之词，如称湘君、东君之类，非如侯伯之伯、爵位等级之称也。"[5] 有些人主张"九河"是黄河的下游，但是他们认为河伯应该为"九河之神"，而非整个黄河之神。《河伯》里还提到了"乘水车兮荷盖"和"乘白鼋兮逐文鱼"，这当中的"荷"和"文鱼"均是江南特有产物，因此也有部分学者认为河伯应是"江夏之神"，但是由于物种的变迁和各地对物种的称呼不一，所以"江夏之神"的说法无法考证。关于河伯祀主还有"楚人水神""江湘之神""湖湘九河之神"等多种说法，但至今最主流的观点还是认为河伯是祭祀黄河之神。

（二）河童起源传说

日本神话大都强调自然界与人类世界对立又相互平衡的原则，山川纵横、河流交错的地理环境使得人们对自然界感受到的热爱多于惧怕，创造出的神话也是以人类社会生活为背景，而不是想象中的天界，日本的神话形象绝大部分有良善的一面，同时也有作怪的行为存在，善恶交融。日本的神话观相比中国的沉稳厚重多了几分清雅闲趣，与中国神话中河神崇高神圣的地位不同，日本神话中的河童更像是一个喜怒分明的精灵神怪。

河童是典型的日本河水之神，有川太郎、河太郎、川原坊主等名称。有人将河童视为河神的使者，代替河神行使能力，然而究其功能还是相当于日本河神，所以笔者认为不应该在此做细节区分。虽然有人认为河童是由中国流传至日本，但是纵观中国河神的形象，并没有能够与之对应的河神形象可以证明。根据河童起源的传说，河童一族原本居住在黄河上游，后来跟随一名叫九千坊的族长迁徙到了日本九州球磨川。随着河童一族的繁衍壮大，加之他们都拥有比普通村民要强大得多的力量，所以河童开始在附近村庄里肆意扰乱，村民们不堪其扰却又无力抵抗；熊本城主加藤清正知道此事后大怒，利用河童害怕猿猴的特点将其击退，并且让河童保证不再危害村民；之后河童搬到了熊本县筑后川和人类友好相处。有人根据这个传说认为河童起源于中国，事实上这个说法并不确切，因为河童的性格和能力都是日本本土化的创造。关于河童起源，还有人认为河童是由被人们丢弃到河里的人偶变成：传说在江户时代，工匠在建造寺庙、城市的时候，为使建筑物坚固牢靠，会使用一种"叫魂"的咒术，即把人的名字写在纸条上，然后把纸条塞进人偶，再把人偶丢到河川里，而这些被丢弃的人偶最终变成了河童。还有一种类似的说法认为河童是式神的子孙，阴阳师安倍晴明在做法事的时候要使用纸人偶，这些纸人偶就是式神，后来人们对这些式神感到恐慌，于是安倍便把它们禁锢在桥边，而河童就是这些式神的后代。这么多种关于河童起源的传说大都相似，在日本神话中，河童并不是天然的自然界的神灵，大都是由外物与河流产生关系之后的产物，河童作为河神信仰的产物，地位也没有河伯那般神圣不可侵犯。

二、河神原型

河神形象在不同时代不同地域的记载中发生了许多变化，而河神最初的原型由于时代久远难以考查，后人只能在文献记载和口述传说中究其一二，关于河神原型的说法众多，至今并没有绝对权威的说法。

（一）关于河伯原型的争议

河伯产生之后经历了长久的时代变迁，其间河伯形象在人们的传言间不断被改造，或合并重组，或变形再造，河伯原型在不同时代有不同的说法，这也使得后人对河伯原型的看法各有所执。

关于河伯的传说，古籍中有很多记载。如《山海经·海内北经》："从极之渊，深三百仞，维冰夷恒都焉。冰夷人面，乘两龙。"郭璞注："冰夷，冯夷也。《淮南》云：'冯夷得道，以潜于大川。'即河伯也。"[6]郭璞还将《穆天子传》中讲述的天子西征经过的地方认为是河伯无夷的住所，而许慎则将《淮南子·齐俗训》当中得道升仙的冯夷归入水神的行列。根据上述记载，冯夷、冰夷、无夷等均指河伯，在传说当中，河伯的外貌是人面鱼身，身形魁梧，形象威武。而学术界关于河伯的原型还是有很多争议。闻一多认同河伯的原型是猪，在《楚辞校补》中提出《离骚》"羿淫游以佚畋兮，又好射夫封狐"中的"封狐"应当是"封豨"之讹。[7]孙作云受到闻一多的影响，认为"河伯，黄河附近的部落酋长，其氏族以'白猪'为图腾，而河伯一名冯夷或冰夷、无夷，实即'封豨'之同音字。封豨，大豕也。由此可见，河伯是以猪为图腾的猪氏族"[8]。闻一多等人从猪图腾角度解释河伯族，认为猪是他们的氏族祖先，这种观点对其他学者有着极大的影响，许多人都尝试从动物与神话形象的联系去考究河伯的原型，有学者就在猪图腾的基础上进一步认为河伯的原型是白鳍豚或者河猪。此后，有学者尝试从黄河的传说故事中分析，认为河伯的原型是鲧。如果在《河伯》中所提到的"九河"是黄河，联系鲧禹治水之时把黄河分为九道，那么《河伯》之神即以鲧为原型。

（二）河童原型的相关记载

与河神在古代中国的崇高地位相比，日本的河神则更加贴近人们的寻常生活。河童在日本民间传说中与人类交往密切，与人类发生了许多故事。虽然年代久远，地域文化有差异，但是对于日本本土人民来说，河童是他们非常熟悉和亲切的神，也因此河童在日本各地的传说当中，外貌并无太大的变化。河童身材矮小，外形像4岁到11岁的儿童，体型瘦小，头顶有一个盛水的碗状物，如果里面的水干了，河童就会失去法力。关于河童头顶的凹陷传说是一个木匠造成的。据说从前有一个手艺精湛的木匠，为了防止家里珍贵的木料被盗，就做了一个十分精致的木偶帮自己看管，后来木偶有了灵气，就像鹦鹉一样不停地学人说话，叽叽喳喳吵个不停，木匠多次劝阻不成，一怒之下在木偶的头顶上重重地打了一锤，然后把木偶扔进河里变成了河童，头顶的凹陷就再也修补不了了。

有"日本民俗学之父"之称的柳田国男在《山岛民谭集》里写过一篇"河童驹引"的故事，里面说河童的外貌像青黑色的猴子，手脚似鸭掌，头顶凹陷像顶着一个碟子，无论在河里还是陆地，只要头顶的水不干涸，河童就力大无穷。[9]柳田国男的另一本民间文学作品《远野物语》记载的是流传于日本岩手县远野乡的民间传说故事，其中提到关于河童的另一种传说。《远野物语》五十五话至五十九话写道："远野乡的河川多河童，连续两代有女眷怀了河童的孩子。当地有几户人家曾出生过貌似河童的孩子，虽然没有确凿的证据，据说是个浑身发红，嘴巴奇大，非常丑陋的孩子，生下来时手上还带着水蹼。依外地的说法，河童的脸为青色。而远野的河童却是红脸"[10]31-33。另外，雨天翌日很容易在当地河边沙地上见到河童的脚印，"脚印的形状跟猿猴相同，拇指分得很开，又很像人的手印。长度不足三寸。指尖留下的印记跟人的一样，看不清晰"[10]33。日本民间关于河童原型的传说大同小异，大多数传说当中的河童身上散发着鱼腥味，浑身滑溜溜的，很难被抓到，两只手臂可以自由伸缩，身上背有像乌龟一样坚硬的壳，有人就此认为河童的原型应当是淡水鳄鱼类的动物，但是由于都是民间传说，并无确切的文献记载，所以不能证实这种说法。而芥川龙之介在其《河童》一书中对"河童"进行说明时，倒是引用了关于河童的一部重要历史文献上的内容。"河童到底是一种什么样的动物呢？他们头上当然是有毛发的，手脚上长着蹼这一点，也和《水虎考略》上的记载基本一致。河童身高大约一米，体重在二十磅到三十磅——据说，偶尔也能看到五十几磅的大河童。他们头上的正中间，长着一块椭圆形的圆盘，而且圆盘会随着年龄的增长变得越来越坚硬。河童不像我们人类有固定的肤色。他们的肤色随着身体周围的颜色而变化。比如，在草丛中就变成了草绿色，在岩石上就变成了岩石的灰褐色。"[11]

三、河神的功能

历史上人类文明的繁衍生息都依赖于水，在生产力低下的时代，河神是基于人们的需要产生的，其产生之后所拥有的功能是人类当时需求的体现，也是其神力的具体表现。

（一）河伯的三个主要功能

古代的人们知识水平有限，没有利用和控制水流的能力。河神作为水信仰的化身必然拥有绝对强势的神力和神威。在有关河伯的神话传说中，有许多内容是在描述河伯的能力。首先，河伯拥有治理水患、保证风调雨顺的能力。古代的人们最初开始从事农业生产活动的时候受到洪涝或干旱等恶劣天气的影响，经常颗粒无收，这个时候人们就会通过人祭的方式向河神祈求，河伯娶妻的故事就是一个很典型的例证。《古今图书集成·神异典》卷四七引《师友谈记》："东坡云：郭子仪镇河中日，河甚为患。子仪祷河伯曰：水患止，当以女奉妻。已而河复故道。其女一日无疾而卒，子仪以其骨塑之于庙，至今祀之。"[1]361人们通过献出女子以帮助河伯娶妻，目的就是祈求河伯制止无穷无尽的水患。其次，河伯拥有帮助顺利渡河的能力。黄河地势险要，河道弯曲，行船风险极大，河伯作为黄河之神的功能就是保证行船的安全，使人们能够顺利渡河。《博物志校证》卷七记载："澹台子羽渡河，赍千金之璧于河，河伯欲之，至阳侯波起，两鲛挟船，子羽左掺璧，右操剑，击鲛皆死。既渡，三投璧于河伯，河伯跃而归之，子羽毁而去。"[1](359)河伯操控河水，令"两鲛挟船"以保证行船的平稳，可见其能力的强大。最后，根据卜辞的记载，殷人常会在战争之前祭河以求得战争的胜利，战争结束后再次祭河感谢河伯。由此可见，在那个时期河伯也是战神的象征。

（二）河童功能的特殊性

河童在日本神话中并不像河伯那样拥有强大的神力，在许多河童和人类的故事中，河童的行为更像是一个贪玩的孩童，它不会做出大奸大恶之事，只是经常会和居住在河边的人类搞一些无伤大雅的恶作剧。相传在很久以前，佐世保市相浦川里住着一个喜欢调皮捣蛋的河童，有一天河童想捉弄一名剑术高超的武士，武士识破河童的小动作后砍断了河童的一只手臂，之后河童每天晚上都在叫武士还它的手，武士同情河童，说如果河童立下从此不再做坏事的保证，那么手臂就会还给它。最终，河童的保证书被刻在岩石上，自那以后再也没有欺负过村民。河童除了会恶作剧，作为河神，对河流也拥有一定的控制能力。在河童报恩的故事里，一个叫园田的人帮助河童挪走挡住家门的农具，河童为了报答他的恩情向园田许诺无论发多大的洪水都不会淹到他的家，自那以后，无论周围的洪水多么厉害，园田的家一点都没有被淹到。

河童受到日本民众喜欢的原因并不在于它的能力有多强，而是由于河童能力的特殊性凸显了河童性格的可爱之处，使得民众更加愿意亲近它。河童和其他淘气的人类小孩一样，有爱吃的食物，也有挑食的习惯。据说河童非常喜欢吃黄瓜，在日语当中河童也是黄瓜的别称，日本还有一种黄瓜小卷寿司叫"河童卷"。河童还非常爱吃糖，相传从前有家人生了一个儿子，算命先生算出他将会遭遇水难，家人便让他随身携带糖果，遇到危险时就把糖果抛到水里，河童得到了糖果就会忘记要带走人类的事，最终那户人家的儿子躲过一劫。河童还十分讨厌葫芦、丝瓜和玉米等，人们只要在外出的时候随身携带这些小物件就能躲开河童的骚扰。在这些河童和人类的故事中，在故事的结局河童都会和人类保持一种良好的关系，这种良好关系反映了日本神话观里人类和自然和谐相处的美好愿景。

四、中日河神信仰的现状比较

中国河神信仰的产生是由于人们在当时所掌握的生产技术不足以正确认识河水的四季变化和天气异常，信仰崇拜作为一种精神工具，在遇到水患或其他灾难时通过信仰获得力量支撑从而求得内心的安定。随着人们知识水平和社会生产力的提高，人们逐渐正确看待自然界的极端天气，并且能够根据河流的季节变化尝试兴修水利，河神从这个时候开始就不再是掌控河流的唯一权威，人们曾经恐惧敬畏的河神调控河流的神力渐渐弱化，河神信仰开始衰退，如《史记·滑稽列传》记载的西门豹治邺就是生动具体的例子。西门豹到邺城上任，见到邺城萧条凄凉的景象，询问得知是地方豪绅为了给河伯娶妻诈取民财所致，是以西门豹巧施妙计，惩治地方势力，革除"以女妻河"陋习，兴修水利，终治水患。从史记这一记载中可见当时人们对河神的崇拜有所减弱。

古代中国创造了许多神话形象，这些神话有些成了信仰，有些成了文学创作的重要素材，可是随着近代科技的出现，这些在文学史上赫赫有名的神话形象逐渐没落，最终消失。刘春艳《论河神信仰的演变》认为："随着新中国开展黄河水域的治理改造，黄河流域中下游的水文环境得到改善，水患得到缓解的同时，沿袭千年的河神信仰则不断衰退。"[12]另外，中国没有像日本一样发达的动漫产业，没有开辟出一条与时俱进的新道路为神话传说和神话形象提供出路，不仅使河神形象在现代社会中被人遗忘，连同其他丰富多彩而又富有历史意义的神话形象都在现代社会中逐渐失传。

反观日本，虽然没有跟中国一样在最开始把河神放到崇高的地位，但是他们对河童的亲近和喜爱却经久不衰，甚至把河童放在现代动漫产业中加以改造，成为现代人喜爱的动漫人物，也因此河童作为河神形象在日本现代社会得以经久流传。日本当代具代表性的舞台设计家妹尾河童（原名妹尾肇）在其自传体作品《河童杂记本》中提到他"河童"这个名字的由来，在多次公演中他的名字都被误写为他的绰号"河童"，从此他下定决心把"河童"这个怪异绰号改为真名，"只是不知道这个绰号究竟带给大家怎样的共鸣，竟一下子传开了，从工作到我的私生活，'妹尾河童'这个名字的使用比我的真名更具有通用性"[13]。因为"河童"这个名字在工作和社会交往中带给大家亲切和轻松的感觉，所以更具有影响力和通用性，日本民众对"河童"这一形象的亲近和喜爱在文学作品和文化产业中亦可见一斑。例如，日本在河童形象改造方面做得非常出色的有著名作家芥川龙之介的《河童》，在该作品中河童不再是令人厌恶的水鬼形象，而被塑造成了一个趣味十足的人物，能引领人们进入异域探访。《河童》通过精神病院23号患者的自述，讲述了主人公在河童国度里的见闻经历。主人公在误入了一个与人类社会既相悖又相似的河童世界后，见识了河童国的风俗习惯、河童式的恋爱观和文学艺术哲学等，以一个非人类社会的视角去讽刺批判当代人类社会，不仅故事情节巧妙生动，而且极具现实意义。2007年日本还上映过一部河童题材的动画电影《河童之夏》，讲述一个名叫小酷的河童和一个人类小男孩一起度过暑假，期间两者建立了深厚的友情，最后河童在小男孩一家人的帮助下重新回到大自然的感人故事。影片中的河童小酷依旧是如传说当中的那样喜欢黄瓜，但其形象十分讨人喜欢，不再是经常作恶、令人类厌恶的人物设定了。观众从这一河童形象中不仅感受到人间温情，还意识到保护大自然的重要性。这些河童形象的再创造都把背景放在了现代社会中，引起大众的兴趣，让现代人也能对此产生共鸣，从而使得河童形象在新时代继续得以流传。

蔡燕妮《中国"河伯"与日本"河童"的比较研究》认为："河伯和河童是两个相似但又绝不等同的文学形象，他们各自在两国对于大江大河的崇拜中诞生，是各自河神文化中的一部分，他们具有同根性，但中日民族精神的不同造成了河伯与河童的本质区别。"[14]神话传说是民族传统文化中的重要组成部分，研究神话形象不仅有助于后人了解历史人文风貌，对神话形象的改造对于当代社会也有一定的现实意义。在对河神形象的传承上，从河伯和河童的形象比较过程中可以看出，河神信仰在日本更具多样性，而在中国则慢慢衰落甚至被忽略了，许多资料由于时间的流逝渐渐难以考证。中日两国的河神形象在现代的发展状况截然不同，如何对河伯形象进行现代化的改造和重塑，让河神形象在现代社会中重新焕发生机和活力，是中国河神信仰文化研究的一个课题。

结　语

中日两国河神形象各有自己的民族文化特色，通过对河神形象的比较，可以了解两国人民对于神话信仰的不同态度。河神起源至今，在漫长的历史变迁中发生了巨大的变化，有些河神的传说故事已经难以考证。在社会的发展过程中，中国的河神信仰逐渐衰弱，河神形象已经在当代没落甚至消失，日本则借助发达的动漫产业对河童形象进行改造，使得河神形象具有了重要的现实意义，这对中国河神信仰文化研究有一定的启示作用。

参考文献

［1］宗力，刘群. 中国民间诸神［M］. 石家庄：河北人民出版社，1987.

［2］卢中阳. 先秦时期河神人格化的演进［J］. 平顶山学院学报，2008（1）.

［3］洪兴祖；白化文，点校. 楚辞补注［M］. 北京：中华书局，2002.

［4］王夫之；船山全书编辑委员会，编校. 船山全书［M］. 长沙：岳麓书社，1996.

［5］汪瑗；董洪利，点校. 楚辞集解［M］. 北京：北京古籍出版社，1994.

［6］袁珂. 山海经校注：最终修订版［M］. 北京：北京联合出版社，2014.

［7］闻一多. 闻一多全集：第2册［M］. 北京：生活·读书·新知三联书店，1982.

［8］孙作云. 天问研究［M］. 北京：中华书局，1989.

［9］柳田国男. 山岛民谭集［M］. 东京：筑摩书房，1975.

［10］柳田国男. 远野物语［M］. 吴非，译. 上海：上海三联书店，2012.

［11］芥川龙之介. 河童［M］. 秦刚，译. 上海：上海译文出版社，2014.

［12］刘春艳. 论河神信仰的演变［D］. 武汉：华中师范大学，2012.

［13］妹尾河童. 河童杂记本［M］. 陶振孝，译. 北京：生活·读书·新知三联书店，2006.

［14］蔡燕妮. 中国"河伯"与日本"河童"的比较研究［J］. 太原师范学院学报（社会科学版），2011（2）.

"走"义演变研究

单政慧①　安华林②

摘要：本文首先以《汉语大词典》和《汉语大字典》为主要依据，并以其他文献资料作补充，在"先秦—两汉—三国两晋—南北朝—隋唐五代—两宋—元—明—清"的时间轴上，考察"走"义在不同历史时间点的存在情况，从而梳理出"走"义历时发展的纵向脉络。然后以该演变脉络为基础，阐述"走"义的相似引申、相关引申和虚化引申三个演变途径。最后从客观世界、人的主观世界和语言自身机制三个方面分析"走"义演变的原因。

关键词："走"；意义演变；引申；演变原因

前　言

语义演变研究是语言学研究的一个重要方向。根据吴福祥《汉语语义演变研究的回顾与前瞻》的综述可知：汉语的语义演变研究历经四个阶段。从第一阶段到第四阶段，依次为"基于传统训诂学的语义演变研究""基于传统语义学的语义演变研究""基于结构主义语义学的语义演变研究"和"基于功能主义的语义演变研究"。[1]2-6

根据中国知网的检索结果可知，与汉语"走"相关的语言学文献约有24篇。其中，与"走"义演变相关的文献有10篇，关于"走"的语法功能演变的文献有3篇，关于"走×"组合的文献有11篇。关于"走"义演变的研究大多数处于语义演变研究的第一和第二阶段。其研究成果主要有两点，一是描写了"走"义历时发展的纵向脉络，二是论述了"行走"义取代本义"奔跑"成为"走"的基本义的演变过程。

"走"义演变分历时演变和共时变化。本文从历时演变的层面对"走"义进行描写分析，从而总结出"走"义演变的途径和相应的演变原因。本

---

①　单政慧，女，广东海洋大学文学与新闻传播学院汉语国际教育专业 2013 级本科生。
②　安华林，男，广东海洋大学文学与新闻传播学院教授。

文通过对个案"走"的分析，旨在加深人们对语义古今演变的认识，促进对语义古今演变的理解。

白云的《"走"词义系统的历时与共时比较研究》从历时角度对"走"义系统进行了详细描写，是关于"走"义的历时演变研究的典型代表。

"走"义的历时演变脉络如下：先秦时期，以"急速而行/跑"为初始义的"走"衍生出"逃跑；逃避"义和"奔向；通向"义。到了西汉，出现了"离开"义和"供役使的人"义以及由此引申出的表示自谦的称谓义。南北朝时期，出现了"流动；滚动"义。同时，"行走"义在口语中逐渐产生。到了唐代，新产生了"排泄"义。宋辽金时期，"走"的意义范畴扩大，呈多元化趋势，新产生了"奉献；赠奉""驱使；派遣""（车船等）运行""丧失；失去""来往；走动""变动；改变""通过；由"等7个转义。元明时期，"行走"义的用例明显增多。明代，"走"在"排泄"义的基础上引申出了"泄漏；漏出"义。到了清代，表"行走"的基本义成了"走"最常用的意义。此外，还新出现了"操练武术或动手较量"义。[2]81-83 笔者认为该演变脉络的描写分析还存有可以讨论的空间。

先秦时期，"走"只有"奔跑"这一义项。南北朝时期，"行走"义开始产生，最早例证是南朝民歌《读曲歌八十九首》："常常走巷路"。从先秦到南北朝，表示"跑"的本义仍是占据主流位置的常用义。到了唐五代时期，"走"用作"行走"义的情况开始流行起来，"行走"义与本义"跑"形成并存的局面。宋代，典籍中"走"仍频繁使用"奔跑"义，"行走"义并不常见。元代，在元曲等典籍中发现"行走"义已逐步发展成为"走"的基本义，而"走"的"奔跑"本义被边缘化。宋元时期的"行走"义一直与"奔跑"义处于相互共存、相互竞争的状态，直到明代，"行走"义在竞争中胜出，才取代了"奔跑"义而转变成"走"的基本义。清代，"行走"义作为"走"的基本义和常用义，在《红楼梦》等白话文典籍中使用更加频繁，并一直沿用至今。[3]43-47

目前对"走"义演变的研究还停留在历时义项的考释与描写的阶段，没有进一步分析各义项的演变途径和动因，这方面的研究空白给本文的研究提供了一定的空间。

本文选取《汉语大词典》《汉语大字典》《现代汉语词典》等具有代表性和权威性的工具书作为考察"走"义历时演变的语料依据。同时，结合其他书籍文献对《汉语大词典》和《汉语大字典》存在的部分用例缺失或误用的问题进行了修补。如杨克定在《关于动词"走"行义的产生问题》中论证了《汉语大字典》使用的先秦两汉关于"行走"义的三个例证都属于误用。[4]74-75

一、"走"义的历时考察

走（zǒu），据《说文解字》"走，趋也。从夭止，子苟切"，又据《释名》："疾行曰趋，急趋曰走"，则可知，"走"的本义"趋也"就是现代汉语中"跑"的意思。[5]215

通过翻阅《汉语大词典（缩印本）》[6]5754《汉语大字典（第2版）》[7]3703－3705和《现代汉语词典（第6版）》[8]1735，并结合其他文献的补充例证，笔者总结出"走"义的历时发展如下表所示：

类	义项	先秦	两汉	三国两晋	南北朝	隋唐五代	两宋	元	明	清	《现代汉语词典》
本义	①奔跑	√★	▲(1)	▲(3)	▲(10)	▲(18)	√★	▲(35)	▲(45)	√	〈书〉跑
转义	②前往	√★	√★	▲(4)	▲(11)	▲(19)	▲(26)	▲(36)	▲(46)	▲(53)	
	③逃跑	√★	√	▲(5)	▲(12)	√	★	▲(37)	★	▲(54)	
	④趋向；归附	√★	√★	▲(6)		▲(20)	▲(27)		▲(47)		趋向（呈现某种趋势）
	⑤通向；通达★	√			√					√	通过
	⑥至；到	★	▲(2)	▲(7)	▲(13)		▲(28)	▲(38)	▲(48)	★	
	⑦兽类	★	√★	√	▲(14)	▲(21)	▲(29)			√★	
	⑧车轮	√★									
	⑨供役使的人；仆	★	√★	▲(8)	★	▲(22)	√★	√★	★	▲(55)	
	⑩驱逐；使溃逃	√	▲(9)	▲(15)	√	▲(30)	√		√		
	⑪叱人离开		√★					▲(39)	★	★	
	⑫离开				√★	★	▲(31)	▲(40)	▲(49)	√★	离开；去
	⑬行走；步行			▲(16)	▲(23)	√	▲(41)	√	▲(56)		人或鸟兽的脚交互向前移动
	⑭流动；滚动				√	★	√★	√	▲(50)	▲(57)	
	⑮驰骋			▲(17)	√	▲(32)	▲(42)	▲(51)		▲(58)	
	⑯拜谒；趋奉					▲(33)		▲(43)	▲(52)		
	⑰排泄					√		▲(44)	√★		

（续上表）

	义项	先秦	两汉	三国两晋	南北朝	隋唐五代	两宋	元	明	清	《现代汉语词典》
转义	⑱起立；站起					▲(24)	▲(34)	★		▲(59)	
	⑲起床					▲(25)			★		
	⑳奉献；赠奉						√★	▲(60)	√★	√	
	㉑移动						★		★		移动
	㉒丧失；失去						★		★		
	㉓变动；改变						√★	▲(61)	★	√★	改变；失去原样
	㉔流行；传布						√★			√	
	㉕驱使；派遣						√	▲(62)		▲(66)	
	㉖（亲友间）走动；来往							▲(63)	√★	√★	（亲友间）来往
	㉗（车船等）运行								√	√	（车船等）运行
	㉘经由；由；从							▲(64)	★	√	
	㉙泄漏							▲(65)	√★	√★	泄漏
	㉚操练武术或动手较量								√	√	
	㉛偏差									√	
	㉜死亡									√★	死亡
	㉝（机械仪表等）运转									√	

（注：√表示该义项在《汉语大词典》中有用例出现，★表示在《汉语大字典》中用例的出现，▲表示其他文献补充的语料例证，详见附录。）

由上表可知：先秦时期，"走"有本义"奔跑"和转义"前往""逃跑""趋向；归附""通向；通达""至；到""兽类""车轮""供役使的人；仆""驱逐；使溃逃"共10个义项。两汉时期，出现了"叱人离开"1个转义。到了南北朝时期，出现了"离开""行走；步行""流动；滚动"和"驰骋"4 个转义。隋唐五代时期，出现了"拜谒；趋奉""排泄""起立；站起""起床"共 4 个转义。两宋时期，出现了"奉献；赠奉""移动""丧失；失去""变动；改变""流传；传布""驱使；派遣"共 6 个转义。元代，出现了"（亲友间）走动；来往""（车船等）运行""经由；由；从""泄漏"共 4 个转义。明代，出现了"操练武术或动手较量"义。清代，出现了"偏差""死亡"和"（机械仪表等）运转"3 个转义。

在现代汉语中，"走"保留了比较常见的 11 个义项："人或鸟兽的脚交互向前移动"（相当于古代汉语中的"行走"）"〈书〉跑""（车船等）运行""移动""趋向（呈现某种趋势）""离开；去""死亡""通过""泄漏""（亲友间）来往""改变；失去原样"。其中，"趋向（呈现某种趋势）"的客体指向更抽象的事物，如"走高"的客体指价格的涨幅，表示价格呈现持续升高的趋势。

以"走"的各个义项在历时发展中出现的先后顺序和各义项间意义联系的紧密程度为推断依据，"走"义历时发展的纵向脉络如下图所示：

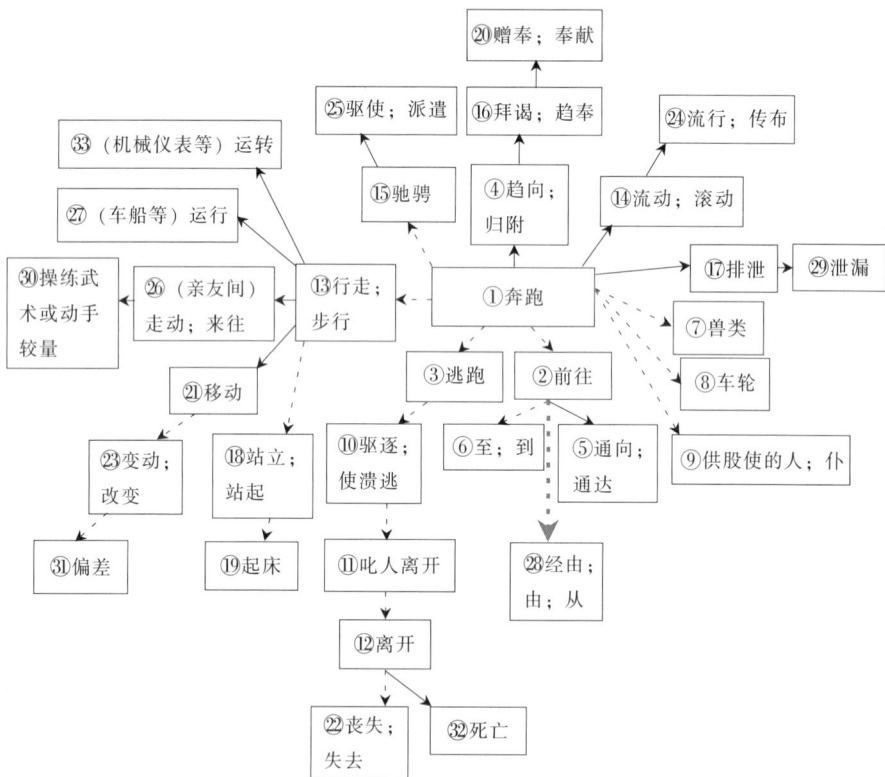

注："——▶"表示相似引申，"--▶"表示相关引申，"▪▪▶"表示虚化引申

二、"走"义演变的途径

（一）相似引申

相似引申是基于相似联想而产生的语义引申，指"甲类事物与乙类事物有某种相似的特征，通过相似联想，用表示甲类事物的词引申指乙类事物"[9]215。

相似引申有"形貌相似、性质相似、状态相似、作用相似和感受相似"这五种引申情况。"走"的相似引申属于"状态相似引申"，即"甲动作在行动的方式状态上具有某种特征，乙动作在行动的方式状态上有与甲相似的某种特征"[9]217，因而用表示甲动作义的"走"来表示乙动作义，产生语义引申。

（1）①奔跑→④趋向；归附→ ⑯拜谒；趋奉→⑳奉献；赠奉。

"奔跑"，指人或动物用脚快速向前移动这一运动状态，例如左丘明《左传·昭公七年》："循墙而走。""趋向；归附"，指人有方向性地快速向某人所在地移动的行为，但侧重于人的人身依附关系或心理上的靠近，主体具有抽象性，例如左丘明《左传·昭公十八年》："郑有他竟，望走在晋。既事晋矣，其敢有二心？""奔跑"隐含方向和目的性的"向前移动"与"趋向；归附"具有明显方向和目的性的"向客体移动"有相似之处。通过两者间的相似联想，"奔跑"引申为"趋向；归附"。另外，"趋向"在现代汉语中发展出"呈现某种趋势"的意味是因为它指向的客体更加抽象化了。

"拜谒；趋奉"见例于封演《封氏闻见记·贡举》："在馆诸生……权门贵盛，无不走也。""拜谒"是指拜访者向被拜访者所在位置移动从而与被拜访者相见。"趋奉"的意思是"对……奉承讨好"，也就是指人向某些地位较高的人移动以达到拉近双方之间的距离和关系的目的。因此，"趋向；归附"与"拜谒；趋奉"两者在"主体向客体移动"这点上相似，不同的是，前者的主体具有抽象性，后者的主体指人。通过相似联想，"趋向；归附"引申出"拜谒；趋奉"。

"奉献；赠奉"见例于苏轼《与蒲诚之书》："欲奉谒次，闻府官尽出……恐讶不来，走此闻达。"古人讲求礼节，一般上门拜访他人都需要送见面礼，而为了奉承讨好他人所需的赠礼更不在少数，所以"奉献；赠奉"可以看作是某人使钱财礼品移动到其他人的手上，也就是"主体使某事物向客体移动"。"拜谒；趋奉"与"奉献；赠奉"两者的相似点也是

"主体向客体移动"，但前者的主体指人，后者的主体指钱财等事物。通过相似联想，"拜谒；趋奉"引申出"奉献；赠奉"。

（2）①奔跑→⑭流动；滚动→㉔流行；传布。

"奔跑"，指人或动物快速向前移动的运动状态。"流动；滚动"，指水或石头等事物作奔跑状移动的运动状态，例如郦道元《水经注》："天时霖雨，众谷走水。"前者的主体是有生命的事物，后者的主体是无生命的事物。两者的相似点是"主体快速向前移动的运动状态"，因此由"有生命事物的奔跑"类比联想到"无生命事物的奔跑"，"奔跑"引申出"流动；滚动"。

"流行；传布"，指名声、消息等抽象的无生命事物作奔跑状移动的运动状态，例如范成大《河豚叹》："作俑者谁欤？至今走末俗。"由此可见，"流动；滚动"的主体属于具体的无生命事物，而"流传；传布"的主体则是抽象的无生命事物。两者的相似点都是"主体事物作奔跑状移动的运动状态"。因此由"具体的无生命事物的奔跑"类比联想到"抽象的无生命事物的奔跑"，"流动；滚动"引申出"流行；传布"。

（3）①奔跑→⑰排泄→㉙泄漏。

河坝开闸排水泄洪之势如万马奔腾，"排泄"，指水从封闭空间的缺口处如奔跑状地快速向前流出，例如韩愈《韦公墓志铭》："筑堤扞江……疏为斗门，以走潦水。""奔跑"和"排泄"的相似之处是"主体快速向前移动"，但"奔跑"的主体指向人或动物等有生命事物，"排泄"的主体指向水等液体无生命事物。通过相似联想，"奔跑"引申出"排泄"。

"泄漏"，可以看作是消息从嘴巴中跑了出来，也就是指言语消息等抽象性事物从封闭空间的缺口处跑出，例如关汉卿《望江亭中秋切鱼会》："……，走了消息。"同时，"泄漏"的主体还可以是液体和气体。因此，"排泄"和"泄漏"的相似点是"主体从某封闭空间跑出来"，但后者的主体更侧重指向抽象性的无生命事物。通过相似联想，"排泄"引申出"泄漏"。

（4）②前往→⑤通向；通达。

"前往"，指人向着某个目的地移动的运动状态，例如刘安《淮南子·说林训》："渔者走渊，木者走山。""通向；通达"，表示某地点能通向另一地点，例如鲍照《芜城赋》；"㳽迤平原，南驰苍梧涨海，北走紫塞雁门。"前者主体指人，后者主体指地点，当后者主体被类比想象成能像人那样向着另一地点移动时，那么两者的相似点可以看作是主体发生指向目的地点的位移。通过相似联想，"前往"引申出"通向；通达"。

（5）⑫离开→㉜死亡。

"离开"，指主体向前移动从而发生了远离原来所处位置的位移状态，其潜藏的意义是"主体已不存在于原来所处的位置上"，例如沈约《宋书·张畅传》："城内乏食……但以关扃严密，不获走耳。""死亡"，指人失去了生命，即人已不存在于这个世界，例如文康《儿女英雄传》"将来我撒手一走之后……在我坟头里……"，其与"离开"所表示的"主体已不存在于原来所处的位置上"相似。通过相似联想，"离开"引申出"死亡"。

（6）⑬行走；步行→㉑移动。

"行走；步行"，指人用脚交互向前移动，例如南朝民歌《读曲歌八十九首》："语我不游行，常常走巷路。""移动"，指物体向某方向发生位置变化的运动状态，例如苏轼《新滩阻风》："渐觉平沙走。"两者的相似点是"发生位置变化的运动状态"。前者主体指向人或动物，后者主体一般指向无生命的物体。由人的行走类比联想出无生命事物的"行走"，引申出"移动"义。

（7）⑬行走；步行→㉖（亲友间）走动；来往→㉚操练武术或动手较量。

"行走；步行"指人用脚交互向前移动。"（亲友间）走动；来往"，指亲友甲向亲友乙处移动，构成主客体之间双向互动的运动状态，从而上升到抽象化事物——人际关系的来往和互动，例如关汉卿《杜蕊娘智赏金线池》："再到蕊娘家去走一遭。""行走；步行"隐含方向性的向前移动与"走动；来往"显示方向性的主体向客体处移动有相似之处。通过相似联想，"行走"引申出"（亲友间）走动；来往"。

白云认为"操练武术或动手较量"是由"（亲友间）走动；来往"引申出来的。[2]83 "操练武术或动手较量"，意味着两个人相互往来比试武术招式，也就是指两个人的身体处在不断互动的运动状态之中，例如吴承恩《西游记》："与你走一路拳看看。"因此，两者的相似点是"主客体互动的运动状态"，通过相似联想，"（亲友间）走动；来往"引申出"操练武术或动手较量"。

（8）⑬行走；步行→㉗（车船等）运行。

"行走；步行"指人在地面上向前移动。"（车船等）运行"，指船在水面上向前移动，也可以指车在地面上向前移动，例如施耐庵《水浒传》："那船……望小港里串着走。"前者的主体指向人，后者的主体指向无生命事物。两者的相似点是"主体向前移动的运动状态"。因此，"人的行走"

可以类比联想出"车船的运行"。

（9）⑬行走；步行→㉝（机械仪表等）运转。

"行走；步行"指人在地面上向前移动。"（机械仪表等）运转"，指主体按某种运转方向移动，例如花月痴人《红楼幻梦》："袭人道：'怎么抱怨钟走得慢。'"前者的主体指向人，后者的主体指向机械仪表等事物，两者的相似点是"主体向着某一方向移动"。因此，"人的行走"可以类比联想出"（机械仪表等）运转"。

（10）⑮驰骋→㉕驱使；派遣。

"驰骋"，指人骑马而奔，即人驱使着马跑的运动状态，例如韩愈《送张侍郎》"丞相西来走马迎"。"驱使；派遣"，指地位高的人驱使或派遣仆人奔走干活，例如叶梦得《避暑录话》："乃走仆以往。"由此可见，两者的相似之处在于"主体驱使客体做……"，但前者的客体是马，后者的客体是人。因此，"人对马的驱使"可以类比联想出"人对仆人的驱使"。

（二）相关引申

相关引申是基于接近联想产生的语义引申，指"甲乙两事物现象之间存在着密切的相关联系，这种联系因在人们心目中经常出现而固定化，因而可以借指称甲事物现象的词去指称乙事物现象"[9]219。

动词"走"的相关引申有两种情况：一是由动作行为引申为相关的名物；二是由某一动作行为引申为另一动作行为，其中，甲动作行为与乙动作行为之间具有"包容与被包容""正反""施受"和"因果"等逻辑推导关系，因此，该相关引申又可以细分为"包容引申""正反引申""施受引申"和"因果引申"。

1. 由动作行为引申为相关的名物

（11）①奔跑→⑦兽类。

"兽类"，例如张衡《西京赋》："上无逸飞，下无遗走。"走兽在古人心中呈现飞速奔跑的固定形象，因此古人借表"奔跑"的"走"来指称能飞速奔跑的走兽，引申出"兽类"。

（12）①奔跑→⑧车轮。

"车轮"，例如墨翟《墨子》："以车两走。"因为车轮的不断向前滚动，车子才能快速向前奔跑，所以借表"奔跑"的"走"来指称能快速向前滚动的车轮，引申出"车轮"。

（13）①奔跑→⑨供役使的人；仆。

"供役使的人；仆"，例如司马迁《报任安书》："太史公牛马走。"古时候，相对于养尊处优、身处高位的人而言，地位低的人经常被使唤去奔走干活，所以，"供役使的人"常常与"奔跑"这个运动状态相关，于是借表"奔跑"的"走"来指称奔走干活的仆人，引申出"供役使的人；仆"。

2. 由某一动作行为引申为另一动作行为

a. 包容引申

"包容引申指引申义和基础义之间，在意义范围上具有包容与被包容的关系。"[10]66这里的包容引申主要指两个动作行为之间是具有包容与被包容关系的相关引申。

（14）①奔跑→②前往→⑥至；到。

"前往"，指主体向着某个目的地移动，这个运动状态把"奔跑"的"主体用脚向前快速移动"的运动状态包含在内，因此"奔跑"可以引申出包容着奔跑意味的"前往"。例如刘安《淮南子》："渔者走渊，木者走山。"

"至；到"，表示"前往"这个持续位移的动作行为的完成瞬间，把"前往"包容在内，因此"前往"可以引申出包容着前往意味的"至；到"。例如吴趼人《二十年目睹之怪现状》："此刻你走了一次广东。"

（15）①奔跑→③逃跑。

"逃跑"，指主体为了摆脱原来所处的危险境地而向安全的地方奔跑，例如孟轲《孟子·梁惠王上》："弃甲曳兵而走。""逃跑"在"奔跑"的基础上添加了修饰限制，即"逃跑"包含于"奔跑"之中。因此"奔跑"可以引申出被奔跑意味包容的"逃跑"。

（16）⑩驱逐；使溃逃→⑪叱人离开。

"驱逐；使溃逃"，表示强制某人离开原地，例如司马迁《史记·穰侯列传》："穰侯伐魏……走魏将暴鸢。""叱人离开"，表示口头强制某人离开原地，例如司马迁《史记·郦生陆贾列传》："郦生瞋目案剑叱使者曰：'走！'"因为"驱逐；使溃逃"的强制方法不局限于口头方式，还包括武力方式，所以"叱人离开"属于"驱逐；使溃逃"的一种特指，包含于"驱逐"之中。因此"驱逐"可以引申出被驱逐意味包容的"叱人离开"。

（17）①奔跑→⑬行走；步行→⑱起立；站起→⑲起床。

"行走；步行"，指人用脚交互向前移动，例如宋代佚名《新编五代史平话》："孩儿每出外闲走。"因为"奔跑"是指"人用脚快速地交互向前移动"，所以"行走"是速度慢下来的"奔跑"，属于变相的"奔跑"义。即"行走；步行"包容于"奔跑"之中。因此"奔跑"可以引申出奔跑速度逐渐变慢的"行走"。

"起立；站起"，指人以双脚为支点直立于地面，例如凌濛初《二刻拍案惊奇》："王惠……走起身来一把扭住。"因为"行走"所表示的运动状态里就隐含着"人以双脚为支点直立于地面"的意义要素，所以"行走"包容着"起立；站起"。因此"行走"可以引申出隐含在行走之中的"起立；站起"。

"起床"，可以说是在特定处所上（如床具、坐具）的起立之义，例如冯梦龙《醒世恒言》："夜来做甚不好睡！今早走不起？""起床"被包容在"起立"之中，因此"起立"可以引申出被起立意味包容的"起床"。

（18）①奔跑→⑮驰骋。

"驰骋"，指人骑着马奔跑，表示人借助工具快速奔跑的运动状态，例如韩愈《送张侍郎》"丞相西来走马迎"。"驰骋"被包容在一般的"奔跑"之中，因此"奔跑"可以引申出被奔跑意味包容的"驰骋"。

b. 正反引申

正反引申指同一个意义范畴内"相反或对立的两个意义，可以在同一个词形上互相引申出来"[11]77。这里的正反引申主要指两个动作行为之间是具有相反或对立关系的相关引申。

（19）③逃跑→⑩驱逐；使溃逃。

"逃跑"，指主体为了摆脱原来所处的危险境地而向安全的地方奔跑，例如孟轲《孟子·梁惠王上》："弃甲曳兵而走。""驱逐；使溃逃"，表示主体强制某人离开原地，例如司马迁《史记·穰侯列传》："穰侯伐魏……走魏将暴鸢。"战争或其他争斗冲突的结果有二，一是胜利一是失败，胜利者驱逐失败者，失败者则逃跑，两者构成正反关系。因此"逃跑"可以反向引申出"驱逐"。

c. 施受引申

施受引申，即"由于动作的发出者与动作的接受者往往互相关联，所以发出动作与接受动作往往用同词表示"[11]77。这里的施受引申主要指两个动作行为之间是具有施受关系的相关引申。

（20）⑪叱人离开→⑫离开。

"叱人离开"，指主体口头强制某人发生远离原地的位移行为，例如司马迁《史记·郦生陆贾列传》："郦生瞋目案剑叱使者曰：'走！'""离开"，指主体发生远离原地的位移行为，例如沈约《宋书·张畅传》："城内乏食……但以关扃严密，不获走耳。""叱人离开"的主体与"离开"的主体构成了这一对动作的施受关系，因此主体为施事者的"叱人离开"可以引申出主体为受事者的"离开"。

d. 因果引申

因果引申指"用事物的原因代事物的结果或用事物的结果代事物的原因"[12]59。这里的因果引申主要指两个动作行为之间是具有因果关系的相关引申。

（21）⑫离开→㉒丧失；失去。

"离开"指主体发生远离原地的位移行为。"失去；丧失"是"离开"的结果，例如《新编五代史平话·梁史》："丧了三魂，脚板下走了七魄。"两者之间是基于因果关系的相关引申。由于主体发生了远离原地的位移行为，所以原来所处位置上存在的主体也就不复存在了，也就意味着"失去；丧失"。因此，"离开"由因及果引申出"失去；丧失"。

（22）㉑移动→㉓变动；改变→㉛偏差。

"移动"指物体向某方向发生位置变化的运动状态。"变动；改变"是"移动"的结果，例如吴敬梓《儒林外史》："只有这一椿事是丝毫不走的。"两者之间是基于因果关系的相关引申。某事物"移动"则发生位移，发生位移则意味着该事物已不在原点，也就意味着该事物所处的位置在变动和改变。因此，"移动"由因及果引申出"变动；改变"。

同样道理，"偏差"是"变动；改变"的结果，例如清代佚名《好逑传》："侄女一向最有眼力，今日为何走了。"当某事物所处的位置在变动和改变，则会导致该事物的即时位置与原本位置之间出现"偏差"。因此，"变动；改变"由因及果引申出"偏差"。

（三）虚化引申

虚化，就是"指实词的词汇意义逐渐消失，最后变为语法关系的虚词"的一种语义演变的途径。[13]86

"走"的转义"②前往"发展出"⑳经由，由，从"的介词义就是语义虚化的体现。其虚化的过程可以借由"走"表"经由；由；从"的用例来探讨。例如：

宋应星《天工开物·锤锻·冶铜》："其余方圆用器，走焊、泵火粘合。"（"走"表经由）

吴敬梓《儒林外史》："只到扬州，弟就告别，另上南京船，走长江去了。"（"走"表经由）

刘鹗《老残游记》："曾走曹州府某乡庄过……"（"走"表从）

上述三个用例当中，"走"与"粘合"、"走"与"去"和"走"与"过"前后两个动作之间存在动作方式和动作结果的逻辑关系，"走"的前往义已经慢慢转变成与之相关的"经过"义，"当句义的动作重心指向表示动作结果的动词时，那么'走'就不再作主要动词"[14]24。这就使得"走"原本承担的表示动作的实在意义分别被与其搭配的动词"粘合""去"和"过"承担了，于是"走"原本所承担的实在义逐渐被虚化，逐步演变成了作为介词义的"经由；由；从"。

三、"走"义演变的原因

（一）客观世界原因

语言是人们认识世界的思维和交际工具，所以语言中的词是人们对客观世界的主观反映。当客观世界产生新的事物或现象时，就需要一个新词或在旧词上产生一个新义来指称这个新事物或新现象；当客观世界的某事物消失时，则指称该事物的语义也会随之消亡。因此，"走"义的演变与客观世界有着密切的联系。

客观世界对"走"义演变的影响主要体现在社会的经济、政治、文化和科技发展等方面。[9]247

1. 社会经济发展因素

以"（车船等）运行"义项的产生为例：随着经济的发展，社会生产力逐步提高，一些新的生产资料开始被创造出来并逐步投入使用当中。车船等工具虽在先秦时期就已经出现，但直到两宋时期才开始被大众化地使用，宋元时期城市经济的发展使得车船等交通工具的使用率大大提高，车船运行的运动状态被类比成人的行走，由此"走"出现了"（车船等）运行"义。

2. 社会政治发展因素

以"逃跑"义项的产生为例：战国时期，社会政治动荡不安，各诸侯国内外战乱频繁。在战争中，兵败者为了求生而逃跑，在朝堂内，各国一些政治家则选择逃亡的方式来避开危险的政治局面。[15]18由此，"走"出现了"逃跑"义。

3. 社会文化发展因素

以"供役使的人；仆"义项的产生为例：古代等级社会把人分为三六九等，地位相对高的人是主，地位相对低的人是仆。这种等级现象的存在给"走"产生"仆"义提供了客观前提。到了现代社会，人与人之间的等级关系作为文化糟粕被时代抛弃，"走"的"供役使的人；仆"义也在现代汉语中逐渐消失。

4. 社会科技发展因素

以"（机械仪表等）运转"义项的产生为例：明清时期，随着社会经济的发展，科技实力得到很大的提高，许多精密的机械仪表得以被制造和使用，如故宫就珍藏了许多精致的宫廷钟械和钟表，到了民国时期，钟表的使用开始在大众中流行。由此，"走"出现了"（机械仪表等）运转"义，用人行走的运动状态来类比钟表等机械的运转。

（二）主观世界原因

由于语言是思维的工具，语言中的词是人们对客观世界的主观反映，"走"义的演变除了与客观世界相关之外，还与人的主观认识密切相关。这就是说，人的认知思维是影响"走"义演变的重要原因之一。

隐喻认知和转喻认知是人类重要的两大思维方式。

1. 隐喻认知因素

隐喻不仅是一种语言现象，更是人类理解世界的一种感知和形成概念的思维工具，在人类的范畴化、概念结构、思维推理的形成过程中起着关键作用。[16]97

由于隐喻的产生和理解根植于人的身体经验，人们认识事物总是从自身的行为出发，以自我为中心，然后引申到外界事物、空间、时间、性质等方面，遵循着由远及近、由实体到非实体、由具体到抽象的认知规律。因此，隐喻思维的本质就是通过一件事物去认识另一件事物，即人们对源域与目标域两者之间关系的一种认知映射，而这种认知映射是基于对源域事物与目标域事物之间的相似性来建立的。所以，相似性是构成隐喻的基础。[16]98

因为相似性是隐喻产生的基石，所以"走"的本义通过"相似联想"而产生的转义及其转义通过"相似联想"而产生的新转义就是人的隐喻认知的结果。

2. 转喻认知因素

转喻不仅是一种语言现象，也是一种认知现象。"隐喻是基于相似性原则的跨域映射，而转喻是建立在邻近性原则的基础上，体现同一认知域中两个概念或元素的相关性。"[17]34人的认知总是更多地注意最突出、最容易记忆和理解的特征，因此就出现了用凸显、易感知、易记忆、易辨认的部分代替整体或其他部分，或用具有完整感知的整体代替部分的认知现象。[17]34

"走"义的"相关引申"就是人的转喻认知的结果。如"走"的本义"奔跑"通过相关联想引申出转义"前往",这是见于"动词—动词"的转喻。"奔跑"和"前往"很明显都是向着一定的方向做位移运动,只是"前往"在"奔跑"的基础上更侧重于方向性。所以"奔跑"是"前往"蕴含的一个意义特征,可以用本义为"奔跑"的"走"来代替"前往"这种运动状态。又如"走"的本义"奔跑"通过相关联想引申出转义"供役使的人;仆",这是见于"动词—名词"的转喻。在人们的认知中,供役使的人常处在不断奔走劳作的运动状态之中,因此就用"奔走劳作"这一突出特征来指称"供役使的人",所以"走"引申出"供役使的人;仆"义。

(三)语言自身机制原因

"走"义的演变除了受外部的客观世界和人的主观世界影响之外,还离不开语言自身的各种因素的制约和影响。也就是说,语言的自身机制是"走"义演变的内部动因。

语言具有模糊性,因此"走"义能引申发展出多个义项。

由于在人类的语言中,许多语词所表达的概念的外延都没有精确的边界,所以语言具有模糊性。语言的模糊性使得它具有一定的弹性而能将语义所概括的对象的某一特征加以突出和延伸,这就使得它能够兼表与本义所指称的客观现实相联系的其他事物或现象,从而产生了新义和多义。[18]63正是因为"走"所表达的概念的外延没有精确的边界,所以具有产生新的义项和兼表多义的弹性。

以本义"奔跑"的语义模糊性为例,"奔跑"的基本义素有 [人或动物] [用脚] [迅速] [向前移动]。由于义素 [向前移动] 没有指明是面向哪个确切方位或目的地的"向前移动",所以当 [向前移动] 被限制在特定的目的地时,该义素就变成了 [向一定方向移动],于是就产生出"前往"义。当 [向前移动] 的目的地倾向特定的人(所在的位置)的时候,该义素就变成了 [向某人移动],于是就产生了"趋向;归附"义。当 [向前移动] 的目的地限制为 [向安全地点移动],且在此基础上凸显 [移动] 的原因是 [为了避免危难] 时,"奔跑"由此引申出"逃跑"义。当主体 [人或动物] 被限制为 [人] + [骑马] 时,"奔跑"就引申出"驰骋"义。当义素 [迅速] 所表示的速度逐渐消减为零的时候,该义素消失,就产生了"行走"义。

结　语

"走"义的演变分历时层面的演变和在语境中的共时变化。本文旨在通过对"走"义的历时演变进行个案分析，探讨"走"义演变的途径和动因。

相似引申、相关引申和虚化引申是"走"义演变的三个途径。

"奔跑→趋向/归附→拜谒/趋奉→奉献/赠奉""前往→通向；通达""行走；步行→（亲友间）走动；来往""行走；步行→移动""行走；步行 →（车船等）运行""行走；步行→（机械仪表等）运转""奔跑→流动；滚动→流行；传布"和"奔跑→排泄→泄漏"都是基于前后两者运动状态的相似点产生的相似引申。

"奔跑→车轮""奔跑→兽类"和"奔跑→供役使的人/仆"都是由动作行为引申为与之相关的名物的相关引申。

"奔跑→前往""奔跑→逃跑""奔跑→行走；步行→起立；站起→起床""奔跑→驰骋"和"驱逐/使溃逃→叱人离开"都是具有包容与被包容关系的相关引申。"离开→丧失；失去"和"移动→变动；改变"都是具有因果关系的相关引申。"叱人离开→离开"是主体构成施受关系的相关引申。"逃跑→驱逐/使溃逃"是具有正反关系的相关引申。

"经由/由/从"则是"前往"虚化引申的结果。

语言中的词是人们对客观世界的主观反映。因此，客观世界的社会经济、政治、文化和科技发展的影响与人的主观世界的隐喻和转喻认知的思维作用是"走"义演变的外在动因，而语言自身的模糊性特点是"走"义演变的内在动因。

参考文献

[1] 吴福祥. 汉语语义演变研究的回顾与前瞻［J］. 古汉语研究，2015（4）.

[2] 白云. "走"词义系统的历时与共时比较研究［J］. 山西大学学报（哲学社会科学版），2007（2）.

[3] 周敬旻. "行""走"的历时考查［J］. 广西科技师范学院学报，2016，31（1）.

[4] 杨克定. 关于动词"走"行义的产生问题［J］. 东岳论丛，1994，15（3）.

[5] 汤可敬. 说文解字今释：上［M］. 长沙：岳麓书社，2001.

［6］汉语大词典编辑委员会. 汉语大词典：缩印本［Z］. 上海：汉语大词典出版社，1997.

［7］汉语大字典编辑委员会. 汉语大字典：第 2 版［Z］. 武汉：湖北长江出版集团，崇文书局，成都：四川出版集团，四川辞书出版社，2010.

［8］中国社会科学院语言研究所词典编辑室. 现代汉语词典：第 6 版［Z］. 北京：商务印书馆，2012.

［9］徐朝华. 上古汉语词汇史［M］. 北京：商务印书馆，2003.

［10］陈殿玺. 试探词义引申的途径和方式［J］. 古汉语研究，1994（A1）.

［11］方平权. 汉语词义引申类型研究回顾与述评［J］. 湛江师范学院学报，2006，27（5）.

［12］钱宗武，朱淑华. 词义借代修辞引申的理据和类型［J］. 扬州大学学报（人文社会科学版），2004，8（4）.

［13］蒋绍愚. 古汉语词汇纲要［M］. 北京：商务印书馆，2005.

［14］白云. 论常用动词虚化程度的等级性——以"吃""打""看""听""走"的虚化为例［J］. 语文研究，2007（3）.

［15］刘小艺. 汉语动词词义演变及对外汉语教学［D］. 成都：四川师范大学，2014.

［16］孙毅. 认知隐喻学多维度跨域研究［M］. 北京：北京大学出版社，2013.

［17］张绍全. 词义演变的动因与认知机制［J］. 外语学刊，2010（1）.

［18］陈荣岚. 词义引申新探［J］. 厦门大学学报（哲学社会科学版），1989（1）.

附录：

（1）奔跑。汉《史记·赵世家》："老臣病足，曾不能疾走。"

（2）至；到。汉《史记·陈涉世家》："秦左右校复攻陈，下之。吕将军走，收兵复聚。"

（3）奔跑。晋《三国志·三嗣主传》："诸儿大惊，或走告大人。"

（4）前往。晋《三国志·诸葛滕二孙濮阳传》："若鱼之走渊。"

（5）逃跑。晋《三国志·吴主传》："祖挺身亡走。"

（6）趋向；归附。晋《三国志·程黄韩蒋周陈董甘浚徐潘丁传》："宁厨卜儿曾有过，走投吕蒙。"

（7）至；到。晋《三国志·刘繇太史慈士燮传》："融将男女万口，马三千匹，走广陵，广陵太守待以宾礼。"

（8）供役使的人；仆。晋《三国志·钟繇华歆王朗传》："执金吾从骑六百，走卒倍焉。"

（9）驱逐；使溃逃。晋《三国志·周瑜鲁肃吕蒙传》："然观操军船舰首尾相持，可烧而走之。"

（10）奔跑。南朝梁《宋书·本纪第一》："将被执，单骑走，追斩之。"

（11）前往。南朝梁《宋书·本纪第一》："玄收略得二千余人，挟天子走江陵。"

（12）逃跑。南朝梁《宋书·本纪第一》："刘牢之复率众东征，恩退走。"

（13）至；到。南朝梁《宋书·志第十五》："走交州，交州刺史杜慧度斩之。"

（14）兽类。南朝梁《宋书·志第十二》："夷山填谷，平林涤薮。张罗万里，尽其飞走。"

（15）驱逐；使溃逃。南朝梁《宋书·本纪第一》："高祖命辅国将军诸葛长民击走之。"

（16）行走；步行。南朝民歌《读曲歌八十九首》："语我不游行，常常走巷路。"

（17）驰骋。南朝梁《宋书·志第十二》："走马行酒醴，驱车布肉盆。"

（18）奔跑。唐《对酒》："棘生石虎殿，鹿走姑苏台。"

（19）前往。《全唐文·卷一百六十一》："遣人存问，见辄走林草自匿云。"

（20）趋向；归附。《全唐文·卷一百十九》："其青州城下兵士，有走投入贼城者，并令指挥杀戮。"

（21）兽类。《全唐文·卷三》："禽荒馨于飞走。"

（22）供役使的人；仆。唐《董逃行》："城门四走公卿士，走劝刘虞作天子。"

（23）行走；步行。《敦煌变文集·新书卷·六秋胡变文》："走入堂中，跪拜阿娘。"

（24）起立；站起。唐《法苑珠林》："射己麞倒而复走起。"

（25）起床。唐《霍小玉传》："生惶遽走起，绕幔数匝，倏然不见。"

（26）前往。宋《新五代史·南唐世家第二》："景遣人怀蜡丸书走契丹求救。"

（27）趋向；归附。宋《新五代史·杂传第三十》："乃走投韬，韬斩其首以献。"

（28）至；到。宋《新五代史·梁家人传第一》："太祖怒甚，……后闻之，不及履，走庭中持友裕泣曰……"

（29）兽类。宋《朱子语类·性理一》："草木都是得阴气，走飞都是得阳气。"

（30）驱逐；使溃逃。宋《新唐书·本纪第二》："使其昼见旌旗，夜闻钲鼓，以为大至，则可不击而走之。"

（31）离开。宋《太平广记·神仙十六》："子春不胜其愧，掩面而走。"

（32）驰骋。宋《太平广记·神仙十二》："各走马逐之不及。"

（33）拜谒；趋奉。宋《五灯会元·卷二》："自尔江左学徒，皆奔走门下。"

（34）起立；站起。宋《太平广记·妖怪八》"朗走起擒之，绕屋不及。"

（35）奔跑。元《赵氏孤儿大报仇》："某放了神獒，赶着赵盾绕殿而走。"

（36）前往。元《宋史·列传第三十五》："知古与知府郭载及属官走东川。"

（37）逃跑。元《汉宫秋》："我得空逃走了，无处投奔。"

（38）至；到。元《宋史·志第一百二十六》："昨奉诏遍走平江府、常州……"

（39）叱人离开。元《赵盼儿风月救风尘》："〔正旦云〕走、走、走！"

（40）离开。元《裴少俊墙头马上》："若夫人问时，说个谎道，不知怎么走了。"

（41）行走；步行。元《西华山陈抟高卧》："我与你到竹桥边走一会何如？"

（42）驰骋。元《幽闺记》："〔外〕使臣走马到家门。"

（43）拜谒；趋奉。元《宋史·列传第五十四》："以先生、处士自名，……内结权幸，外走州邑。"

（44）排泄。元《宋史·志第四十九》："水无走泄者赏，水未应而辄开闸者罚。"

（45）奔跑。明《菜根谭·闲话》："狐眠败砌，兔走荒台。"

（46）前往。明《白沙全集·卷一》："当自永丰东走金陵。"

（47）趋向；归附。《明儒学案·江右王门学案七》："已乃走拜先生。"

（48）至；到。明《白沙全集·卷一》："候以仕为学政，暇必走白沙。"

（49）离开。明《警世通言·卷六》："酒保见开了门，撒了手便走。"

（50）流动；滚动。明《本草纲目·草部》："妇女血气游走作痛及腰痛。"

（51）驰骋。明《元史·志第五十五》："诸驱车走马，……"

（52）拜谒；趋奉。明《白沙全集·卷四》："某……凡于公卿之门，惟知尊敬尽礼而已，不敢随众奔走。"

（53）前往。清《儒林外史·第十二回》："愚弟兄却要自走一遭，须有几时耽搁，不得到萧山去，为之奈何？"

（54）逃跑。清《红楼梦·第四回》："凶身主仆已皆逃走，无有踪迹。"

（55）供役使的人；仆。清《红楼梦·第二回》："亦断不至为走卒健仆，甘遭庸夫驱制。"

（56）行走；步行。清《红楼梦·第一回》："不觉朦胧中走至一处，不辨是何地方。"

（57）流动；滚动。清《红楼梦·第三十三回》："那泪更似走珠一般滚了下来。"

（58）驰骋。清《红楼梦·第四回》："终日惟有斗鸡走马，游山玩水而已。"

（59）起立；站起。明《东度记》："陡然本慧跳钻走起。"

（60）奉献；赠奉。元《宋史·志第九十三》："玉帛走诸侯。"

（61）变动；改变。元《宋史·志第三十五》："无圭表以测日景长短，……去年测验太阴亏食，……使更点乍疾乍徐，随景走弄。"

（62）驱使；派遣。元《宋史·志第一百三十六》："大商刺知精好之处，日夜走僮使赍券诣官。"

（63）（亲友间）走动；来往。元《杜蕊娘智赏金线池》："再到蕊娘家去走一遭。"

（64）经由；由；从。元《宋史·列传第二百九》"城东北门围未合，可走常熟入临安也。"

（65）泄漏。元《望江亭中秋切鱼会》："走了消息。"

（66）驱使；派遣。清《埋忧集·续集卷一》："秋泉适治某贵人疾……子乃复走仆秋泉所。"

新媒体环境下《南方都市报》奥运报道变化研究

——以 2008 年、2012 年和 2016 年奥运会为例

林炜航[①]　龙黎飞[②]

摘要： 本文通过收集《南方都市报》（以下简称南都）在 2008 年、2012 年和 2016 年的奥运报道，从版面、内容等方面分析南都体育新闻报道的变化。通过这三届奥运会的报道，我们能够清晰地看到南都在新媒体环境下，从纸媒体育版鼎盛时期走向转型的脉络，从全方位提供消息转向提供精品、深度、独家内容的过程。南都体育走出一条可行之路，纸媒体育版能够通过提供深度报道、关注人文信息、发展数据新闻、注重本土新闻以及融合各媒介职能等方式，继续在新媒体环境中拥有一席之地。

关键词：《南方都市报》；奥运报道；体育新闻

前　言

2016 年 12 月，清华大学传媒经济与管理研究中心研究员陈国权编写的《中国报业 2016 发展报告》写道，2015 年与 2011 年相比，报纸行业广告额累计降幅已经达 55%。2016 年情况也不容乐观，2016 年上半年报纸广告的花费同比下降 41.4%，广告资源量同比下滑了 40%。[1]传统报业以广告为主要收入来源，如今广告收入断崖式下降，国内纸媒的生存状况确实不乐观。

这时，《南方都市报》给"纸媒寒冬"送来一阵暖风。2016 年 10 月 12 日南都在微信公众号称其 9 月 30 日的广告营业额达到 3 000 万元人民币。尽管这一数字包括了非当天刊登的报纸广告及户外、新媒体等渠道的

---

①　林炜航，男，广东海洋大学文学与新闻传播学院新闻学专业 2013 级本科生。

②　龙黎飞，女，广东海洋大学文学与新闻传播学院讲师。

收入，但 3 000 万元的营业额还是引起了热议。纸媒如何在新媒体环境中继续生存并且保持广告营业额，南都逐渐找到了可行的方法。

南都体育一直是南都新闻矩阵里不可或缺的一员。如今体育爱好者不需要等待报纸出版就能知道最新鲜的新闻事实。在广告收入下降的情况下，纸媒撤销体育版的做法本属正常，然而南都的体育版至今仍在为读者服务，这表明不论是报社还是读者，都还需要它。

2014 年，南都体育版曾刊出题为"报纸还需不需要体育新闻?"的文章，南都足球记者丰臻说："把精力放到那些值得深挖的新闻中，体育版面如果用心做内容供应商，就能够永远存在。"[2]

这些年来，南都体育致力于做好内容的供应商这一角色，如今已经形成独特的报道风格，使体育新闻在演进过程中形成娱乐化的发展模式，这种模式也符合现阶段主流媒体的发展趋势。[3] 在新媒体冲击下，南都体育新闻不断求变，以迎合新媒体时代读者的口味。我们能从南都对最近三届奥运会的报道中看到明显的变化。

每四年一届的奥运会是体育界的盛事，各地体育媒体都会派出最好的记者，使用最吸引读者的方式进行报道。纸媒体育报道的变化将被放大。本文选择南都对 2008 年、2012 年和 2016 年三届奥运会的报道进行对比，观察其中发生的变化。

在 2008 年，纸媒依然是国内最主流的文字媒介，南都每天的版面能达到 100 个，奥运会期间体育版能达到近 20 个，代表着纸媒发展的鼎盛时期。不过，随着门户网站的壮大，微博、微信等媒介异军突起，报纸不再是人们接收文字信息的主要载体。因此，从这三届奥运会中，我们能清晰地看到南都体育版从鼎盛时期走向转型的脉络。

一、《南方都市报》奥运报道变化

南都在每一届奥运会开始前就为奥运预热，通过报纸专题报道奥运会上发生的重要新闻事件。作为影响力较大的都市类报纸，南都在奥运会期间派出的记者总能采集第一手信息，透过不同视角报道奥运资讯，让其奥运报道有更多研究价值。

本文统计了南都三届奥运报道的版面和稿件，发现其奥运报道方向从 2008 年开始随着媒介环境的变化而变化。下文将通过数据，从版面、体裁和稿源等方面探究南都奥运报道的改变。

（一）版面变化

1. 版面数量明显减少

本文从中国国家图书馆数字图书馆和奥一网收集到南都三届奥运报道的报纸版面，选取在比赛期间出版、含有与奥运会相关内容的版面，其中包括头版、社论版、导读、体育版以及奥运副刊。

根据统计，如图1所示，南都2008年18天的奥运报道共有352个版面，平均每天有19.6个版面与奥运会相关；到2012年，同样是18天的奥运报道，总版面减少至236个，平均每天13.1个；而在2016年，南都在奥运会期间的19天报道缩减至99个版面，平均每天5.2个。

在新媒体发展的环境下，南都奥运报道的版面数量在减少，在稿件数量上开始往"精致"发展。南都不再为受众提供全面的信息，而将版面留给更深度的文章，在后面我们将详细分析其奥运报道内容上的变化。

（单位：个）

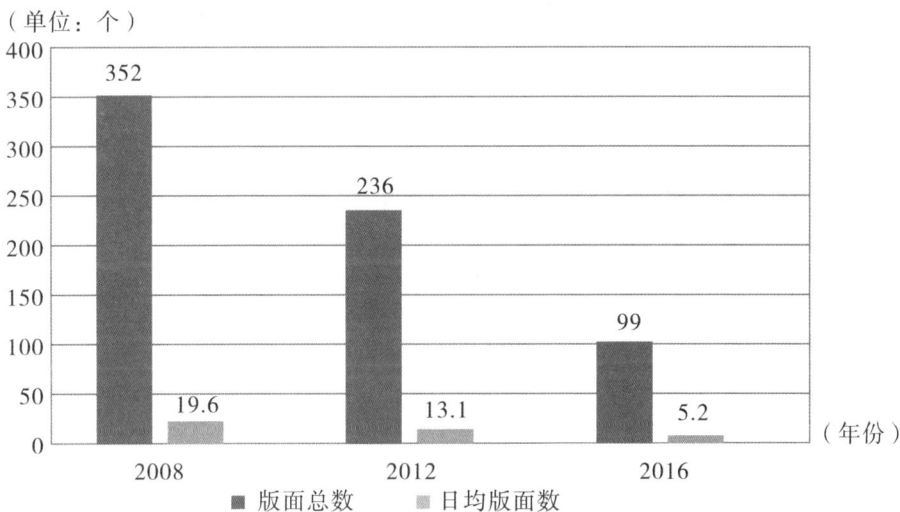

图1　2008—2016年南都奥运报道版面数量变化

2. 版面形式更为简洁宽松

南都在2012年奥运会后，版面整体留白更多。其实，对比2008年奥运会与2012年奥运会的版面，后者已经开始营造更多空间。本文从三届奥运会中随机选取18个版面（每届随机选取6个）进行比较，从版面的字符、图片分析南都如何在版面上营造更多空间的效果。

图2　2008年奥运报道版面

图3　2012年奥运报道版面

图4　2016 年奥运报道版面

（1）标题字体加粗效果减弱。

2008 年和 2012 年南都奥运报道的字体加粗效果更为明显。到 2016 年，字体加粗效果减弱。字体不同形态在版面上会产生不同的视觉效果，南都在 2008 年与 2012 年使用的字体强势效果明显，但同时也带来拥挤的感觉。2016 年更"瘦"的字体让版面看上去更宽松。

（2）字体颜色变淡。

南都版面留白更多，不只是版面内容减少，还通过调整字体颜色营造视觉"错觉"。如图5、图6、图7 所示，相比起 2008 年和 2012 年，2016 年标题的颜色从纯黑色变成灰黑色。此外，2016 年奥运报道版面的正文字体颜色也随之变淡，与标题、小标题之间的差别更明显。

纯度高的黑色在版面上给人以厚重、密集的视觉感受，而纯度较低的灰黑色质感更轻盈。通过比较三届奥运报道，南都在使用灰黑色字体后，营造了留白更多的感觉。

"老奇葩"终开花

图 5　2008 年标题字体

赢得你,输了世界又何妨

图 6　2012 年标题字体

这届学霸,到底行不行?

图 7　2016 年标题字体

（3）基本栏数变化更灵活，字数减少。

南都 2008 年奥运报道版面的基本栏一般设置为 5 栏，只有极少数情况会呈现 4 栏；2012 年基本栏数在 4 ~ 5 栏；2016 年奥运报道对基本栏数的选择更灵活，根据不同版面需要，基本栏数在 3 ~ 5 栏。由于南都的版心大小几乎没有变化，所以栏数减少，呈现的视觉效果更宽松。

南都 2016 年奥运报道版面还通过减少基本栏字数增加留白空间。2008 年和 2012 年，南都奥运报道版面基本栏为 5 栏时，每一行字数为 17 字。而 2016 年在基本栏为 5 栏的情况下，每一行字数为 14 字。这意味着，2016 年的南都版面承载的字符数量更少，留白的空间也更多。

（4）不规则图形运用更多。

图 8　2008 年（左）、2012 年（中）和 2016 年（右）奥运会"林李大战"报道版面

相比纯文字，报纸版面上的图片更能吸引读者注意。在 2008 年奥运报道中，南都主要使用正方形图片。随后两届奥运报道，南都对不规则图形的使用有所增加。规则图形看起来比较稳定、有秩序，给人踏实的感觉，可以产生一种自觉的信任感；不规则图形看起来比较轻松、动感比较强，给人一种柔美、生动的感觉。[6]

以三届奥运会对"林李大战"的报道为例，南都在 2012 年以及 2016 年奥运报道中使用了不规则图形。虽然规则的图形更容易形成强势效果，但不规则图形却给读者带来视觉趣味。同时，版面文字不会完全围绕不规则图形，由于图片中多余部分被删除，版面上空白也相应增加。

(二) 内容变化

1. 稿件体裁变化——纸媒寻求第二落点

本文将收集得来的 1 693 篇奥运报道分为消息、通讯、评论、专访、深度报道、花絮性报道、简讯、图片新闻、记者手记、特写、述评、数据新闻以及其他体裁十三个体裁类型。

其中，花絮性报道指以轻松、幽默的笔触对新闻事件的某一侧面做出报道。[7]而其他体裁主要包括背景资料、纯数据以及从网络内容变体而来的文章等。如 2008 年奥运报道中的《一声叹息送给中国足球》，用拼音字母选出 26 个北京奥运会足球赛事关键字；2016 年的《哲学家在里约 游泳界"泥石流"傅园慧自述》则是网络变体的文章。

前文业已提及，南都三届奥运报道的版面逐渐减少。受到版面限制，南都在版面上刊登的新闻稿件数量也相继减少，2008 年共发 1 068 篇稿件，2012 年急剧下降到 461 篇，在 2016 年奥运会，报纸版面上只刊发了 164 篇。

稿件数量统计

	2008 年（篇）	占比（%）	2012 年（篇）	占比（%）	2016 年（篇）	占比（%）
消息	767	71.8	280	60.7	98	59.8
通讯	34	3.2	17	3.7	9	5.5
评论	44	4.1	66	14.3	12	7.3
专访	41	3.8	4	0.9	0	
深度报道	8	0.7	24	5.2	9	5.5

（续上表）

	2008 年（篇）	占比（%）	2012 年（篇）	占比（%）	2016 年（篇）	占比（%）
花絮性报道	39	3.7	36	7.8	14	8.5
简讯	40	3.7	4	0.9	2	1.2
图片新闻	21	2.0	3	0.7	5	3.0
记者手记	2	0.2	0		2	1.2
特写	11	1.0	0		0	
述评	39	3.7	17	3.7	7	4.3
数据新闻	1	0.1	0		4	2.4
其他体裁	19	1.8	10	2.2	2	1.2
缺失原文	2	0.2	0		0	
稿件总数	1 068		461		164	

（1）受新媒体影响消息占比下降。

由上表可见，数量变化最大的为消息，稿件占比从 2008 年的 71.8% 下降到 2016 年的 59.8%。2008 年，国内纸媒处于发展的鼎盛时期。南都在 2007 年扩版后，2008 年奥运报道日均版面为 19.6 个，有大量版面刊登奥运会各类报道。因此当时南都的奥运报道策略为"大包围"，平均每天 42 篇消息稿件足以涵盖当天所有重大信息，如中国健儿的突破、外国选手的惊艳表现等。

不过，在 2008 年后，新媒体迅速发展，到 2012 年，传统媒体对信息的首发优势不再。消息这种典型新闻体裁对时效性要求较高，门户网站、微博、微信等手机 App 在发布速度上占有绝对优势，所以到了 2012 年，南都奥运报道的消息占比下降了 11.1%。2016 年奥运会时相对稳定，毕竟消息仍然是报纸新闻体裁中最重要的一种，南都作为综合性报纸，仍然需要通过消息为普通读者提供最基础的信息。

变化较大的还有评论和专访。在新媒体发展环境下，纸媒仍然具有很强的公信力，所以南都在 2012 年奥运报道中，每天都用一个版面供记者们发表评论。不过随着版面减少，到 2016 年时取消了这一做法。另外，以问答式呈现的专访显得枯燥，缺少细节，现在记者更喜欢将专访的内容融入文章里写成通讯或深度报道。

（2）纸媒寻找"第二、第三落点"。

失去速度优势后，纸媒比以往更关注赛场以外的信息，寻找第二落点甚至第三落点。从2008年到2016年，南都在奥运报道上的通讯、深度报道的比例都有所上升。

2008年的奥运报道，南都发布的消息大多关于比赛和成绩。但是在新媒体发展后，纸媒为了吸引读者，开始发挥自身信息采集的优势，深挖题材寻找独家材料，将目光放在赛场之外。

2012年开始，南都奥运报道增加了反映当地人文的内容，如《在音乐的河流中，在莎士比亚名作的光辉中，伦敦奥运开幕式告诉你：一条工业革命的强国之路》。在博尔特的比赛后，南都不只是关注成绩，更刊发一篇名为"9秒63博尔特以破奥运会纪录的成绩成功卫冕'男飞人' 这位演员为什么跑这么快？"的通讯，剖析博尔特笑傲田径场的原因。

到2016年，南都奥运报道中通讯和深度报道的占比继续上升。由于里约奥运会开始前，人们对巴西的真实情况不太了解，因此南都特派记者在当地通过调查为民众释疑，刊出如《无需奥运刺激 里约自带运动基因》《罢工？抗议？他们都玩腻了》等报道。而与比赛相关的信息，特派记者也有展开调查，就泳池水颜色改变写了《没有什么大不了 一汪碧池也很好》的深度报道。

此外，南都在奥运会上的花絮性报道在2012年伦敦奥运会后的占比也保持稳定。2012年的花絮性报道占比增加4.1%。其中有《谁替"邦女郎"跳下飞机？英女王伊丽莎白二世参与奥运开幕式前后》等关于开幕式的花边，也有《水球，不是水里打的马球》这类非赛况类文章。到了2016年，虽然花絮性报道不多，占比却达到8.5%，其中包括《自行车队"花木兰、穆桂英"爆红，设计出自广州 高中生暑假想出抢镜头盔》这样与广州读者贴近的文章。

（3）紧跟数据新闻"潮流"。

南都在2015年成立了数据新闻工作室，力图构建更科学更长远的数据新闻立体框架。[8]2016年，南都更启动了民调中心。南都民调中心是南都报系与中山大学三个院系的民调领域联手打造的舆情新通道，目的是及时追踪社会热点，关注公共话题，整合媒体资源，传递公众声音。[9]

数据新闻工作室和民调中心帮助南都体育版在2016年里约奥运报道中策划了4期数据新闻报道：《里约奥运谁最受关注 林丹宁泽涛人气最高》《奥运生长线第1期 刷田径纪录有多难》《奥运生长线第2期 田径争霸非洲可否"逆袭"美国？》和《奥运夺金战中的"黄金年龄" 花季当游泳 而立能打枪》。里约奥运会数据新闻占报道总数的2.4%，为三届奥会之最。

数据新闻已经成为值得全世界新闻编辑室研究的趋势，近年来已经有不少精英媒体、新闻教育者和其他利益集团参与到数据新闻的浪潮中。[10]因此南都也适时地在奥运报道中引入数据新闻，通过数据可视化、数据分析等手段发掘数据背后的故事，为受众提供看奥运的另一个角度。如在《里约奥运谁最受关注　林丹宁泽涛人气最高》一文中，南都记者除了呈现数据，还揭示数据背后中国不放弃对金牌的追求也不对金牌过分苛求的体育强国心态。[11]

（4）专题报道内容更多样。

新闻专题报道是针对一个新闻题材所进行的有一定深度的报道，强调新闻事实的典型意义、指导意义，与社会公众的重大关系，更注重报道内容的丰富性，以及表现手法的多样化。[12]奥运报道就属于重大体育事件的专题报道，随着南都转向提供通讯、深度报道、花絮性报道、数据新闻等非赛况类信息，奥运报道的内容更加多样。

2008 年北京奥运会，南都将赛况、运动员背景、运动员亲人感受等稿件进行组合，形成奥运会期间的常规性选题。从 2012 年开始，南都奥运报道开始挖掘非常规选题，如针对伦敦奥运会多位选手在赛场落泪而写的《两行泪，五种味》，因里约奥运会中国军团表现变化而写的《不只谈论金牌时，我们还谈论什么　细节说明中国代表团画风真的变了》等。当然，也有前文提及的关于当地人文和运动员生活方面的内容，以及从数据中提取难以察觉的信息。

另外，从 2008 年奥运报道开始，南都已经意识到互联网的发展，并设置了一个版面名为"网吧"，从网络摘取受众热议的内容。到 2012 年，南都的奥运报道同样开设了与网络内容相关的版面，名为"观花"，并加入微博网友的留言。2016 年则有更多整合网络新闻而写成的稿件，也有从网络内容中变体而来的文章。

2. 稿件来源变化——自产稿件占比增加

虽然三届奥运报道中南都的稿件总数量都在减少，由南都记者、编辑创作的稿件占比却逐年上升。2008 年北京奥运会时，南都大量引用外来稿件，包括新华社、中新社、捷报奥运联盟等，只有约 53.1% 的稿件属于南都原创。2012 年伦敦奥运会，这一数字上升至 69.4%，2016 年更是达到79.9%，绝大部分稿件属于"南都制造"。

在版面减少的环境下，南都率先考虑将版面位置留给自己的采编团队。新华社、中新社等内容供应商的稿件能被大部分媒体采用，而自产的稿件很可能就是独家新闻和独家观点。由此能看出，南都的奥运报道希望发掘更多深度、独家的信息，靠内容吸引读者。

（单位：篇）

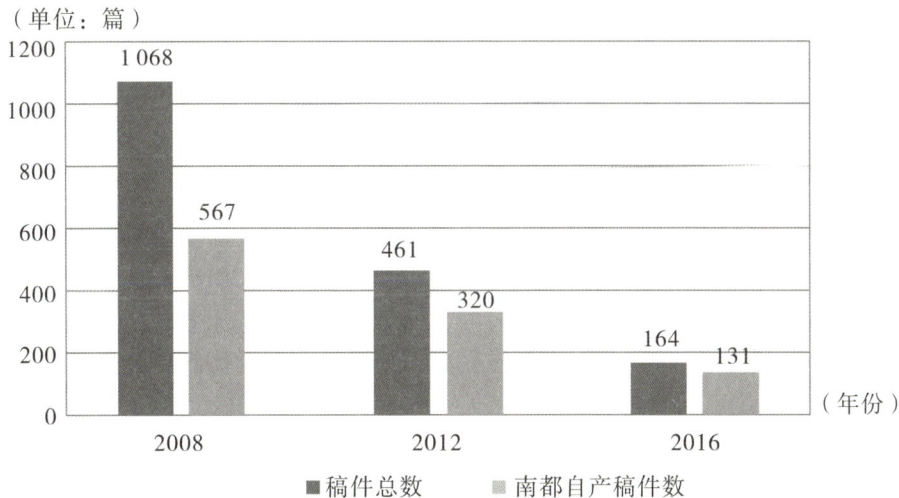

图9　南都稿件与稿件总数对比

二、《南方都市报》奥运报道变化原因

（一）南都定位向"精品""深度"发展

一份报纸的定位决定了它的发展走向，也影响其内容的变化，南都也不例外。从2007年开始，南都经历了7次改版，分别是2007年、2008年、2009年、2012年、2014年和2015年（两次）。其中涉及整体版面、定位的改版有5次，在奥运会前的改版2次（2008年奥运会和2016年奥运会前），奥运会后改版1次（2012年奥运会后）。

2007年4月，南都扩充版面（平均每天在100版以上），看重内容采编，打造新闻上的强媒体，以全方位的区域信息进行读者争夺。[13]当时互联网新闻还处于发展阶段，报纸仍在信息传递方面占据强势地位，因此南都2008年奥运报道是最近三届奥运报道中版面最多的一次。

2012年伦敦奥运会前，南都两次改版都与体育版无关，也没有涉及定位的改变。反而在伦敦奥运会后，南都意识到新媒体对传统媒体的冲击越来越大，在当年8月底启动改版计划：整体版面留白增多，左右页边距增宽，上下页边距变窄；栏目之间的边距留白变大，版面规划更整齐，也符合80后、90后读者对小清新元素的追求。[13]这次改版可以视为南都纸媒寻求新出路的起点，此后定位不断向精简、精致的方向发展。报纸上的新闻寻求第二、第三落点，多是深度、观察、述评、解释、梳理性报道。[14]

2014 年至 2015 年，南都经历三次改版。2014 年 6 月 16 日，改版口号为：更慢更优雅阅读，强调慢阅读、深阅读、精阅读。2015 年 3 月 31 日，南都将读者定义为"用户"，将更多内容转移到新媒体产品，腾出更多空间增加特色版面，并恢复深度版，发布独家调查报道。到 2015 年 10 月 12日，南都在两年内第三次改版，定位为：精英，精致，精品，提供更多独家新闻以及独特版面。

南都追求"精品""深度"的改版方向，影响了 2016 年里约奥运报道。特派里约记者丰臻在里约撰写的文章大多不是关于比赛，而是提供了更多关于当地人文的内容。纵观三届奥运报道，南都的体育新闻报道角度随着报纸定位不同而改变。

（二）移动端是读者获取信息的主要渠道

南都在三届奥运报道中的改变，源于新媒体对传统媒体的冲击。新媒体是相对于传统媒体而言的，如今新媒体的传播渠道主要基于互联网、无线通信网、数字广播电视网和卫星通信网。[15]如门户网站、博客、微博、微信等为大众所熟悉的新媒体，都是基于互联网。

2017 年 1 月 22 日，中国互联网络信息中心（CNNIC）发布《第 39 次中国互联网络发展状况统计报告》（以下简称《报告》）。《报告》称使用互联网获取信息的用户规模稳定增长：截至 2016 年 12 月，我国网络新闻用户规模增长 6.14 亿，年增长率为 8.8%，网民使用比例达到 84%。其中手机网络新闻用户规模达到 5.71 亿，年增长率为 18.6%。[16]

可见，绝大多数网民有使用互联网获取新闻的习惯，而其中很大部分是使用手机获得所需信息。互联网快速、碎片化的阅读方式已为受众所习惯，报纸在信息传递速度和便携性上无法与移动端相比。移动端已经成为大部分消息的首发平台，特别是追求速度的体育新闻，过去报纸刊登比分和赛况的职能已被取代。纸媒要生存必须转变思维。南都的做法是不完全追求速度而更求深度，体育新闻也不例外，其变化也在奥运报道中体现出来。

（三）版面减少后内容需要更精致

随着新媒体首发新闻和全方位发布新闻的职能日益增强，我国报纸的整体发行量和阅读率急剧下滑，特别是都市报类，2015 年零售发行量下滑50.8%。[17]根据报纸"二次售卖"理论，发行量下降势必影响广告额。

南都在 2016 年宣称 9 月 30 日广告营业额达到 3 000 万元人民币，但这一数字与纸媒巅峰时期仍有差距——这才是南都全年的第一个广告营业额高峰。南都移动媒体的负责人李阳也承认："广告营业额肯定没有以前那么好，大环境对谁都是有影响的。"[18] 所以，纸媒广告收入下降是不争的事实，减少版面也有利于削减成本。加上纸媒对消息的刊登量减少，版面需求也相应减少。在这种情况下，更需要精选最好的内容供读者阅读，这一点同样体现在体育新闻上。因此南都奥运报道逐渐从提供大量消息转为增加通讯、深度报道、花絮性报道、数字新闻等的比例，提供独家、深度的信息。

（四）生活节奏加快需迅速捕获眼球

现代城市生活节奏快，受众平时无暇阅读过多文字。要迅速捕获读者眼球，需要用最短时间让他们接收到最感兴趣的信息。在 2016 年南都奥运报道中，正文字体颜色与标题字体颜色反差加大，图片也裁剪出最重要的部分，加快读者识别速度。

相比起花哨、复杂的设计，如今极简主义风格更讨喜。与其说极简主义是一种艺术流派，倒不如说它是一种审美方式和生活态度，在这个物欲横流的时代，人们多在追求华丽、复杂的美感，极简主义却反其道而行之，关注材料和功能本身的美感，为当今社会注入一种纯粹简约、静逸舒适的艺术力量。[19]

因此，南都的报纸版面也尽量变得简洁。通过对字体粗细、数量、颜色以及图片的调整，使版面看上去更简单、明快。

三、新媒体环境下纸媒体育报道如何发展

通过比较南都二届奥运报道，可以发现南都体育新闻在朝着"深度""精致"发展，也顺应新闻发展潮流增加了数据新闻数量。通过分析南都奥运报道这些变化，我们能够总结出在新媒体环境下，纸媒体育报道的发展方向。

（一）为读者提供深度阅读素材

网络体育新闻早已不再局限于只报道竞技体育新闻，其视角开始触及体育新闻中社会性和娱乐性更强的信息，网络体育新闻正在逐步走向娱乐化。[20] 早在 2014 年，体育新闻娱乐化的观点已经出现，如今这种趋势尤甚。随着新媒体发展，不论纸媒还是网络媒体都注重娱乐化。适度的娱乐

化可以使体育新闻更生动有趣，但也有不少媒体在这一浪潮中演变得过度娱乐化，这一点须谨慎。

在美国新闻史上，黄色新闻曾经泛滥一时，但最终还是被严肃的深度报道所取代，这一事实也有力地说明了娱乐化、色情化只是体育新闻发展中一时的趋势。[21]2005 年，高举娱乐体育新闻大旗的《南方体育》就以停刊收场。

纸媒的速度、容量都是短板，更需要为读者精选能"慢下来"思考的内容。纸媒体育新闻依旧可以通过通讯、深度报道等形式，以优质的内容吸引读者，引导读者思考。如在里约奥运会泳池水变绿事件上，南都外派到里约的记者所写的《没有什么大不了　一汪碧池也很好》适时解答了民众的疑惑；在宁泽涛成绩未如国人期待时，《是时候摘掉看宁泽涛的有"色"眼镜了》一文引导民众理性看待选手的表现。

（二）关注比赛之外的人文信息

南都作为综合类报纸，面向的群体为普罗大众，所以体育新闻报道不能过于专业，否则难以引起大部分受众的兴趣。综合类报纸体育新闻需要发掘赛事背后的故事，提供人文类内容，即比赛中与人类社会相关的文化现象。这样的体育新闻才能贴近读者的生活。

2016 年里约奥运会，宫金杰和钟天使获得场地自行车女子团体竞速赛金牌。若南都在写了消息后，再用三分之二的版面分析二人的技术、战术等专业内容，大部分受众会觉得枯燥。但是，南都采访了宫、钟二人头盔的设计者——广州的一个设计团队，并得知头盔设计的来龙去脉，刊出一条对受众来说更有趣的新闻。

（三）促进媒介融合，新媒体各司其职

前文业已提及，目前使用互联网获取新闻的用户逐年增加，通过门户网站、微博、微信等新媒体接收信息已经成为日常。报社要继续存活必须转型，促进媒介融合是不少纸媒工作者的共识。

报纸和网站是互补的，各有优势。网络传播的快速、海量以及互动性等特点是纸质媒体所欠缺的。而报纸的优势则是深度整合和权威性，为受众引导舆论方向，发出主流声音。[22]南都在 2006 年就推出奥一网。2009年后随着微博、微信崛起，南都也开始对部分内容进行调整。

2016 年南都的奥运报道方式，就是将动态信息放到官方微博上，配上图片、动图等，形式比在报纸上发布更生动。微信公众号"赛点"则承担

两个功能：部分原创文章首发；整合花絮内容、网友调侃的文章，为读者提供娱乐化的体育新闻。而南都自媒体 App 上不仅有南都记者原创的奥运会文章，还有自媒体发表的意见。报纸则腾出更多版面，在刊发热点消息外加入更多深度文章。

（四）发展体育数据新闻

数据新闻是新闻发展的趋势，作为新闻报道的一个分支，体育新闻也需要顺应这一潮流。大数据时代下的体育新闻，媒体的竞争也主要转向了对数据的分析和呈现。[23]体育新闻与数据分不开，赛场上的比分、成绩等都是简单的体育数据，这些数据组织起来能够呈现另外的故事。

2016 年里约奥运会，南都有意识地增加了数据新闻。《奥运生长线第 1 期 刷田径纪录有多难》一文中，除了呈现数据和选手成绩，还说出成绩背后关于田径选手打破纪录的故事。所有数据最终通过可视化图表展现出来，吸引读者之余还让数据一目了然。

（五）重视地区性体育新闻

接近性是衡量新闻价值的重要标准之一。在互联网时代，大型的新媒体通常只关注国际级、国家级的体育事件。网易体育、腾讯体育、新浪体育等网站，主页上都是欧洲五大联赛、中超联赛、美国男子职业篮球联赛（NBA）的新闻，地区性体育新闻则难寻踪迹。这些新媒体面向的是全国的受众，地区性选题较难突出。

中国地方性报纸较多，在当地也有一定影响力，更多地关注地区性体育新闻是纸媒发展的一个方向，即便在奥运报道上也不例外。南都在 2016 年奥运报道中，在宫金杰和钟天使夺金后找到设计头盔的广州团队，还在广州游泳女将刘湘参赛前将她的报道放到头版。这些题材是其他地区报纸和放眼全国的新媒体不会做的，而本土的新媒体影响力自然没有传统纸媒这么大。

结　语

本文立足《南方都市报》2008 年北京奥运会、2012 年伦敦奥运会以及 2016 年里约奥运会的报道，从版面、稿件类型和稿源等方面探讨纸媒体育新闻的发展和变化。

2008 年奥运报道注重消息的传播；2012 年娱乐化内容、花絮性报道有所增加，同时整合网络内容进行报道；到 2016 年，在慢阅读的风格影响下，南都体育新闻增加通讯、深度报道，为读者提供更多第一手资讯，同时运用新成立的南都数据新闻工作室制作体育数据新闻，符合主流媒体的发展趋势。

新媒体的到来对传统媒体造成巨大冲击，从通过互联网获取新闻人数的增加、纸媒销量的下降等数据就能看出。在未来，纸媒和纸媒体育新闻报道或许还会减少，但没有消失的时候。比起网络媒体，纸媒依然拥有优势。从南都体育新闻的发展可见，纸媒能凭借通讯、深度报道吸引读者，通过记者调查发现更多第一手材料写就独家新闻。这是纸媒需要做的，也是纸媒体育新闻必须呈现的。

也许某一天报纸这个载体真的会消失，但如果纸媒能成为深度体育新闻的供应商，那么它的核心就存活下来了。

参考文献

［1］陈国权. 中国报业 2016 发展报告［R］. 报业转型，2016.

［2］丰臻. 报纸还需要体育新闻吗？［N］. 南方都市报，2014 – 11 – 24（GB03）.

［3］张丽娟. 南方都市报体育新闻的策划与报道风格［J］. 新闻战线，2015（1）.

［4］张霭珠，陈力君. 定量分析方法［M］. 上海：复旦大学出版社，2003.

［5］风笑天. 社会性研究方法［M］. 北京：中国人民大学出版社，2009.

［6］马语泽. 基于视觉心理学的版式设计分析及应用［D］. 沈阳：沈阳师范大学，2016.

［7］张英. 体育新闻报道［M］. 杭州：浙江大学出版社，2007.

［8］邹莹. 数据可以做什么［N/OL］.［2016 – 07 – 08］. http://www. nfmedia. com/cmzj/cmyj/cxb/201505/t20150528_366878. htm.

［9］贺蓓. 南都报系与中大打造舆情新通道［N］. 南方都市报，2014 – 11 – 18（A08）.

［10］Juliette De Maeyer, Manon Libert, David Domingo, Fran? ois Heinderyckx, Florence Le Cam. Waiting for Data Journalism［J］. Digital Journalism,2015,3(3).

［11］文轶然. 里约奥运谁最受关注 林丹宁泽涛人气最高［N］. 南方都市报，2016 – 08 – 11（A24）.

［12］黄嘉莉. 广州报纸新闻专题报道的策划与调控研究［D］. 广州：暨南大学，2006.

［13］王婧妮. 新世纪《南方都市报》改版初探［D］. 广州：暨南大学，2013.

［14］南方都市报. 南都二十年变革创新不断［N］. 南方都市报，2015 － 12 － 29（A14）.

［15］熊波. 新媒体时代中国电视产业发展研究［D］. 武汉：武汉大学，2013.

［16］中国互联网信息中心. 第 39 次中国互联网络发展状况统计报告［R］. 北京：中央网络安全和信息化领导小组办公室，国家互联网信息办公室，中国互联网信息中心，2017.

［17］崔保国. 中国传媒产业发展报告（2016）［M］. 北京：社会科学文献出版社，2016.

［18］二维酱. 纸媒寒冬报纸断崖？南方都市报说，一天 3000 万的营业额还只算小高峰［OL］. 南昌：江西新媒体联盟，［2016 － 10 － 22］. http://sanwen. net/a/swqtgpo. html.

［19］张天爽，汪兰川. 论极简主义风格平面设计的表现手法［J］. 设计，2015（19）.

［20］杨卓敏. 人民网体育新闻报道特点探析［D］. 沈阳：沈阳体育学院，2014.

［21］李强新. 都市报体育新闻生存困境与突围［D］. 济南：山东师范大学，2013.

［22］周爱华. 新媒体环境下传统报纸的困境与发展策略——以《人民日报》《南方都市报》为例［D］. 北京：北京邮电大学，2014.

［23］张晓斌. 数据可视化在体育新闻报道中的应用［D］. 武汉：武汉体育学院，2015.

粤语电视民生新闻类节目的
同质化研究

陈艳芳①　徐海玲②

摘要：粤语电视民生新闻类节目是广东地区许多电视台的"宠儿"，其良好的收视率为电视台带来了丰厚的市场回报，但同质化现象严重。由于电视台片面追求收视率，致使民生新闻类节目存在受众定位、新闻选题、报道角度、主持人风格等雷同现象。同质化现象是对新闻丰富性和多样性的损害，也是对有限的新闻资源的浪费，长此以往，容易导致民生新闻低俗化，影响其创新和可持续发展。民生新闻要避免同质化竞争，就要走个性化、差异化路线，在节目定位、内容、形式、新闻表达方式、主持人风格以及节目品牌上建立差异点，进行差异化经营。

关键词：粤语民生新闻；同质化；差异化经营

前　言

　　1988 年广播电影电视部（今国家新闻出版广播电影电视总局）批准珠江频道和广州频道使用粤语播出节目。粤语是中国七大方言之一，以珠江三角洲为分布中心，在广东省近 8 000 万本地人口中，粤语使用人数就接近 4 000 万。因而，在广东采用粤语播报新闻则更能体现民生化，而且也更通俗易懂，也使得节目更具亲和力。而民生新闻恰恰是以平民的视角去关注和报道老百姓身边的人和事，为老百姓排忧解难，若将这种新闻形式与当地老百姓日常使用的粤语相结合，将会更受老百姓的喜爱，带来更好的传播效果，从而为电视台赢得丰厚的市场回报。因而广东省各级电视台也纷纷着力打造自己的粤语民生新闻类节目，使得同一地区相同的时段内、同一电视台不同频道都有多档民生新闻类节目播出。例如，广州电视台新闻频道和综合频道分别推出了《新闻日日睇》和《广视新闻》，广东

---

　　① 陈艳芳，女，广东海洋大学文学与新闻传播学院新闻学专业 2013 级本科生。
　　② 徐海玲，女，广东海洋大学文学与新闻传播学院讲师。

电视台珠江频道推出了《今日关注》和《珠江新闻眼》，公共频道推出了《DV 现场》，广东南方卫视（TVS2）也相继推出了《城事特搜》《今日最新闻》和《讲开又讲》。随着众多粤语民生新闻类节目的推出，各节目间的竞争愈加激烈，同质化现象严重，这成了粤语电视民生新闻类节日发展过程中不容忽视的问题。

一、粤语电视民生新闻及同质化的界定

对粤语电视民生新闻的定义，都是建立在民生新闻定义的基础之上的，但目前学界对民生新闻的定义众说纷纭，没有一个清晰的标准定义。

朱寿桐在《民生新闻概论》一书中，把民生新闻定义为反映民众生活的新闻。结合这一定义，粤语电视民生新闻就是用粤语播报的反映民众生活的新闻。

在朱寿桐对民生新闻定义的基础上，再具体结合"新闻样式说"对民生新闻的定义，那么粤语电视民生新闻是指采用平民的视角，站在百姓的立场，用粤语去播报平民百姓喜闻乐见的新闻，评说百姓关心的事情，并为百姓排忧解难，从而体现出社会主义媒体对百姓的人文关怀，是一种以大众为收视对象的新闻样式。[1]

所谓同质化，就是无特色，无差异，在内容、形式、品质、技术含量等方面表现出趋同化。[2] 而粤语电视民生新闻的同质化，表现为在受众定位上都以低收入人群和弱势群体作为节目的目标受众；新闻选材和报道角度上雷同；主持人的主持风格相似。

二、同质化现象出现的原因

目前，在粤语电视民生新闻中，同质化现象严重，造成这一现象的原因有：

（一）片面追求收视率

电视台片面追求收视率，是同质化现象出现的根本原因。为提高收视率，一些电视台便大量制作民生新闻，以提高民生新闻所占比重，但往往是只求数量，不重质量，缺乏特色，同质化现象严重。广州电视台、广东电视台和广东南方卫视三家媒体就推出了 8 档粤语民生新闻类节目，当观众在收看这类新闻节目的时候，就容易产生一种似曾相识的感觉：事件相同，人物雷同，缺乏特色。

（二）内容缺乏深度挖掘

对于一些有较大新闻价值的事件反映得不够充分，仅仅只是对该事件的表面现象进行报道，缺少对新闻背景、细节等内容的深度挖掘，没有为观众提供他们真正想要知道的信息。比如《讲开又讲》在对"小学招生，要家长用手机做题，而且还要求家长是本科学历"这一事件的报道中，观众只看到了学生家长们的焦虑，也听到了不少家长的抱怨，却没有把这种考试的目的和利弊关系交代清楚。这样只是简单地报道某个新闻事件，没有对事件进行深入挖掘，忽视了事件本身具有的新闻价值。

（三）采编者对民生新闻理解狭隘

在一些民生新闻采编者看来，民生新闻强调的就应该是老百姓的日常生活，就是生活琐事和各种奇闻逸事，把民生新闻和时政新闻对立起来，把一些稍微具有社会意义或者比较严肃的新闻一律看成是时政新闻，他们认为这不属于民生新闻，因此不能予以报道。于是，民生新闻的报道就成了市民生活小事、奇事、怪事、丑事的客观记录。[3] 好在近年来这种情况稍微得到了一些改善，民生新闻类节目中也出现了一些与百姓生活息息相关的"时政新闻"报道，但对"小民生"新闻事件的报道仍占主导地位。

粤语电视民生新闻同质化现象损害了民生新闻的丰富性和多样性，而且造成了同类型节目之间的无序竞争，也是一种对新闻资源和媒体资源的浪费，还容易导致新闻内容的低俗化。这势必影响粤语电视民生新闻的可持续发展。

三、破解同质化的途径

当下，粤语电视民生新闻类节目的同质化现象阻碍了节目模式的发展创新，因而亟须打破这一现象。传播学者喻国明认为，在媒介渠道过剩的时代，传媒影响力很大程度上来自于信息的附加值。因此，民生新闻在节目制作时应尽量去同求异，寻找和建立差异点，由差异点产生附加值。[4]走个性化、差异化路线是破解民生新闻同质化的根本途径。

（一）定位差异化

差异化定位是减少甚至杜绝新闻重复报道的前提条件，也是媒体创造特色、体现个性，提高传播效果，提高核心竞争力的必然要求。[5]民生新闻的受众具有层次性和多样性的特征，节目的定位应以受众为导向，进行差异化定位。近年来，为避免粤语民生新闻类节目之间的恶性竞争，广东省的一些同城媒体已经对这类节目的内容进行了差异化定位，这有效增强了节目的可看性和竞争力。如广东电视台公共频道《DV 现场》就侧重于现场报道，其拥有专业的 DV 新闻记者队伍，在接到群众报料后立马赶赴第一现场报道，为观众带来最直接、最原汁原味的画面和声音。有的则侧重对新闻事件进行评论，如《今日最新闻》秉承"你有你观点，佢有佢睇法"的节目理念，用幽默诙谐的言语和独到尖锐的观点报道并点评百姓身边发生的事情。而《新闻日日睇》则偏向于服务性，例如对"G4 落力帮"品牌的打造。这种差异化定位能避免同类型节目间的正面冲突，形成独特的节目特色，有效避免节目同质化。

（二）内容形式差异化

传播学者喻国明认为，如果不能在媒介过剩的时代做到"先声夺人"，就要在"做足文章"上下功夫，以此提升节目的附加值。因此，在粤语民生新闻类节目林立的情况下，应在内容上下足功夫，提升内容的附加值，摆脱低端竞争的旋涡，从同质化的竞争中脱颖而出。首先在内容上拓展新闻题材，除了关注老百姓身边的人和事之外，还应关注那些与百姓生活直接相关的政策资讯、经济发展等国家大事。不局限在一些"小市民""世俗化"的题材上，努力从"小民生"理念向"大民生"理念转变。其次在形式上向深度报道发展。缺乏对新闻背景等细节内容的深度挖掘，是造成民生新闻同质化的因素之一。因而，把民生新闻报道往深度报道的方向发展，深入挖掘、剖析事件发生的原因、背景、细节等，揭示事件的实质和意义，对一些比较有价值的新闻，努力去挖掘其背后的新闻，将新闻与政治、经济、文化、道德、法律等联系起来，这也是其摆脱共性、凸显个性的　种方式。

（三）新闻表达差异化

受地域性和平民化视角的影响，多个民生新闻节目间往往要共享有限的新闻资源。为了避免雷同，各栏目就需要对同一新闻事件的报道做到个性化，这主要可以从叙述方式、解读信息的视角等方面建立差异点。比如同样是报道儿童不慎在公园内落水溺亡的新闻事件，有的会以家长监管不到位为视角、有的以公园的安全措施不到位为视角、有的以小孩缺乏安全意识为视角，每个不同的视角都是差异点，由差异点增加附加值。此外，在叙述方式上形成自身的个性，可以采用故事化的叙述方式，把事情的来龙去脉、前因后果、发展中的一些细节以及人物的心理展现出来，这样会让观众觉得更有人情味。也可以采用第一人称目击者的角度来叙事，这种体验式的叙事方式，可以带来比较强的现场感，可信度也比较高。采用不同的新闻表达方式，往往会带来不一样的节目效果。

（四）主持人风格差异化

一个优秀的新闻节目，必然离不开一个优秀的节目主持人，打造个性化的节目主持人，是摆脱共性、彰显个性的快捷方式。[6]各民生新闻类节目间竞争激烈，同质化现象严重，其操作方式和表达方式都可以复制，但主持人作为一个有血有肉的独立个体，代表着节目的形象，具有不可复制性。倘若节目主持人能具有自己独特的主持风格，或风趣幽默，或理性深沉，或感性亲和，这都可以为观众提供独特的信息附加值。

（五）品牌差异化

节目品牌与节目的影响力息息相关，未来媒体间的竞争将是品牌的竞争。打造自己的个性化品牌，可以从节目名称、节目标识、节目理念、节目口号以及主持人风格等方面进行独特的个性化包装，展现出自己独特的品牌特征。一个独特的节目品牌，往往更容易让观众记住它，有助于提高节目的认知度。有的时候，观众选择的就是你的"品牌"，这也是对节目收视率的一种贡献。

结　语

在激烈的媒体竞争中，粤语电视民生新闻类节目立足本土，汲取地域精华，以方言的形式播新闻，这是区别于其他节目的文化标签，为节目创造了竞争优势。但由于民生化和本土化的局限，加之电视台片面追求收视率，粤语电视民生新闻出现了同质化问题，大量内容、形式雷同的新闻出现在同城各大电视台的民生新闻类节目里，这对新闻资源和媒体资源是一种浪费，也容易让观众产生排斥心理，影响节目收视效果。面对这一问题，在电视民生新闻类节目竞争日趋激烈的今天，采取另辟蹊径的差异化战略是媒体竞争的第一原则。[7]在节目定位、内容形式、主持人风格和节目品牌上构建差异点，用差异点提高节目的附加值，进而提高节目收视率，方可促进粤语电视民生新闻类节目的可持续发展。

参考文献

［1］李娟. 湘粤电视民生新闻发展比较研究——以《经视播报》《今日一线》为例［D］. 广州：广州大学，2013.

［2］张璐芳. 电视民生新闻及其同质化问题［J］. 信阳师范学院学报（哲学社会科学版），2010，30（5）.

［3］关鑫. 浅议民生新闻同质化及破解途径［J］. 采写编，2012（1）.

［4］赖丞兴. 民生新闻如何避免同质化竞争［J］. 声屏世界，2011（4）.

［5］李智彦. 关于民生新闻同质化的思考［J］. 台州学院学报，2010，32（5）.

［6］辛文娟. 从民生新闻看省级电视台发展的突破方向［D］. 兰州：兰州大学，2006.

［7］李芸. 解读电视民生新闻的差异化策略［D］. 合肥：安徽大学，2007.

网络直播平台对大学生的受众分析
——基于广东海洋大学的问卷调查

何绮珊①　　吕云虹②

摘要： 随着人们交流的方式多样化，基于流媒体技术的网络直播平台应运而生。网络直播平台作为一种无门槛的新兴网络传播途径，已经成为人们讨论和关注的焦点。2016年更是被称为"中国网络直播元年"。网络直播具有参与门槛低、内容丰富多样、交互性强、用户体验真实和碎片化传播等特点。大学生作为网络直播的主要受众群体，对其的研究是一个空白领域。本文结合社会学与传播学理论知识，采用问卷调查法和参与观察法，主要从结构、行为和心理三个层面对网络直播平台对大学生的影响进行分析。研究发现：受众的结构特点为年轻化、偏男性化；行为特点为主动性、伴随性和私密性；心理状态主要集中在寻找娱乐、逃避现实和追求现场感的满足。通过研究，了解使用网络直播平台的大学生的整体面貌，为如何合理地引导受众使用网络直播平台提供一些理论基础。

关键词： 网络直播平台；大学生；行为；受众分析

前　言

随着光纤、4G网络信号的普遍覆盖，智能手机的更新换代以及互联网技术的不断发展，人们交流的方式更多样化，在这样的背景下，基于流媒体技术的网络直播平台应运而生。网络直播平台作为一种无门槛的新兴网络传播途径，已经成为人们讨论和关注的焦点。2016年更是被称为"中国网络直播元年"。根据中国互联网络信息中心发布的《第38次中国互联网络发展状况统计报告》，直到2016年6月，网络直播平台的用户规模已达32 476万，网民使用率为45.8%，接近一半网民关注网络直播，表明我国网络直播平台的受众群体数量是庞大的。[1]此外，艾媒咨询《2016年中国

---

①　何绮珊，女，广东海洋大学文学与新闻传播学院编辑出版专业2013级本科生。
②　吕云虹，女，广东海洋大学文学与新闻传播学院新闻与传播系讲师。

在线直播行业分析报告》指出，2015 年我国直播平台的数量接近 200 家，大型的直播平台每日高峰时段同时在线人数接近 400 万，同一时间段进行直播的房间数量超过 3 000 个[2]，2016 年更是呈现井喷式增长。各项数据表明，这是一个全民直播的时代，观看网络直播成为青年群体的一种日常活动。

麦克卢汉在他的代表作《理解媒介》中提出，任何一种新兴媒介都对人类事务的尺度、进度和标准产生影响，新的媒介创造的新环境又会很大程度上影响人们的生活和思维方式，改变受众的感觉的比例和感知的图式。[3]在移动互联网背景下衍生出来的网络直播平台，受众是否愿意接受？哪些因素影响受众的喜爱程度？受众对于网络直播平台的使用习惯是怎样的？使用网络直播平台会对受众产生哪些影响呢？这些问题都是本文研究的内容。希望本文能够为网络直播平台的发展提供一些借鉴意义，同时对于如何合理地引导受众使用网络直播平台提供一些理论基础。最后了解使用网络直播平台的大学生的整体面貌，并对网络直播平台的未来发展提出一些思考。

我国现代意义上的网络直播最初是 2009 年由"YY 语音"衍生出来的"YY 直播"。它由具有语音交流功能的"YY 语音"演变为结合了唱歌、聊天等众多功能的直播平台。以中国知网全文数据库收录的论文作为来源，以"篇名"为检索项，以"网络直播"为检索词，选择全部期刊，年限选择从 2009 年到 2017 年，共检索到 1 884 篇文章。由于本文所讲的网络直播是指由直播客户端、直播网页端以及管理后台构成的网络互动直播，因此传统意义上复杂的大型电视直播技术不在本文研究范围。从前人论文的研究方向来看，可分为以下四个类别。

第一，前期大多数文献都是关于作为网络直播的子频道——游戏直播，分析其运营和盈利模式。例如孟轶在《网络游戏直播平台的传播学刍议》中，阐述了网络游戏直播兴起的原因，然后分析网络游戏直播平台的传播特点，尽管作者的研究主体是网络游戏直播平台，但是游戏直播作为网络直播的子频道，其中一些传播特点与网络直播平台有异曲同工之妙。[4]刘青在《网络游戏直播平台现状概述》中也提到游戏直播是网络直播的先行产物。

第二，以道德和法律为切入点，对直播平台发布低俗内容这一现象进行分析。随着网络直播的盛行，一些弊端逐渐暴露，较多学者针对这一现象进行批判和思考，例如（《泛娱乐化时代网络直播平台热潮下的冷思考》《网络直播热的冷思考——"网络直播"现象的伦理探讨》）中都提到当前网络直播的色情内容存在消极的影响，需要道德的约束和法律的规范。

第三，对网络直播的受众进行分析。观众作为接受的主体，并不是被动的，而是有选择性地主动接触网络直播。不少学者开始关注受众的心理和行为层面，这也是笔者探讨网络直播对大学生的影响的一个重要的文献支撑基础。《孤独与狂欢：基于网络直播用户的心理和行为分析》《网络直播平台受众的心理特征分析》都提到网络直播受众的共同心理特点：寻求认同、寻找慰藉、追求现场感、满足消费心理。

第四，对于网络直播平台发展方式的探究。网络直播作为一个方兴未艾的传播方式，在未来很长一段时间仍旧会在人们娱乐生活中占据重要的一部分，许多学者针对这一方面对其发展方式进行探究，譬如赵倩倩在《从网络直播角度浅谈新媒体发展趋势——以映客直播为例》中探讨了网络直播的发展趋势、传播内容、平台特点和管理方面的内容，并且提出了可操作性的建议：实名制和制定相关法律法规。[5]

网络直播作为这几年来一种新兴的传播方式，目前对它的研究在传播学领域尚处萌芽状态，大多数学者都针对其发展模式或存在的问题进行研究，关于网络直播平台的受众层面的研究则相对较少，大学生作为网络直播的主要受众群体，对其的研究仍是一个空白领域。因此，本文结合社会学与传播学理论知识，主要从结构、行为和心理三个层面对网络直播平台对大学生的影响进行分析，以此探讨网络直播平台这一新兴传播方式对受众产生的影响，以及使用网络直播平台的受众的特点。

受制于样本规模，调查问卷的样本选择存在抽样误差，可能无法全面反映大学生群体对于网络直播平台的使用情况。

一、网络直播平台简述

（一）网络直播平台的含义

根据百度百科的解释，网络直播是可以同一时间通过互联网系统在不同的交流平台观看影片的方式。本文所研究的是"网络互动直播"，属于"网络直播"的大范畴，由直播客户端、直播网页端以及管理后台构成。[6] 网络直播平台则是一种新兴网络视听即时交流平台，通常是由网络视频服务商提供的一个互联网直播平台，主播通过视频录制工具，在平台上进行各种直播活动，而观看的受众既可以通过弹幕与主播互动，又可以通过购买虚拟道具进行打赏。传统复杂的大型电视直播技术已经转变为方便快捷的个人直播。

（二）网络直播平台的特征

（1）参与门槛低。

这表现在受众与传播者两方面。首先，基于网络传输技术的不断升级发展和智能手机的普及，媒介可选择性增多。其次，不同于传统的专业培训的电视主持人，网络主播们的出身更为"草根化"，只需在网络直播平台上进行简单的登记审核就可以成为主播。只要敢大胆秀自己，有特色有吸引力，就能凭借一部手机或一台电脑足不出户实现自己的"明星梦"，同时通过 QQ 群、微信、微博等社交平台建立自己的粉丝群和粉丝互动，提高人气。

（2）内容丰富多样，目标受众明确。

网络直播产业的火热和可观的发展前景，吸引越来越多的企业来切分这个大蛋糕，激烈的行业竞争也使得各个网络直播平台需要突出自己的特点，才能脱颖而出。比如 YY 直播、战旗 TV 主攻游戏爱好者，而花椒直播则具有强明星属性。此外，即使是同一平台，也有类型多样的直播内容，以 bilibili 网站的直播为例，其内容分区包括"唱见舞见""生活娱乐""绘画专区""御宅文化""电子竞技""手游直播""放映厅"等，能够满足各种小众用户的观看需求。

（3）即时交流，交互性强。

典型的社交平台如微博、微信，通过评论、留言等方式进行双方沟通，难免具有延时性和间接性。网络直播正是弥补了传统社交平台的劣势，实现传播主体与受众"一对多"即时交流的模式。在直播中，观众可以购买虚拟道具给主播送礼物，主播也可以根据粉丝们的反馈即时互动。另外，网络直播还融入当前流行的弹幕文化，使得双向互动更直观快捷，用户可以通过实时评论与主播或网友进行互动，营造一种具有聚集性的社区氛围。

（4）真实的用户体验。

媒介发展经历了从文字时代到图片时代再到视频时代的变化历程，反映了人们对媒介使用更趋向视觉化，注重真实感。网络直播相对于传统的网络视频，没有经过一系列的加工剪辑等步骤，把主播们真实的一面展示给屏幕前的观众，产生一种面对面的真实感，使传受双方的关系更加紧密。同时，随着 VR 和 AR 等技术的发展和引入，网络直播的用户体验将更具沉浸感与参与感，享受更优质、更新鲜的用户体验。

（5）碎片化传播。

在这个信息爆炸的时代，每天都有新的信息产生，信息量不断扩大，更多的信息被分裂，耐性降低的受众更倾向于把注意力集中在短小的音像视频。并且多数网络直播节目没有固定的播放时间，直播平台只规定主播们每月播出时间达到固定数量即可，而观众大多也是利用闲散时间随机观看。网络直播的受众娱乐化、非正式、非制度化的使用行为使得碎片化传播在网络直播平台得以体现和发展。[7]

二、受众问卷调查表的设计理念和数据收集

（一）受众问卷调查表的设计理念

本问卷旨在分析我国网络直播平台对大学生的影响。由于广东海洋大学是广东省重点学科建设项目的高校之一，是一所以海洋和水产为特色、多个学科共同发展的综合性大学，因此选取广东海洋大学主校区的本科学生为抽样框，采用分层抽样和随机抽样相结合的方法，调查结果具有参考价值。在数据收集上是以"问卷星"的电子问卷方式在线上线下共同完成此次问卷调查。线上调查是指通过网络链接分享给调查对象填写，而线下调查是通过打印问卷的二维码，面对面接触调查对象，事前确认其身份，再让其扫码进行答题。

全校共 17 个本科学院，77 个专业，四个年级，基于每个班最少一份，最多三份的大原则，将每次调查过的专业都进行登记，排除已调查过的专业再进行调查。基于这个大原则调查了 60% 的在校生，剩下 40% 分别在主楼、钟海楼、图书馆、体育馆、饭堂等地点进行随机抽样，抽样前先确定学生的学院及专业，结合先前的抽样记录进行筛选。5 天共收回问卷 515份。由于部分调查对象填写的"专业"不属于我校的专业或者填写模糊得出 5 份无效问卷，因此本次问卷调查的有效问卷总数为 510 份，有效回收率为 99%。

问卷设计共分为三个部分，第一部分是关于调查对象的基本资料，例如性别、年级、学历、地区等。第二部分通过调查受众是否看过网络直播来确定本文调查对象，并对看过网络直播的受众群进行关于其使用情况的调查。第三部分是调查受众对网络直播的态度和建议，其中分为看过网络直播的研究对象和没看过网络直播的调查对象。

（二）受众问卷调查表的数据收集

1. 受众的基本信息描述

510 份有效问卷中，调查对象的基本信息见表 1。

表 1　样本分布（$N=510$）

受访者属性	频率（个）	人数（人）	比例（%）
性别	男	280	54.90
	女	230	45.10
年级	大一	115	22.55
	大二	175	34.31
	大三	115	22.55
	大四	105	20.59
地区	城市	203	39.80
	农村	307	60.20
是否看过网络直播	没有	214	41.96
	有	296	58.04

在所有被调查者中，有 214 人表示没看过网络直播，在追问他们不看的原因中，72.6% 表示不感兴趣，13.24% 表示浪费时间，12.33% 表示不了解，还有 1.83% 的人选择了其他原因。但是看过网络直播的调查对象超过了一半，有 296 人，这也表明网络直播作为一种新兴产物，它的受众渗透率仍在成长阶段，并且已经获得大部分受众认可。

其中看过网络直播的调查对象的基本信息见表 2。

表 2　样本分布（$N=296$）

受访者属性	频率（个）	人数（人）	比例（%）
性别	男	193	65.20
	女	103	34.80

（续上表）

受访者属性	频率（个）	人数（人）	比例（%）
年级	大一	71	23.99
	大二	80	27.03
	大三	75	25.34
	大四	70	23.65
地区	城市	123	41.55
	农村	173	58.45
接触时间	大学阶段	177	59.80
	高中阶段	55	18.58
	高中以前	44	14.86
	不记得/不清楚	20	6.76

从表2中可发现：

（1）男生占比超一半。

在使用网络直播平台的受众群中，女性有103人，占34.80%；男性193人，占65.20%。使用网络直播平台的男大学生略多于女大学生，说明网络直播在男大学生中更受欢迎。

（2）年级分布均匀。

在年级分布上，各个年级的比例相差不大，这与大学生年龄相近的特点有关，因此年级对于使用网络直播平台的影响不大。

（3）城乡比例差异不明显。

在地区上，可以看到城市地区的受众有123人，占41.55%，农村地区的受众有173人，占58.45%，略多于城市地区，但二者差异不大。

（4）多数大学生在上大学之后才开始接触网络直播。

由于难以划分受众接触网络直播的时间段，因此采用填空题的方式。根据调查结果，在大学阶段接触的有177人，其中有81人指明是在2016年才开始接触；表明高中阶段接触的有55人；表示高中之前就开始接触的有44人；其余20人表示"不记得"或"不清楚"。从中可以看出多数大学生是上大学之后才开始接触网络直播，而"2016年开始接触"的人占据了很大的比例。

综上所述，大学生中使用网络直播平台的受众以男大学生居多，各个年级均有分布，较多来自农村，大多数大学生在上大学之后才开始接触网络直播平台，与近年来网络直播的兴起时间相近。

2．受众的媒介使用习惯描述

从表3可以看出受众的情况如下：

（1）随机选择平台。

在使用网络直播平台的受众群中，有45.95%的被调查者观看网络直播平台的数量有三个以上，而"只有固定一个"和"两个"平台的比例分别为24.32%和29.73%，说明大多数受众没有固定的观看平台，对平台的选择随意性较高。

（2）被动式接触。

在网络直播平台的获知渠道上，有56.76%的被调查者表示通过网络接触网络直播，而在"其他"选项上很多被调查者补充说明是通过微博、视频网站接触，这些其实也属于"网络"的涵盖范围；有23.31%的受众表示是通过"朋友推荐"，而通过广告渠道获知的受众仅有6.76%。

（3）使用频次。

在网络直播平台的使用频次上，选择"每周1~2次"频率的受众人数为199人，占六成以上，"每周3~4次"的占14.19%，"每周5~6次"的占5.41%，仅有13.18%的受众每周会使用"6次以上"。

（4）观看持续时间较短。

在观看时间上，超六成的受众每次观看网络直播的时间在1小时内，"1~2小时"的比例为29.39%，只有9人表示每次观看网络直播的时间在3小时以上。

（5）媒介选择倾向于PC电脑。

在观看客户端上，超一半的受众选择PC电脑客户端，而手机客户端也有43.24%，平板电脑占比较少。

（6）伴随性较强。

在被问及"你在看网络直播时还会做些什么"时，近一半的被调查者选择"吃东西/喝东西"，而"工作/写作业"和"发弹幕，实时讨论"也是他们在看直播时常做的行为，分别占比16.89%和14.53%。

（7）私密性高。

在观看语境上，超过八成的被调查者选择"自己一个人看"，也有10.14%的受众会"几个人聚在一起看"。

（8）消费模式单一。

对于在网络直播平台上的消费情况，超过七成的受众表示"没消费过，且也不愿意在此消费"，仅有 5 人表示"消费过，且经常消费"。而表示消费过的人数总共有 31 人，而随后的题目中对这 31 人追问关于"消费的额度"，29 人表示每月消费金额不超过 100 元。

综上所述，使用网络直播平台的受众没有固定的平台选择，每周使用频次较少，观看时间也较短，使用电脑和手机客户端的用户比例接近。大多数受众会自己一个人观看，并且有吃东西或喝东西的行为。而对于网络直播打赏等消费，大部分受众表示不愿意消费，少数消费过的受众的消费金额也不高。

表 3　样本分布（$N = 296$）

受访者属性	频率（个）	人数（人）	比例（%）
观看平台数量	只有固定一个	72	24.32
	两个	88	29.73
	三个以上	136	45.95
获知渠道	朋友推荐	69	23.31
	广告	20	6.76
	网络	168	56.76
	其他	39	13.18
每周观看次数	1～2 次	199	67.23
	3～4 次	42	14.19
	5～6 次	16	5.41
	6 次以上	39	13.18
每次花费时间	1 小时内	182	61.49
	1～2 小时	87	29.39
	2～3 小时	18	6.08
	3 小时以上	9	3.04
观看客户端	手机	128	43.24
	平板电脑	6	2.03
	PC 电脑	162	54.73

（续上表）

受访者属性	频率（个）	人数（人）	比例（%）
观看时行为	发弹幕，实时讨论	43	14.53
	工作/写作业	50	16.89
	给主播送礼物	2	0.68
	吃东西/喝东西	130	43.92
	垂直论坛和网友讨论	7	2.36
	边看边买直播中提供的商品	3	1.01
	与身边人讨论	32	10.81
	其他	29	9.80
观看语境	自己一个人看	251	84.80
	和异地的朋友线上一起看	6	2.03
	几个人聚在一起看	30	10.14
	其他	9	3.04
平台消费情况	消费过，且经常消费	5	1.69
	消费过，但只是偶尔消费	26	8.78
	没消费过，但愿意在此消费	42	14.19
	没消费过，且也不愿意在此消费	223	75.34

3. 受众偏爱的内容特征描述

（1）"你平时看的是哪个网络直播平台？"

数据表明，调查受众使用的网络直播平台最受欢迎的前三位分别是 bilibili 网站、斗鱼直播和熊猫直播，其中后两者都是以电竞游戏直播为核心内容。

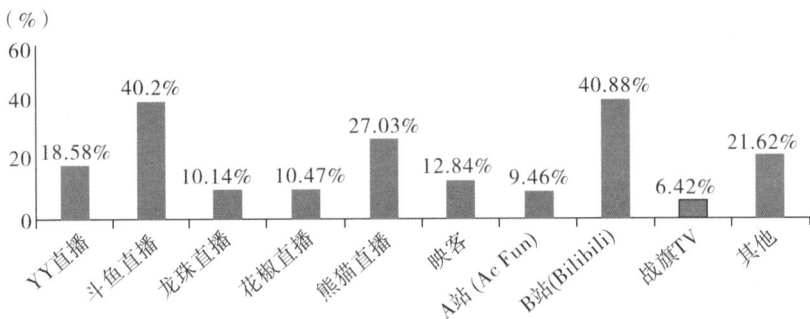

图1　受众使用网络直播平台情况

（2）"哪些类型的直播比较吸引你？"

调查数据表明，超过一半的被调查者偏爱"游戏解说类"的网络直播，这与受众较多是男大学生的特点相关。而"美食类"的比例有20.27%，获得受众喜爱的第二名，"体育类"和"明星互动类"以19.26%的比例同时获得受众喜爱的第三名。

通过与性别的交叉分析，发现男大学生更喜爱"游戏直播类"和"体育类"，以前者为主，占比51.06%，类型特征更为男性化，集中程度较高；而女大学生更喜爱"美妆类"和"美食类"，分别占20.60%和15.45%的比例，但集中程度不高，其他类型的喜爱程度也相差不多。说明受众因性别的不同而选择网络直播的类型也有差异。

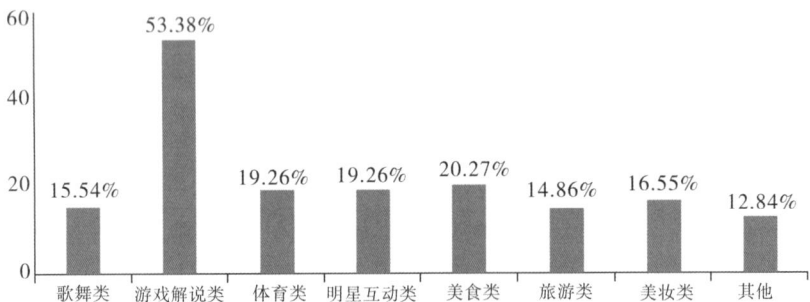

图2　受众喜爱网络直播类型情况

（3）"你在选择使用网络直播平台时，更看重该平台的哪些方面？"

从图3可知，超七成的被调查者在面对各种不同类型的直播平台时，作出选择最看重的是"直播内容"，其次是"主播名气"，而"直播清晰度"和"直播流畅度"也是受众选择时考虑的重要因素。

（%）

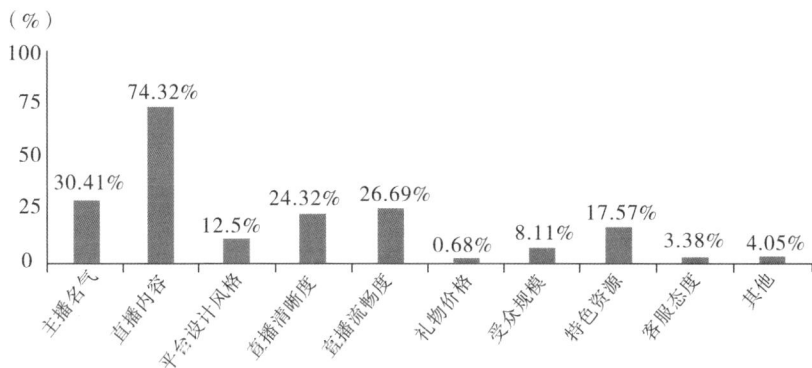

图3　受众选择网络直播平台看重的方面

（4）"你在观看直播的过程中更关注直播的哪些方面？"

由图4可知，"休闲娱乐"是吸引受众观看网络直播过程中最主要的方面。

（%）

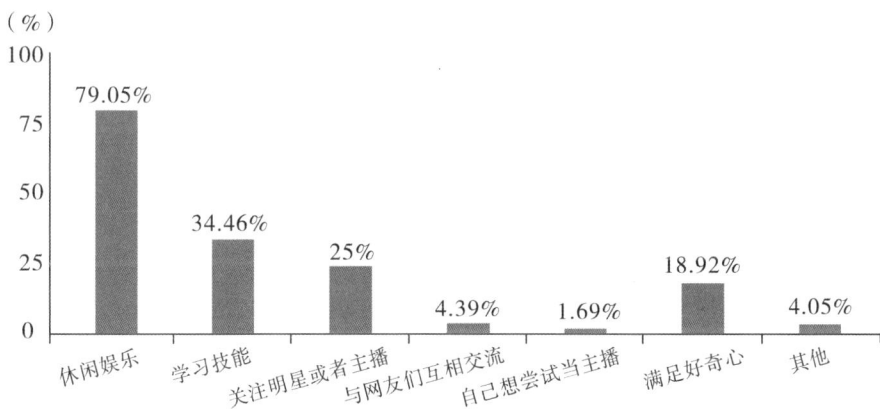

图4　受众观看网络直播时看重的方面

4. 受众的使用动机描述

（1）"你观看直播的原因是？"

通过问卷设计，对受众的使用动机的测量包括两个方面的内容，一是受众选择观看直播的原因（见图4），二是网络直播平台吸引受众的因素（见图5）。

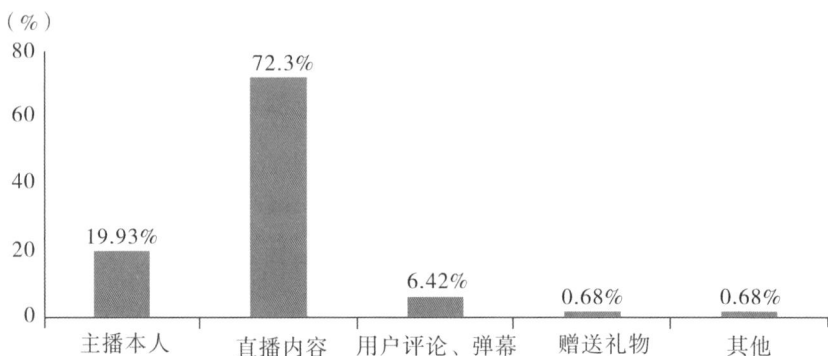

图5 受众观看网络直播的原因

调查表明，大学生使用网络直播平台的目的主要是"休闲娱乐"（79.05%），此外，"学习技能"（34.46%），"关注明星或者主播"（25%），"满足好奇心"（18.92%）等也是他们观看网络直播的主要原因。当然，也有1.69%的大学生表示他们观看的原因是想尝试当主播。

根据使用与满足理论，从受众角度出发，大学生在接受网络直播的讯息方面，并不是绝对的被动者，而是带有一定的需求和动机来观看网络直播的。具有高度娱乐化、较强互动性的网络直播无疑迎合了大学生的视听需求，受到了极大的追捧。

首先，网络直播能够满足受众休闲娱乐的需求，这也是大学生受众观看网络直播的主要动机。现在的社会是个追求高效率且充满压力的社会，大学生需要在生活中寻求释放压力、舒缓身心的娱乐方式。与运动、阅读、看电影等传统休闲方式相比，网络直播更具互动性、新鲜感，能够为大学生受众提供一个方便快捷的娱乐平台。同时，碎片化的特点也能填补大学生不固定的空闲时间，实现了随时实地、多媒体手段的互动交流。目前网络直播平台多以娱乐内容输出，这也使得大学生受众关注的内容越来越泛娱乐化。

其次，网络直播能够满足受众沉浸在虚拟世界、逃避现实的心理需求。大学阶段处于学业生涯和职业生涯过渡的阶段，有着学生和求职者的双重身份，压力较大的大学生会经常感到无奈和迷茫，加上部分大学生社交能力较弱，因此更容易沉浸在虚拟的网络世界中，躲避现实中的苦闷和寂寞。通过看网络直播，大学生可以在虚拟世界为自己搭建一个放松的舞台，比如通过第一视角欣赏歌舞表演，和明星主播进行面对面的交流，和平台上的其他观众一起尽情地狂欢和讨论等，这些都是在现实生活中难以获得的快感。

最后，网络直播能够满足受众追求现场感的需求。张颐武在《"90后"与"现场感"：2016 文化的新变》中提到，现在的大众文化似乎都在追求一种以即时的当下的感觉为中心的"现场感"。[8]这种现场感不仅是逼真的用户体验，而且是从受众的日常生活出发，回归到受众身上，能引发真实的共鸣。第一，主播和观众的互动打破传统视频单一传送的模式，使得受众有更真实的体验。而随着 VR 和 AR 等技术的发展和引入，相信用户的体验将更具沉浸感与参与感。第二，主播把日常生活的琐事直接播给受众看，比如吃饭直播、游戏直播，甚至是睡觉直播等，展现的是一种"生活流"的"现场感"，同时加上新颖的弹幕互动模式，大学生受众对此有强烈兴趣。通过观看网络直播，观看到更真实的"他人"，受到吸引，产生期望和想象的投射。通过互动和打赏仿佛在虚拟世界中建立起一种真实的关系。主播似乎成了"熟悉的陌生人"，让观看者的自我认同发生微妙改变，在虚拟世界中有新的生活感觉。

（2）"你认为网络直播平台有什么特点?"

从图 6 可以看出，大多数受众认为网络直播平台的特点是"娱乐性强""互动性高"和"现场感强"，这与网络直播平台自身的特点相符，同时也与受众主要使用原因是"休闲娱乐"相呼应。

在整个网络直播的信息传播中，大学生受众通过使用网络直播平台获得满足，他们的接触活动是寻求特定需求和动机并得到"满足"的过程。无论是否符合最初使用的动机，即满足与否，他们都能从中得到其他信息，这将影响到之后观看直播平台的使用行为，而网络平台的说服性功能减弱，平台的传播效果会被受众的自主性认知结果重新加强或修正。

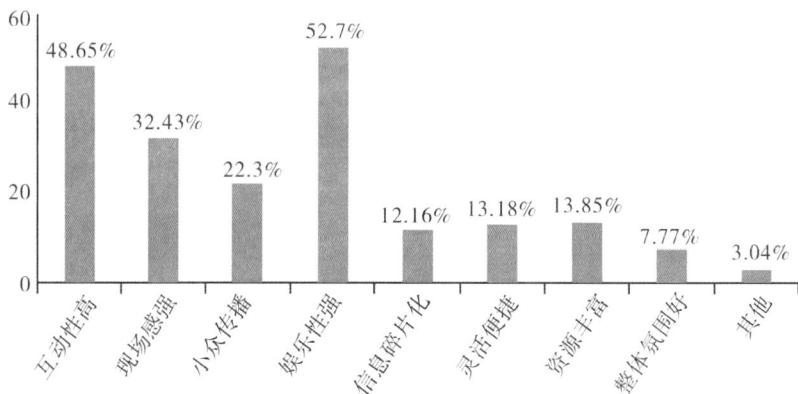

图6　受众认为网络直播的特点

三、网络直播平台受众分析

本文将从受众的结构、行为和心理三个方面进行网络直播平台的受众分析。

（一）受众结构分析

1. 受众年轻化

根据新浪微博发布的《2016 年直播行业洞察报告》，网络直播平台有 51% 的受众年龄是在 17～23 岁，95 后、90 后成为主力军，在性别上男性略多，占 53%，而女性占 47%[9]，这也与本次问卷调查结果显示的受众年龄结构基本相同。受众的群体背景是决定他们接触事物的态度和行为的重要因素。究其原因，大学生接触网络的时间比较久，接受新事物能力较强，具有较强的好奇心，网络直播作为一种具有潮流性和时代性的传播方式，对年轻人无疑具有吸引力。加之现在大学生普遍拥有电脑、手机，这也为他们接触网络直播平台提供了物质前提。

2. 受众偏男性化

调查数据中，男性受众所占的比例较大，与我国网络直播平台整体受众结构一致。网络直播平台发展初期以游戏直播为核心，主要吸引的是男性用户。据艾瑞咨询报告显示，我国 2016 年游戏直播用户整体增长率为 97.8%，达到 1 亿人，男性用户是绝对主力，游戏直播行业有着巨大的发展前景[10]，受众发展趋势偏向男性化。此外，当前女性主播明显多于男性主播，大多数"网红美女"深受男性受众的欢迎，甚至有些直播平台设置了"美女直播间""美女秀场"等板块来吸引男性受众。

（二）受众行为分析

网络直播平台作为一种传播载体并不会主动对受众造成影响，但是，网络直播平台使得受众产生不同于普通视频网站的体验感，这种体验感让受众产生不同的行为方式，具有以下特点。

1. 行为的主动性

受众对于汹涌而至的网络直播还是抱有理性的态度，不是被动地全部接受，而是主动地、有选择地观看。这一点可以从下文他们对于网络直播的卷入度不高得到体现。

传播学者库拉格曼在广告领域中提出了卷入度概念，将其定义为："受测试者把说服刺激内容与自己的生活内容在具有相关性的数量或者在意识上明确地将刺激内容与个人生活内容进行对照时，每一分钟说出的字数。"[11]基于以上概念，将卷入度用于传播学中可以理解为受众对于某项活动或某项事物的卷入度越高，则传播效果越好。从表3可以看出，大学生每周观看网络直播频次较少，观看时间也较短，多数在1小时内，消费意愿不强，可以说对网络直播的卷入度较低。这与网络直播内容质量良莠不齐有关。网络直播行业出于兴起时间不长，还没有形成系统的行业规范。在本问卷中，对于使用过和未使用过网络直播平台的受众都进行了对网络直播平台的整体印象调查，53.59%的调查受众都认为其"质量良莠不齐"，同时这也是调查对象认为网络直播存在的主要问题。当前网络直播内容丰富，类型多样，既有线上教育、技能学习等正面积极的内容，同时也存在色情、暴力等消极的内容，鱼龙混杂的现状影响受众对网络直播的参与程度和依赖程度。

2. 行为的伴随性

伴随性本是广播的特点，就是人们可以一边听广播一边干别的事情，"一心"可以"二用"。在观看网络直播时，由于视觉和听觉在接收外来信息的同时，并不妨碍肢体的正常使用，因此伴随性也是网络直播受众观看直播时的行为特点。

从表3可以看出，许多受众一边看直播一边做其他事情，其中近一半的被调查者选择"吃东西/喝东西"，对于观看网络直播的专注程度不高。这是因为看网络直播不是生活的必需，只是作为一种碎片化的娱乐内容使受众在工作或生活中感受到轻松愉悦，释放情绪，缓解压力。另外，得益于网络服务功能的多样性，受众可以一边发弹幕，一边在垂直论坛实时讨论或者购买商品。

3. 行为的私密性

私密性就是对自我的保护，表现为个人从人群中脱离出来，或是想让别人无法进入某一特定领域或接近某些特定信息。

我国网络直播的主要受众年龄处于17~23岁，由此可以推断出主要受众以大学生为主。接受过高等教育的大学生，受教育水平较高，具备独立选择和判断事物的能力，对于隐私权更注重。学校宿舍是一个公共区域，而观看网络直播对多数大学生而言是一种私密行为，因此超过八成的被调查者选择"自己一个人看"，表明他们更愿意独自观看，这是注重隐私的做法。

（三）受众心理分析

1. 受众娱乐心理的满足

根据"使用与满足"的理论，"人们接触传媒是为了他们的特定需求，这些需求具有一定的社会和个人心理原因"[12]。当今社会是一个泛娱乐化的社会，娱乐成为一种不可抵抗的力量，充斥着我们的生活。调查数据表明，休闲娱乐是绝大多数受众观看网络直播的主要原因。大学生的空闲时间较多，调查中的大部分大学生的每月生活费为1 500元以下，可支配费用不高，社会交际范围较狭窄，生活节奏单一、缓慢，容易产生无所事事的感觉，而课余时间又很少参加其他需要高消费的娱乐活动。因此花在网络上的时间更多，而网络直播作为一种廉价又便捷的娱乐方式，能够为他们带来精神上的愉悦，有效满足他们渴求娱乐的心理需求。

2. 受众逃避现实的心理需要

调查数据显示，52.7%的调查对象认为网络直播具有"娱乐性强，有利于心绪转换"的特点。这与大学生面临着复杂的压力有关，研究表明，当前我国大学生的心理健康水平要远远低于同年龄阶段的其他群体，大学生对现状的不满和对未来的迷茫导致他们可能产生苦闷无奈等情绪，更使他们容易沉浸于网络直播中各种绘声绘色的虚拟社区，以此来逃避枯燥乏味的现实生活，最终达到调节情绪的目的。

3. 受众追求现场感的心理

美国学者丹尼尔·贝尔曾提出："视觉景象使事物直接呈现在我们面前。这种对事物真实性的信服延展到了对事物影像的信服。凭借经验，影像与词语相比能够直接而迅速地被人接受和理解：在那里，完整，真实。"[13]网络直播多数以记录生活、展现个人技能为主，这种内容生活化、音像结合、即时互动的形式使受众更容易接受和理解。笔者的调查问卷结果显示，近一半的调查对象认为网络直播平台具有互动性高的特点，对于其满意程度最高的三个方面分别是即时性、互动性和可交流性。由此可见，网络直播是一种观赏性极强的平台，受众观看新奇有趣的视频，在满足视觉享受的同时，还能发送弹幕、送礼物，满屏的弹幕评论和礼物的炫彩效果使得他们的交流更生动化、视觉化。网络直播能够帮助局限于校园之内的大学生达成跨越空间的更具交互性和现场感的社交行为。主播把日常生活直接播给受众看，展现的是一种"生活流"的"现场感"，同时通过互动和打赏，受众和传播者在虚拟世界中仿佛建立起一种真实的关系，让受众的自我认同发生微妙改变，在另外的空间中有新的生活感觉。

结　语

综上所述，网络直播作为一种新兴的网络传播途径，已经成为大学生新的休闲娱乐方式。在一定程度上，大学生受众的构成、行为方式、社会心理都会被网络直播所影响，呈现出不同于以往的特点。研究发现，受众结构偏向年轻化、男性化；受众行为具有主动性、伴随性、私密性特点；大学生受众的心理状态主要集中在寻找娱乐、逃避现实和追求现场感的满足。

在前面研究的基础上，立足我国网络直播平台的一些较为明显的发展问题，笔者对当前网络直播的大学生受众特点和直播平台管理存在的问题进行思考，提出如下建议：

首先，增强大学生的自我管理，控制过度的享乐主义倾向。随着当代大学生对于网络直播的接触增多，网络直播所带来的影响也越来越受到关注。网络直播的出现，满足了大学生的心理需求，但也存在不少问题，已有多起关于网络直播的负面新闻出现。本是为追求个性化的声音而出现，但当观众开始盲目追捧主播，主播开始盲目讨好观众，就会陷入所谓的"群体迷思"中去[14]。作为受众的大学生需要有自己的判别能力，应该选择积极向上的内容，适度享受直播带来的娱乐功能，理性对待"打赏刷礼物"这件事，要量力而行，既不盲目羡慕向往，也不一味排斥。

其次，加大直播平台的外围监管，清理劣质低俗内容。网络直播作为一种营销手段，无疑是各大商家盈利的好渠道。它能够抓住受众的诸多需求，如娱乐需求、社交需求等。但是"质量良莠不齐"的现存问题也阻碍了其发展，劣质低俗的内容也严重影响了受众的观看效果，许多调查对象在问及对网络直播的建议时，提出了"加大监管力度""应当有正确的导向作用""建立健全网络监管体制""有更多正能量的东西""主播要提高个人素质"等希望网络直播改善的内容。因此，我国网络直播平台想要可持续健康发展需要各个方面加强管理。直播平台自身需要主动承担社会责任，做好"把关人"的角色；行业间要加强自律，进行良性竞争，不断优化内容质量，避免低俗内容流出；相关政府部门要加强监管力度，完善相关的政策；网民也需要提高自身道德素养和观看品位。[15]相信经过不断的改革发展，网络直播这个新兴行业会发展得更加繁荣，只要运用好其优势，便能更好地为生活服务。

参考文献

［1］中国互联网络信息中心. 第 38 次中国互联网络发展状况统计报告［R］. 信息网络安全，2016（9）.

［2］艾媒咨询 .2016 年中国在线直播行业分析报告［EB/OL］. http：//www. askci. com/news/hlw/20160530/14394022583. shtml，2016 － 09 － 22/2017 － 03 － 20.

［3］麦克卢汉. 理解媒介［M］. 何道宽，译. 北京：商务印书馆，2000.

［4］孟轶. 网络游戏直播平台的传播学刍议［J］. 戏剧之家，2015（18）.

［5］赵倩倩. 从网络直播角度浅谈新媒体发展趋势——以映客直播为例［J］. 新闻研究导刊，2016（8）.

［6］百度百科. 网络直播［EB/OL］. http：//baike. baidu. com/659194. htm，2017 － 03 － 24/2017 － 04 － 20.

［7］赵文晶，刘军宏. 碎片化：旨在分享与赋权的新型传播观［J］. 中国软科学，2013（3）.

［8］张颐武. "90 后"与"现场感"：2016 文化的新变［J］. 前线，2016（12）.

［9］新浪微博数据中心 .2016 年直播行业洞察报告［EB/OL］. http：//www. sohu. com/a/114966798 －466866.

［10］艾瑞咨询 .2016 年中国电子竞技及游戏直播行业研究报告［EB/OL］. http：//www. 199it. com/archives/505769. html，2016 － 08 － 08/2017 － 03 － 20.

［11］Edward，P Krugman. Consumer Behavior and Advertising Involvement：Selected Works of Herbert E. Krugman［M］. American：Routledge，2008.

［12］郭庆光. 传播学概论：第二版［M］. 北京：中国人民大学出版社，2011.

［13］罗伯特·考克尔. 电影的形式与文化［M］. 郭青春，译. 北京：北京大学出版社，2004.

［14］郑建桥. 网络直播背后的心理动力探析［J］. 信息传媒，2016（24）.

［15］王晗. 现场互动直播——移动互联网时代的主流传播形态［J］. 现代视听，2016（9）.

附录：

关于大学生观看网络直播的调查问卷

您好，我们正在进行一项关于网络直播的调查，想邀请您用几分钟时间帮忙填写这份问卷。本问卷实行匿名制，所有数据只用于统计分析，请您放心填写。题目选项无对错之分，请您按自己的实际情况填写。感谢您抽出宝贵时间完成这次问卷。

1. 你的专业是［填空题］＿＿＿＿＿＿＿

2. 你的性别是［单选题］
   □ 1. 男　 □ 2. 女

3. 你所在的年级是［单选题］
   □ 1. 大一　 □ 2. 大二　 □ 3. 大三　 □ 4. 大四

4. 你来自哪里　［单选题］
   □ 1. 城市　 □ 2. 农村

5. 你每个月的生活费是［填空题］＿＿＿＿＿＿＿

6. 你有看过网络直播吗？［单选题］
   □ 1. 没有　 □ 2. 有（请跳至第 8 题）

7. 你不看网络直播的原因是［单选题］
   □ 1. 不感兴趣　　　　（请跳至第 27 题）
   □ 2. 浪费时间　　　　（请跳至第 27 题）
   □ 3. 不了解　　　　　（请跳至第 27 题）
   □ 4. 其他＿＿＿＿＿＿　（自填后请跳至第 27 题）

8. 你什么时候开始看网络直播的？［填空题］＿＿＿＿＿＿＿

9. 你观看的网络直播平台数量？［单选题］
   □ 1. 只有一个固定平台　 □ 2. 两个平台　 □ 3. 三个及以上

10. 你怎么知道网络直播的？［单选题］
    □ 1. 朋友推荐　 □ 2. 广告　 □ 3. 网络
    □ 4. 其他 ＿＿＿＿＿＿（自填）

11. 你平时看的是哪个网络直播平台？［多选题］（不多于 3 个）
    □ 1. YY 直播　 □ 2. 斗鱼直播　 □ 3. 龙珠直播　 □ 4. 花椒直播
    □ 5. 熊猫直播　 □ 6. 映客直播　 □ 7. 其他＿＿＿＿＿（自填）

12. 你大约每周看几次直播？［单选题］
    □ 1. 每周 1~2 次　　　　　 □ 2. 每周 3~4 次

□ 3. 每周 5~6 次 □ 4. 每周 6 次以上

13. 你每次会花费多少时间观看网络直播？［单选题］

    □ 1. 1 小时内 □ 2. 1~2 小时

    □ 3. 2~3 小时 □ 4. 3 小时以上

14. 你观看网络直播平台时经常选择的客户端是？［单选题］

    □ 1. 移动手机客户端 □ 2. 移动 PAD 客户端

    □ 3. PC 电脑客户端

15. 哪些类型的直播比较吸引你？［多选题］（不多于 3 个）

    □ 1. 歌舞类 □ 2. 游戏解说类 □ 3. 体育类

    □ 4. 明星互动类 □ 5. 美食类 □ 6. 旅游类

    □ 7. 美妆类 □ 8. 其他 _____（自填）

16. 你观看直播的原因是［多选题］（不多于 3 个）

    □ 1. 休闲娱乐 □ 2. 学习技能 □ 3. 关注明星或者主播

    □ 4. 与网友们互动交流 □ 5. 自己想尝试当主播

    □ 6. 满足好奇心 □ 7. 其他 _____（自填）

17. 你在选择使用网络直播平台时，更看重该平台的哪些方面？［多选题］（不多于 3 个）

    □ 1. 主播名气 □ 2. 直播内容 □ 3. 平台设计风格

    □ 4. 直播清晰度 □ 5. 直播流畅度 □ 6. 礼物价格

    □ 7. 受众规模 □ 8. 特色资源 □ 9. 客服态度

    □ 10. 其他 _____（自填）

18. 你在观看直播的过程中更关注直播的哪些方面？［单选题］

    □ 1. 主播本人 □ 2. 直播内容 □ 3. 用户评论、弹幕

    □ 4. 赠送礼物 □ 5. 其他 _____（自填）

19. 你认为网络直播平台有什么特点？［多选题］（不多于 3 个）

    □ 1. 互动性高 □ 2. 现场感强 □ 3. 小众传播，人群归属感强

    □ 4. 娱乐性强，有利于心绪转换 □ 5. 信息碎片化传播

    □ 6. 灵活便捷 □ 7. 资源丰富 □ 8. 整体氛围好

    □ 9. 其他 _____（自填）

20. 你在看网络直播时还会做些什么？［单选题］

    □ 1. 发弹幕，实时讨论 □ 2. 工作/写作业 □ 3. 给主播送礼物

    □ 4. 吃东西/喝东西 □ 5. 垂直论坛和网友讨论

    □ 6. 边看边买直播中提供的商品 □ 7. 与身边人讨论

    □ 8. 其他 _____（自填）

21. 你看直播时通常会［单选题］

□ 1. 自己一个人看 □ 2. 和异地的朋友线上一起看

□ 3. 几个人聚在一起看 □ 4. 其他

22. 你在网络直播平台上的消费情况？［单选题］

□ 1. 消费过，且经常消费 □ 2. 消费过，但只是偶尔消费

□ 3. 没消费过，但愿意在此消费 （请跳至第 26 题）

□ 4. 没消费过，且也不愿意在此消费 （请跳至第 26 题）

23. 你在直播平台上消费的额度一般是多少？［单选题］

□ 1. 1 ~ 100 元/月 □ 2. 101 ~ 200 元/月 □ 3. 201 ~ 300 元/月

□ 4. 301 ~ 400 元/月 □ 5. 400 元/月以上

24. 你在什么情况下会对网络直播进行打赏或消费？［单选题］

□ 1. 主播外貌出众 □ 2. 主播才艺出众 □ 3. 心情好

□ 4. 对其提供的商品感兴趣 □ 5. 其他 _____ （自填）

25. 观看直播后对你的生活有什么影响？［单选题］

□ 1. 观看直播占据了其他时间

□ 2. 观看直播成为一种休闲方式

□ 3. 经常观看直播，与小伙伴越来越疏远

□ 4. 认识了线上线下的一起看直播的小伙伴，交际圈更广了

□ 5. 没有影响

□ 6. 其他 _____ （自填）

26. 与传统的电视媒体、视频网站相比，你对网络直播平台这种信息传播方式在以下几个方面满意度如何？［矩阵量表题］（提示：分值越高表示满意度越高）

	1	2	3	4	5
传播效果	○	○	○	○	○
即时性	○	○	○	○	○
可控性	○	○	○	○	○
可交流性	○	○	○	○	○
广告困扰度	○	○	○	○	○

27. 你对目前网络直播平台的整体印象如何？［单选题］

□ 1. 挺好的，很有趣 □ 2. 有点低俗，色情暴力污染视听

□ 3. 质量良莠不齐 □ 4. 不了解，没有印象

□ 5. 其他 _____ （自填）

28. 你认为网络直播存在的问题有哪些？［多选题］

　　□ 1．太单一，没有新鲜感　　□ 2．内容低俗，哗众取宠

　　□ 3．画质不清晰，不流畅　　□ 4．质量良莠不齐

　　□ 5．其他 _____（自填）

29. 你认为导致网络直播秩序混乱的因素主要有哪些？［单选题］

　　□ 1．主播的个人素养　　□ 2．网络监管不到位

　　□ 3．与网民的品位有关　　□ 4．社会压力

　　□ 5．社会经济利益驱使　　□ 6．其他

30. 你对网络直播有什么建议？［填空题］ _____

中文版《小王子》的书籍封面设计探析

梁靖珊[①]　阎怀兰[②]

摘要： 法国作家安东尼·德·圣埃克苏佩里的短篇小说《小王子》自1979年被引进中国，便深受国人欢迎，多家出版机构多次出版，形成多种中文版本。中文版《小王子》在国内的出版，分为三个阶段，每个阶段的书籍封面装帧设计各具特色。第一阶段为1979—1996年，这个阶段属于中文版《小王子》出版的起步期，出版的版本数量较少，而图书的封面设计也极具时代特色；第二阶段为1997—2008年，是中文版《小王子》出版的发展期，出版的版本数量开始明显增多，图书封面出现了更多灵活的设计；第三阶段为2009—2017年，是中文版《小王子》出版的鼎盛期，随着版本出版种数的直线上升，书籍封面设计开始出现设计风格相似等问题。对不同时期《小王子》在中国出版的装帧设计的变化进行探析，可以为书籍的封面设计提供参考。

关键词：《小王子》；图书出版；封面设计

前　言

在社会经济高速发展的现代，每天都有上万本图书相继出版，图书出版俨然是社会文化发展的重要一环。以数字网络为主导的多种传播媒介的发展深刻地影响了书籍出版，使图书出版市场的竞争变得日益激烈。此外，随着人们审美意识的提高和审美需求的变化，书籍装帧设计成为出版界越来越重视的议题之一。

在大众审美意识不断提高的推动下，书籍装帧设计不再仅仅停留在视觉装饰层面，而是更多地往图书信息与外部形态相结合的一种综合性艺术方向发展。书籍装帧设计越来越凸显出对图书"包装"艺术的重视，一本

① 梁靖珊，女，广东海洋大学文学与新闻传播学院编辑出版学专业2013级本科生。
② 阎怀兰，女，广东海洋大学文学与新闻传播学院新闻与传播系副教授。

装帧设计得精致优美的图书，不仅能给读者带来精神上的享受，对图书的销售也起了很大甚至是关键的推动作用。

在书籍装帧设计中，封面设计显得尤为重要。封面是一本书的门面，是读者对这本书的第一印象，在读者的潜意识购买行为中，对书籍封面的第一印象常常是决定是否产生购买行为的关键因素，可以说，书籍封面设计就是书籍与读者的首次较量，而封面设计得漂亮与否，便是决定这场较量的胜负关键。除此之外，书籍封面甚至还被誉为书籍的灵魂[1]，一方面，设计者通过对书籍内容的把握来思考封面的设计，不仅要为读者提供一个图书内容的总的概况的说明，让读者对这本书有个简单的了解，还要通过对文字、色彩和图案的构思和运用来吸引读者的注意力，达到让读者初次见到书籍的封面便迫不及待想要拿起阅读的效果。另一方面，书籍封面就像一位不会言语却带有迷人魅力的推销者，它只是静静地待在那里，便能吸引读者前去触摸。一本装帧精美的图书必定有着精巧构思的封面，为了这本图书的内容而用心设计出来的这份独特的美，不仅能收获读者加倍的珍爱，也为书籍增添了更多无价的意义，让书籍拥有了更高的收藏价值。

《小王子》是被赞誉为"从8岁到88岁都适合阅读"的世界名著，被誉为21世纪全世界阅读率排第三的书①[2]，也曾被法国读者票选为20世纪最佳法语图书，深受世界读者的喜爱。作者圣埃克苏佩里用最浅显易懂的语言讲述了一个充满童趣和隐喻的故事，营造了一种空灵梦幻的氛围，读完给人一种意犹未尽之感，常读常新。很少有作品可以像《小王子》这样做到有如此强大的文化渗透力，这本不足3万字的小书以及那个戴着金色围巾的小男孩，不仅受到全世界人民喜爱，书里那个描绘孤独、友谊、爱以及失去的世界，也一直让人为之深深地着迷。

《小王子》自1943年美国率先出版了它的英译版和法语版之后，至今已被翻译成250多种语言，在全球范围内有超过5亿册的销售量。在中国，自从1979年商务印书馆第一次引进出版《小王子》图书至今近四十年的时间里，《小王子》在中国图书市场上收获了巨大的成功。通过收集中国国家数字图书馆、中国版本图书馆（国家新闻出版广电总局出版物数据中心）、香港公共图书馆的网上数据库，以及亚马逊、当当网、豆瓣的书目数据进行整理和分析，做出归纳和统计，以此来研究中文版《小王子》②的书籍封面设计情况，主要从封面文字、色彩以及图案三个方面进行分析。

---

① 第一是《圣经》，第二是《古兰经》。

② 所谓中文版，包括针对不同受众、不同出版目的、不同改编的在中国出版的以中文文字为主要形态的《小王子》版本。

一、中文版《小王子》出版概况

根据中国版本图书馆、香港公共图书馆以及中国国家数字图书馆的网上数据库，《小王子》自 1979 年引进中国以来，截至 2017 年上半年，可以确定的出版版本数量多达 737 种，具体的出版版本数量年度分布情况见图 1。数据显示，《小王子》的引进以及翻译出版从 1979 年开始，此后的十多年时间里发展缓慢，特别是 1987—1996 年这 10 年时间里，《小王子》的翻译出版趋于停滞；但是从 1999 年开始，《小王子》的出版开始呈现上升趋势，在 2002 年迎来了一次出版的小高潮。此后的出版情况更是持续升温，增长态势迅猛，在 2016 年达到了出版顶峰，这一年共有 112 个版本的《小王子》图书出版。

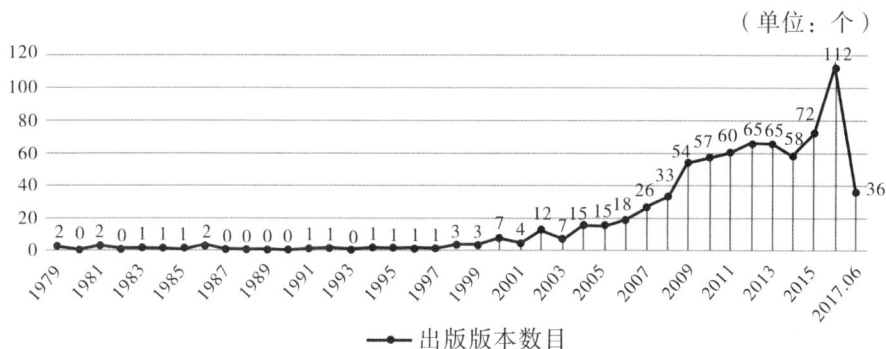

（单位：个）

图1 《小王子》1979—2017 年的出版版本数目

自商务印书馆于 1979 年首次将《小王子》引进出版以来，《小王子》在中国的出版已经有近四十年的历程，根据不同的出版背景，可以大致分为三个阶段：1979—1996 年；1997—2008 年；2009—2017 年，具体出版情况如图 2 所示。从表中我们可以清楚看到《小王子》在中国出版的三个阶段的发展情况，总体趋势是随着时间的推移，《小王子》的中文版本种类数呈现迅速增长的态势。在这三个阶段里，因为受时代背景、重大事件以及经济发展等因素影响，《小王子》的图书出版版本有着不同程度的发展变化，而《小王子》众多版本中的封面设计，也相应地呈现了风格各异的发展状况。

出版版本数目 （单位：个）

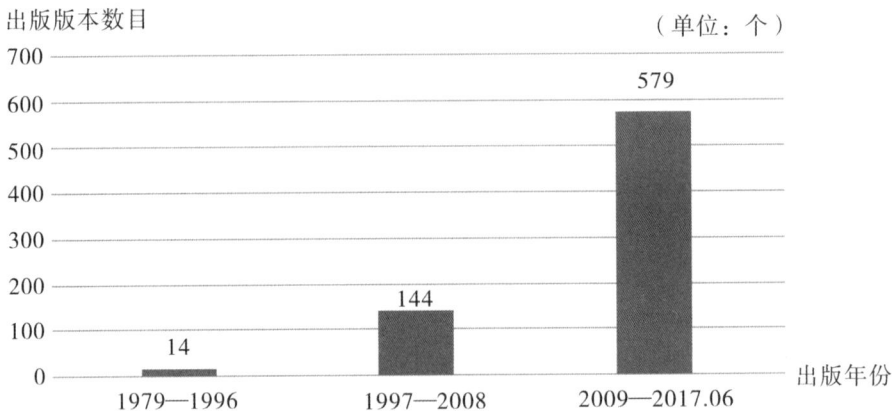

图2 《小王子》1979—2017年的出版情况

二、中文版《小王子》第一个阶段的书籍封面设计

第一阶段是1979—1996年。在这个阶段里，中文版《小王子》的图书出版在版本数量上发展十分缓慢，十七年的时间里包括在香港和台湾出版的《小王子》总共仅有14个版本，而在中国大陆出版的只有4个版本，分别是：被收录在世界文学1979年第3期的国内首次中文译文版本（肖曼译，《小王子》在期刊中的译介，还不能算是出版的单行本)①、1979年10月商务印书馆出版版本（程学鑫、连宇译注）、1981年中国少年儿童出版社出版版本（胡雨苏译）以及1985年浙江少年儿童出版社出版版本（张荣富译）。后三种版本图书的封面如图3所示。第二种是《小王子》中译版单行本在国内的首次正式出版，当时《小王子》这本书在国内读者群中知名度并不高，《小王子》的出版也并没有引起太大反响。这个阶段出版的《小王子》的书籍封面设计，整体风格是朴实文艺的。

---

① 这个版本是载于文学期刊，不是以单行本形式出版，因而不能列入版本和封面设计考察之中。

图 3

左：《小王子》程学鑫、连宇译注，商务印书馆，1979 年

中：《小王子》胡雨苏译，中国少年儿童出版社，1981 年

右：《小王子》张荣富译，浙江少年儿童出版社，1985 年

首先看封面文字设计。

鲁迅曾经说过："中国文字有三美：意美以感心，一也；音美以感耳，二也；形美以感目，三也。"[4] 由于汉字不仅具有意境美、韵律美以及形体美的特点，还因为它复杂的构造原理，使得文字具有强大的塑造能力、创意性以及表现力，在书籍封面设计中占有举足轻重的作用。

从以上《小王子》的三种中译单行本图书封面来看，整体上封面标题文字的设计大都以简约为主，辅以别出心裁的字体编排，使得文字标题醒目而具有明显的辨识性。1979 年商务印书馆版本的封面以中文标题、法文副标题以及著者信息构成了整个文字标题部分，中文标题"小王子"三字使用了略带欧式风格的艺术字体，并通过加大文字间距使标题在简约的封面背景下更显精致大方。副标题"Le Petit Prince"沿袭了 1943 年美国出版的英文版和 1946 年法国出版的法语版（图 4）的标题风格，使用的是线条流畅的连写字体，增加了封面字体的设计感。

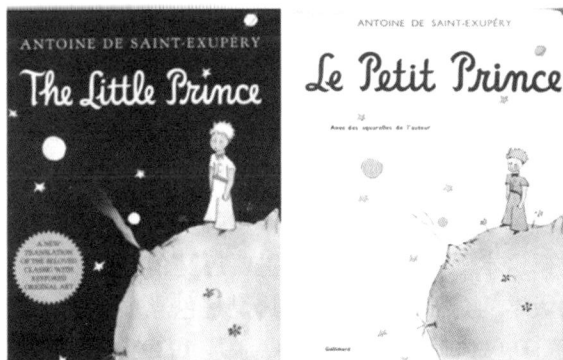

图 4　1943 年美国英文版封面和 1946 年法国法语版封面

而在 1981 年中国少年儿童出版社出版的版本中，封面标题文字选择的字体更凸显了一种随意性和自由感，搭配封面的插画图案呈现出一种轻松活泼的愉悦氛围，很容易激发起读者的阅读兴趣。相较而言，1985 年浙江少年儿童出版社出版的版本中，封面的字体就显得规规整整，竖排的文字顺序更是将这种规整充分地凸显了出来，仿佛从标题文字中便能觉察出这本中译本的语言风格严肃而认真，带给人一种严谨之感。

其次看封面色彩设计。

色彩运用作为封面设计的重要一环，具有体现书籍主旨、表达作品情感以及创造意境和激发读者审美联想的作用[5]，因而色彩被认为是封面设计的关键元素之一，与图书营销有着密不可分的联系。在营销学上有个著名的"七秒钟色彩理论"，这个理论认为一个人对一件商品的认识，可以在七秒钟之内以色彩的形态留存在人的印象里。[6]

1979—1985 年是中国改革开放政策开始推行的阶段，出版行业快速发展，随着图书出版的数量不断增加，书籍装帧设计越来越受到重视，这体现在出版的图书封面更加注重色彩以及构图的运用上。1979 年商务印书馆出版的版本选用的主题色为绿色，整体散发出一种清新素雅的气息，简洁而克制。1981 年胡雨苏翻译的版本，封面则是以淡雅的紫色为主，辅以充满动感的插图，带给人赏心悦目的温馨之感。这与当时市面上一片大红大绿、大灰大白的简单色块填充不同，而且与胡雨苏纯净、欢快的文风相配合，更体现了一种创新的文艺之风，是《小王子》出版至今的众多版本中较为受读者欢迎的一个版本。而 1985 年浙江少年儿童出版社出版的版本是最为体现第一阶段里书籍封面设计风格的版本，保留了浓郁的时代气息。封面上剪纸风格的设计，以及带有一种意识流风格的色彩分块运用，给人展现一种浓墨重彩的强烈视觉效果。

最后看封面图案设计。

原版《小王子》的所有插图都是作者安东尼·德·圣埃克苏佩里亲自绘制的，在所有的《小王子》图书版本中，封面插图选用作者原版的小王子形象的比例居高不下，在第一阶段出版的 3 本单行本中，以原版小王子形象作为封面图案的就有 2 本。

在第一阶段，《小王子》主要面向大众，这一阶段《小王子》没有引起较大的关注，这本图书的封面设计主要还是偏向于低调的简洁风。在这一阶段出版的版本的封面设计中，与其说是色彩突出了插图，倒不如说插图的存在是为了更好地映衬色彩，特别是 1979 年商务印书馆版本以及 1981 年中国少年儿童出版社出版的版本。在 1979 年版本中，原版小王子的金发变成了绿色的头发，整个插图也似蒙上了浅绿色的滤镜，呼应了封面绿色的主题色。而1981年胡雨苏译本中，在紫色的封面背景上，四处散落的金色星星以及被飞鸟牵起飞翔的小王子都充满了一种灵动感，活跃了紫色背景静雅的氛围，为封面带上了一种童话色彩，引人入胜。

一般而言，图案是图书封面的视觉中心，通常起到吸引读者注意力的推销作用。在后来原版小王子形象深入人心的时候，选用原版插图作为封面插图成了《小王子》封面设计的常规。而在1985年浙江少年儿童出版社出版的《小王子》中，封面采用了原创的设计，充满了剪纸画报风格，细心地选用了与图书内容相关的图案，构思出一个故事背景，为初次阅读该书的读者塑造了一个较为"具象"的形象，体现了封面设计的一种创新思维。

三、中文版《小王子》第二个阶段的书籍封面设计

第二阶段是1997—2008年，这个阶段中国社会经济迅速发展，随着生活水平的提高，人们对文化娱乐的需求也越来越大，图书出版的数量也随之增多。但是随着互联网的迅速崛起和发展，出版界开始面临着新媒介的诸多挑战，图书出版市场的竞争也愈演愈烈，而同类型图书之间的竞争更多地集中在了书籍装帧设计方面。

在这个阶段里，距离作者去世（1944年）已经超过50周年，《小王子》成了无须支付版税的公版书，还被推选为中小学生课外必读书目，《小王子》的读者市场大为扩展，受众囊括男女老少，各家出版社蜂拥而上，邀请国内众多法语界的专家，如汪文漪、胡玉龙、吴岳添、马振聘、周克希、郭宏安、李清安、刘君强、黄天源、郑克鲁、黄荭等来了一场"翻译总动员"，出版了各种中文版的《小王子》。

这个阶段可以说是《小王子》图书出版的迅速发展阶段，一共有144种中文版的《小王子》出版发行。而依照封面设计的三个基本元素，可以分别从文字、色彩以及图案对这些版本封面进行大致的归类，挑选出具有代表性的封面设计进行分析和研究。

先分析封面文字设计。

随着《小王子》图书出版的数量不断增加，《小王子》在图书市场中有了更明确的定位，其中读者对象以青少年儿童的比例最高。在面向青少年出版的图书当中，封面文字的设计有了许多灵活生动的变化，标题文字更多地采用了绚丽活泼的艺术字体，或选择在字体设计上增添许多花样小元素，旨在迅速引起青少年读者的阅读兴趣（如图5所示）。此外封面标

题字号通常较大，占据封面较多的位置，显得更活泼醒目。

图5　以青少年为读者对象的《小王子》版本封面

　　而在以普通大众为主要读者对象的图书版本当中，封面文字的设计更简洁明了且充满设计感。例如 2008 年上海三联书店出版的郑克鲁译本（图6左），标题部分以及宣传语部分如同用铅笔细细描绘出来的纤细字体以及略微加大的字间距，无一不凸显了一种雅拙而又清新的文艺风范，搭配蓝白的封面配色，一种慵懒的舒适感呼之欲出，让人心生喜爱。

　　而 2008 年春风文艺出版社出版的白栗微译本（图6右），封面英文标题部分选用的是线条感极强的字体，简约的排列以及加大字号的设计，与加粗的中文标题相搭配，有一种相得益彰的效果。而英文标题加上中文标题和著者、译者信息，整整占据了整个封面约三分之二的位置，却不给人突兀之感，还使封面显得干净利落和自然，体现了文字设计在封面设计中强大又突出的表现力。

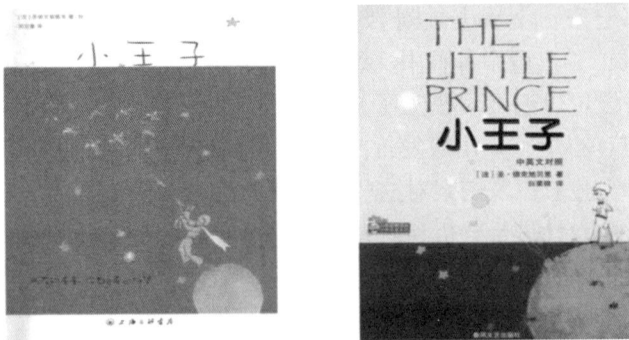

图6
左：《小王子》郑克鲁译，上海三联书店，2008 年
右：《小王子》白栗微译，春风文艺出版社，2008 年

再分析封面色彩设计。

在第二阶段出版的众多版本中，以填充大色块的封面设计方式最为常见，而对于填充的色彩，则通常是选择高调鲜艳的深色系，对于出现频率较低的浅色系颜色的图书封面，主要以白色、淡蓝色为主。2000 年中国友谊出版公司出版的胡雨苏译本（图 7 左），封面整体为深绿色，而受充满跃动感的插图影响，整个封面呈现出生机勃勃的气息，使得深绿色的封面也显得和谐自然起来。2007 年天津教育出版社出版的艾柯译本（图 7 右），封面设计一目了然，蓝色的配色成了整个封面的主要装饰，不同于有插画的图书封面，这一简单的纯色填充的设计方式，某种程度上也能带给读者强有力的视觉冲击，看似平静的封面，对于读者而言亦有着一股能勾起其购买欲望的"暗流"在"涌动"。

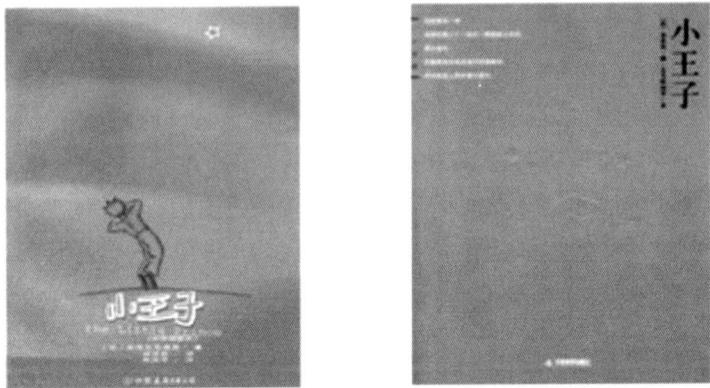

图 7

左：《小王子》胡雨苏译，中国友谊出版公司，2000 年

右：《小王子》艾柯译，天津教育出版社，2007 年

2007 年 3 月，上海译文出版社出版了周克希的《小王子》中文译本（图 8 左）；同年 8 月，作家出版社出版了黄荭的中文译本（图 8 右）。这两个版本的封面设计都是选用了大色块填充以及搭配插图的方式，不同的是前者呈现出静敛义艺的气息，后者凸显出带有冲击性的视觉效果，两种截然不同的风格，与它们选择了不同的色彩搭配有密切关系。

一般而言，不同色彩间的搭配，只是一点细微的变化就能呈现出让人感到惊艳而有趣的效果。上海译文出版社的周克希译本，选用了明亮的橙色作为主色调，橙色占了整个封面五分之四的位置，显得有些"霸道"，但只是在底部保留了五分之一的白色，便给人一种明媚的空间感，加上文字与插图都做了细小化处理，整个封面的设计便显得精致和谐了。而作家出版社的黄荭译本，封面色调以甘草黄为主，小王子的小星球以及一些小星星元素使用了艳红色，像是泼墨般被覆在了书面上，极具视觉冲击力，能给人留下深刻的印象。

图 8

左：《小王子》周克希译，上海译文出版社，2007 年

右：《小王子》黄荭译，作家出版社，2007 年

最后分析封面图案设计。

在第二阶段《小王子》的书籍封面设计中，对于图案的运用主要分为三种：使用原版小王子形象，在此基础上进行创作或添加框架等装饰；使用原创插画；使用作者头像或者真人形象。

第一种设计方式，小王子的原版形象多次被用作二次创作，通过巧妙的排列和组合，呈现出多种充满创意的变化。2001 年 6 月上海译文出版社出版的周克希译本（图 9 左），封面上以白色为底，搭配以被飞鸟牵引的小王子插图，此外并无过多的修饰，略显简陋而表现力不足。2001 年到 2003 年，人民文学出版社出版的两个马振骋译本（图 9 右和图 10 左），因面向的读者对象不同而使用了不同的设计方式。2001 年版本是作为"世界儿童文学丛书"之一，面向青少年读者，封面的图案元素便进行了较为活泼跳动的排列方式，同时以清新淡雅的颜色为主，符合青少年的审美趣味。而 2003 年版本面向大众读者，封面插图选用了常规的插图，背景色也显得沉稳内敛，整体呈现出精装图书简洁有力的装帧设计特点。2006 年正是《小王子》（法语版）出版发行 60 周年，群言出版社出版了洪友翻译的中英法60周年彩色纪念版，封面上是一片绚烂的色彩，小王子的原版形象被进行了二次创作，更符合彩色纪念版的设计要求（图10右）。

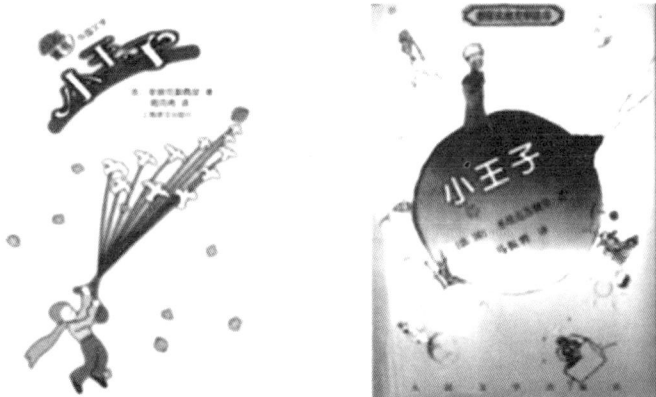

图9

左：《小王子》周克希译，上海译文出版社，2001年

右：《小王子》马振骋译，人民文学出版社，2001年

图10

左：《小王子》马振骋译，人民文学出版社，2003年

右：《小王子》洪友译，群言出版社，2006年

第二种使用原创插画的设计方式在第二阶段的书籍封面设计中最为常见，各大出版社为了与其他版本区分开来，选用了许多独特而新颖的原创插画作为封面图案元素，其中以韩国插画家金珉志插图、李懿芳翻译的四色软精装版本最受追捧（图11）。这个"世界上最美的故事"系列图书，

从封面到内页插图都使用了金珉志创作的精美插画，而画家细腻优美的笔触，不仅给图书增添了温婉清新的气息，使图书显得小众又独特，也为这个系列增添了更多的收藏价值。

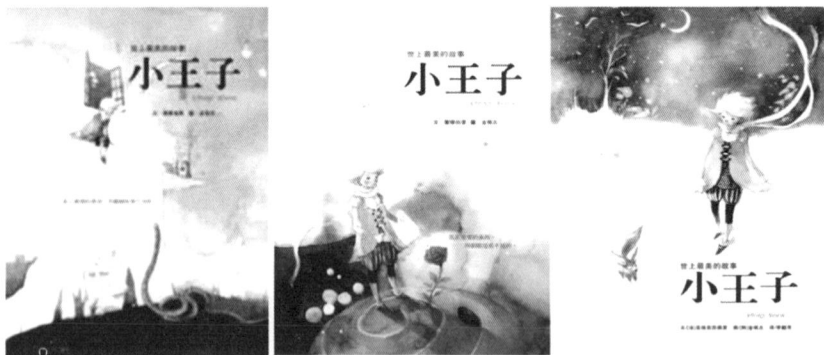

图11　韩国插画家金珉志插图、李懿芳翻译的四色软精装版本

第三种使用作者头像或真人形象作为图书封面的设计方式较为少见，在第二阶段出版的众多版本中，只有2005年江苏教育出版社出版的黄旭颖译本（图12左）使用了作者安东尼·德·圣埃克苏佩里飞行员装扮的头像作为封面的图案元素，2006年长江文艺出版社和湖北人民出版社出版的周国强译本（图12右）使用了真人小王子形象作为图书封面。

图12

左：《小王子》黄旭颖译，江苏教育出版社，2005年

右：《小王子》周国强译，长江文艺出版社，湖北人民出版社，2006年

四、中文版《小王子》第三个阶段的书籍封面设计

第三阶段是从 2009 年始，统计数据截至 2017 年 6 月。在这个阶段，《小王子》在国内的出版发行正式进入繁盛时期，《小王子》的复译、出版、再版一直保持着强劲的发展势头，每年基本上都有 50 多个版本出版发行，截至 2017 年上半年，一共有 579 个版本面市。2013 年是这个阶段翻译出版的小高潮，这一年正好是《小王子》在法国首次出版的 70 周年，天津人民出版社出版了李继宏的译本，这个版本在封面上标有"法国'圣埃克苏佩里基金会'唯一官方认可简体中文译本"的宣传标语，然而这个自称"最优秀译本"的版本引起了不少风波，豆瓣网友甚至发起了一场声势较大的"一星运动"以表达不满，但也由于这场风波，《小王子》这本图书引起了更多的媒体、出版人以及读者的关注，间接地促进了《小王子》翻译出版的版本数量持续增长。

2015 年 10 月，被誉为"功夫熊猫之父"的好莱坞导演马克·奥斯本执导的《小王子》动画电影在中国上映，取得了口碑和市场的双赢。大众的观影热情一直持续到 2016 年，观众们把对《小王子》的观影热情延伸到书籍上面，直接导致了 2016 年《小王子》翻译出版的高潮，这一年一共有 112 个版本相继出版。这个阶段《小王子》的封面设计呈现出市场化、同质化的趋势。

第一，封面文字设计。

在这个阶段里，随着读者群众的审美要求越来越高，图书的封面设计也越来越讲究设计感和协调感，书籍封面设计对读者购买行为的影响越来越大。这不仅要求封面设计更加别出心裁，对封面文字、色彩以及图案的运用也有了更高的要求。

2010 年长江文艺出版社出版的面向青少年读者群体的译本（图 13 左），以及同年 8 月中国华侨出版社出版的林秀清译本（图 13 右），这两个版本的封面遵循了常规的设计思路，文字端正而规矩，选用大字号，让标题醒目而直击主旨，是众多《小王子》版本中最为常见的文字设计风格。比较独特的是 2012 年华东师范大学出版社出版的周克希译本（图 14 左），英文标题部分首字母加大突出，搭配小字号中文标题和著者信息，在简单的白色背景衬托下显得既低调又含蓄，在众多版本图文并茂的封面设计中这股简约风显得尤其突出。而对于艺术字体的使用，也趋向于简洁明了的风格，如 2012 年 7 月上海译文出版社出版的周克希译本封面的文字

设计（图14右）。

图 13

左：《小王子》，长江文艺出版社，2010 年

右：《小王子》林秀清译，中国华侨出版社，2010 年

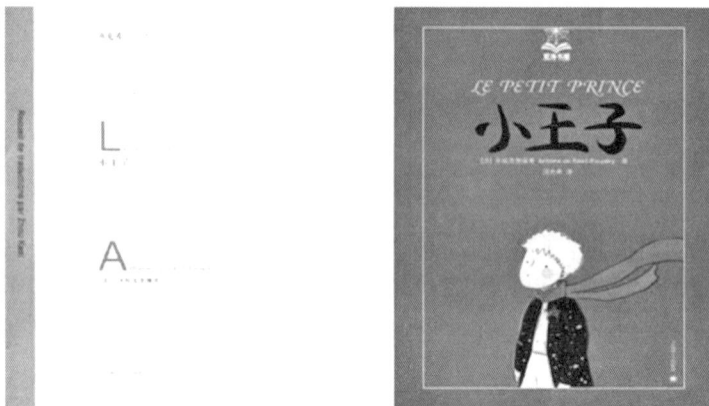

图 14

左：《小王子》周克希译，华东师范大学出版社，2012 年

右：《小王子》周克希译，上海译文出版社，2012 年

第二，封面色彩设计。

此阶段《小王子》图书版本的封面设计对于色彩的运用依旧以填充大色块为主，然而继 2013 天津人民出版社出版了李继宏的译本（图15 左）后，封面设计中对暗色系色彩的运用逐渐多了起来，其中一个重要的特征是增加了"暗夜星空"图案在封面设计中的出镜率。

2013 年李继宏译本的封面以满布的星河描绘了一个广阔浩渺的世界，暗蓝色与黑色相互交织的背景上白色星光点点，小王子原版形象以简练的线条出现，似明似暗，带给人无限的遐想。这一设计风格像是打开了一个新的设计思路，于是更多相似的设计风格开始出现。2015 年 10 月，江苏文艺出版社出版了刘芳译本（图 15 右），封面上同样是星河满布的背景下小王子自左下角被飞鸟牵引起飞，这是小王子离开他的星球开始旅程的著名场景，在白色配色下，小王子和飞鸟似乎是星空下天那边的剪影，让看到这个封面的读者不禁展开了丰富的想象，让人越仔细看越是觉得有趣。

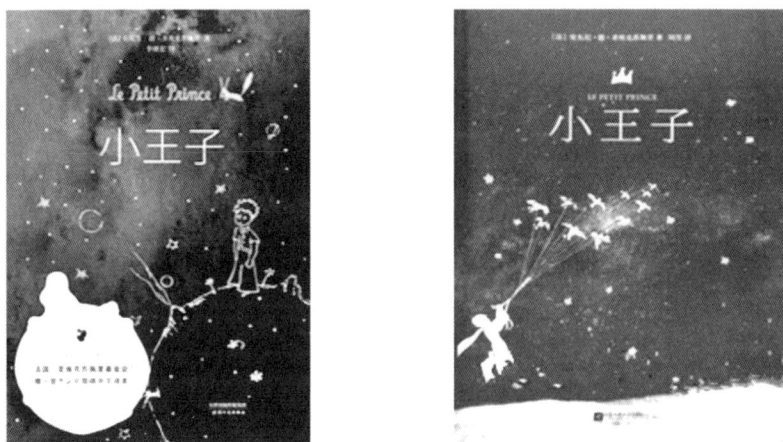

图 15

左：《小王子》李继宏译，天津人民出版社，2013 年

右：《小王子》刘芳译，江苏文艺出版社，2015 年

2015 年 11 月，中国华侨出版社也出版了一本封面以星空为主题的译本（图 16 左），这个封面将小王子原版形象线条化，在星空深沉色彩的映衬下，显得干净而明亮，整个封面也彰显了一种高端感。2017 年浙江文艺出版社出版的树才译本（图 16 右），在星空背景下添加了有裸眼 3D 效果的插画，更衬托出了插画图案的立体感，一种充满了电影镜头感的效果凸显而出，这是对书籍封面平面设计的一种创新，十分新颖而夺人眼球。

图 16

左：《小王子》罗成译，中国华侨出版社，2015 年

右：《小王子》树才译，浙江文艺出版社，2017 年

第三，封面图案设计。

在第三阶段出版的《小王子》中文版本封面设计中，对图案的运用有了更明确的方向，对青少年和普通大众这两种读者对象的书籍封面设计也有了更强的针对性。此外，在这个阶段出版的封面设计主要有两个特点：一是对小王子原版形象的使用率下降，特别是在面向青少年读者群体而出版的图书版本当中，封面设计基本上使用的是原创的小王子形象，如图 17 所示。二是书籍封面设计趋向简洁化、同质化。在第三个发展阶段里，《小王子》版本发行的数量快速增长着，许多版本以系列图书的方式出版发行，相同模式的封面设计方式开始繁复出现，类似的设计风格开始增多，如图 18 所示。

图 17　以儿童青少年为读者对象的《小王子》版本封面

图18　风格相似的《小王子》版本封面

结　语

自 1979 年《小王子》在中国被引进和出版，截至 2017 年上半年，这长达 38 年的时间里，中文版《小王子》的出版在出版目的、营销方式和图书装帧设计等方面，前后发生了巨大的变化。中文版《小王子》版本数量随着时间的推移呈现直线上升的趋势，其中《小王子》本身内容的优良是一个重要的影响因素，经济发展、文化潮流和营销策略也起着推动作用，而《小王子》书籍封面装帧设计的艺术性也是不可忽视的重要影响因素。

从《小王子》翻译出版的三个阶段看，《小王子》图书的封面设计在文字、色彩以及图案的运用上各有特点，但总的来说不管是封面设计方式还是设计风格，都随着读者审美要求的变化而不断发展。各种封面设计的创新方式层出不穷，但同时也存在过多相似的设计模式，容易使读者混淆以及产生审美疲劳，这也是中国图书出版市场面临的一个问题。通过对中文版《小王子》书籍封面设计的探析，我们认识到，在未来的图书出版当中，应更加重视书籍的封面设计，尤其是重视封面设计的创新意识。

参考文献

[1] 张玲. 浅谈书籍装帧之封面设计 [J]. 读与写：教育教学刊，2016，7 (10).

[2] 付慧敏.《小王子》在中国的译介调查 [J]. 北方文学（中旬刊），2016 (5).

［3］潘望. 飘浮在天空中的文字——文学与飞翔隐喻［J］. 东方艺术, 2007（2）.

［4］丁浩. 试论汉字结构对现代包装设计艺术的启示［J］. 湖南工程学院学报（社会科学版）, 2009（3）.

［5］明兰. 色彩情感在书籍封面设计中的运用［J］. 南华大学学报（社会科学版）, 2009, 10（1）.

［6］王彤. 书籍封面的色彩设计［J］. 边疆经济与文化, 2009（5）.

《大光报》（粤南版）（1946）社论研究

王涵瑶①　静恩英②

摘要： 作为民国时期广州湾最具影响力的报纸之一，《大光报》（粤南版）注重时效性与真实性，无疑是研究那一时期政治、经济和文化的最好载体。而社论代表着报纸的主张和立场，是报纸的灵魂。《大光报》（粤南版）社论在版式安排上比较简单，倾向于"多短句、短段落"的形式，且选题类型多样、语句简洁。《大光报》（粤南版）社论还表现出"重视信息来源，恪守真实性原则，追求自由，敢于直谏，监督政府，为民谋利"的职业操守。

关键词：《大光报》；粤南版；写作特色；职业操守；社论

绪　论

"湛江"这个名字始现于1945年。湛江原被称为广州湾，是法国殖民地，1942年被日军占领，1945年抗日战争胜利后僻市并命名为"湛江"。抗战时期，广州湾有十余种报纸，其中《大光报》影响最大。广州湾《大光报》即《大光报》（粤南版），创办于1941年，此后几经搬迁，1945年10月迁回广州湾（时已称湛江市）继续出版发行。

戈公振先生认为，报纸最基本的功能就是"报道新闻"和"发表言论"，"报纸者，报告新闻，接载评论，定期为公众而刊"[1]。而报纸言论最具代表性的是社论。"社论是报刊评论中的'重型武器'，是新闻评论中最重要、威力最大的一种，是报纸的旗帜，体现报纸的方向。它直接体现报纸编辑部的观点，具有很强的政治性、政策性、权威性和指导性；实践中，它主要运用在对重大时事、政策、问题发言，阐明新闻单位的立场、主张和观点，以此影响并引导社会舆论，文风庄重、严谨、朴实、鲜明。"[2] "社论就是报纸的灵魂和旗帜"[3]，代表着一份报纸对于某一或某

---

① 王涵瑶，女，广东海洋大学文学与新闻传播学院编辑出版学专业2013级本科生。
② 静恩英，男，广东海洋大学文学与新闻传播学院副教授。

些重大问题的权威而慎重的观点，也由文字中展现自己的立场。研究一份报纸，绝不能忽略作为其"心脏"①的社论。分析社论，最能抓住一份报纸的精神内核。

目前国内外学者对于《大光报》的研究相对较少。利用"中国知网"分别以篇名"大光报"和"大光日报"为关键词进行检索，能检索到的与《大光报》有直接关联的文章只有 4 篇（截至 2017 年 5 月），分别为《香港〈大光报〉的创办及其宗旨》《我参与创办〈大光报〉的经历》《抗战时期粤西妇女争取婚姻自由的历史记录——以〈大光报〉等所载婚姻关系解除告示为例》《基督教日报〈大光报〉的创办》。

其中，《我参与创办〈大光报〉的经历》讲述的是徐铸成协助赵惜梦等人在武汉汉口创办《大光报》的个人经历，与本文要分析的《大光报》社论无关。《抗战时期粤西妇女争取婚姻自由的历史记录——以〈大光报〉等所载婚姻关系解除告示为例》一文则是通过分析《大光报》（粤南版）登载的一则婚姻关系解除告示，分析粤西妇女家庭地位的变化，探讨官方与民间对离婚的态度等。另外两篇是目前直接研究《大光报》的论文，且都就《大光报》的创办时间进行了探讨与论证，只不过后者探究了报纸的功能，前者则提炼出了《大光报》的宗旨。但这两篇均为对《大光报》宏观层面的研究，目前国内外没有对《大光报》内容进行具体探讨和分析的研究成果。

本文主要采用文献法，对 1946 年《大光报》的缩微电子数据资料（325 份）及相关的文献资料进行分析。同时采用内容分析法，对收集到的 1946 年《大光报》社论进行简单的描述性统计分析。在此基础上，采用文本分析方法，对《大光报》的社论文本进行解读。

一、《大光报》概况

《大光报》是 1912 年在孙中山的指导下在香港创办的，为基督教报纸，主要宣传孙中山及其党派的革命思想和基督教精神②。"大光"即指基督之光普照天下，寓意《大光报》将以智慧之光揭露黑暗，呈现事实。

抗日战争爆发，《大光报》为抗战毅然迁回内地出版，并先后办有粤南（广州湾）分社、粤东（汕头）分社、粤北（韶关）分社等。1946 年 7 月 7 日，《大光报》（粤南版）发表的社论《本报社总社创刊七周年纪念献词》中提到"本报……先后在湛江，信宜，连县，坪石，兴宁，老隆，汕头等地发行分版，销祇不只普遍广东全省，而华南各省都市，以及重庆成

---

① 丁祺轩. 凤凰卫视新闻评论节目初探［J］. 现代视听，2009（S1）：21－22.
② 静恩英. 香港《大光报》的创办及其宗旨［J］. 青年记者，2016（2）：106－107.

都昆明贵阳等地，均有代理分销"①。当时《大光报》日发行量七千多份，除了刊登中央社电讯外，还有自己的新闻渠道，为当时粤南地方销路较大、较有影响之日报，具有一定的社会影响力。

《大光报》（粤南版）创刊于 1941 年 4 月 1 日广州湾寸金桥华界。1943 年 2 月，广州湾被日军占领，广州湾《大光报》粤南分社匆忙撤往广东信宜，并于当年 6 月在信宜老隆复刊。1945 年 9 月抗日战争胜利，《大光报》粤南分社由信宜迁回广州湾赤坎，同年 10 月重新发行。在 1945 年 10 月 1 日的报纸上载有"本报重要启事"，其中提及"此次南返复员费用浩繁"②，报纸上所登载的报社地址此时也已更改为广东湛江。1949 年 12 月 19 日湛江市解放，《大光报》为人民解放军接收。

二、《大光报》社论分析

（一）《大光报》新闻评论概况

社论是新闻评论的一种。在分析《大光报》社论之前，先对《大光报》的新闻评论进行简单梳理。"新闻评论是媒体编辑部或作者对最新发生的有价值的新闻事件和有普遍意义的紧迫问题发议论、讲道理，有着鲜明性、针对性和引导性的一种新闻文体，是现代新闻传播工具经常采用的社论、评论、评论员文章、短评、编者按、专栏评论和述评等的总称，属于论说文的范畴。"[4]

《大光报》的新闻评论除了由报社撰写的社论外，还有另外几种形式：星期论文、专论、来论、代论、选论。"星期论文"的理念最早是由《大公报》主笔张季鸾提出的，目的是减轻报社主笔的负担，以及加强报纸与文化教育的关系。星期论文为社外人士所撰写，内容具有很强的包容性，多有学术价值③。专论是报社专门邀请对某一问题有专门研究的名家所写的评论，具有权威性。[5] 来论则是读者主动投给报社的对某一事物或某一现象的评论，发表后的就称之为"来论"。代论是某一很有影响力和权威的人士所发表的文章，现在已经不用这种评论形式了。至于选论，为报社"录报之外"的各类论说，报社可视情况决定是否在采选的论说上纳入本

---

① 本报社总社创刊七周年纪念献词［N］. 大光报（粤南版），1946 - 07 - 07（1）.

② 本报重要启事［N］. 大光报（粤南版），1946 - 10 - 19（1）.

③ 李肖雅.《大公报》"星期论文"的评论互动［J］. 青年记者，2015（15）：89 - 90.

社言论①。

对这 325 份《大光报》（粤南版）进行粗略分析可知，除因重大节日调整而无法刊登，或是当天有其他特别重大报道占了版面位置外，《大光报》一般每天都会刊载一则评论，特殊情况下有两篇［1946 年《大光报》（粤南版）刊发两篇新闻评论的情况共计 5 次，且不包括因前一天星期论文未刊载完而占了版位的情况。其中，11 月 22 日，11 月 23 日，11 月 30 日和 12 月 3 日的粤南版《大光报》除在第二版照例刊载社论外，第一版均刊载了选论；而 11 月 26 日第一版则刊发了专论］。

对这 325 份报纸登载的新闻评论类型进行分类统计（图 1）。

（单位：次）

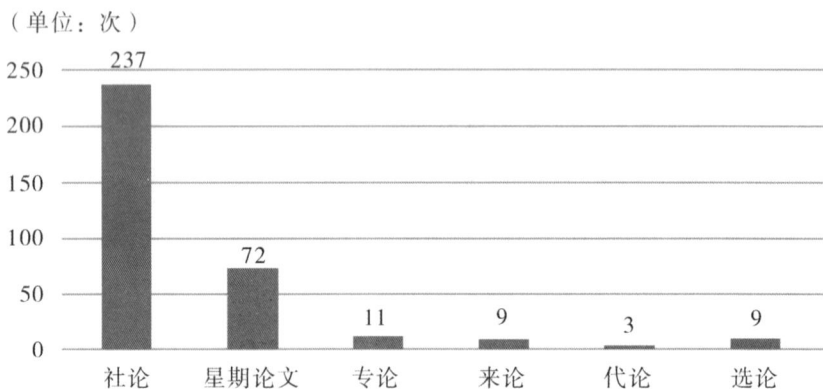

图 1　1946 年《大光报》新闻评论各类型出现频次

如图 1 所示，1946 年的《大光报》所有评论中，社论最多，为 237 篇。作为报纸灵魂的社论代表报社的观点和立场，社论亦相当于报纸的品牌，数量最多可以理解。

《大光报》每周发表一篇星期论文，周日刊载，由于版面原因周日未刊载完的部分会接排在隔天的社论版或其他版面。1946 年《大光报》邀请了 38 位（未包括 6 篇没有署名的社论作者）社会人士撰写星期论文，这些作者分别来自政治、经济、法律、农学等领域，既有国民党官僚，也有共产党人士。

总的来说，《大光报》新闻评论类型多样，且社论所占比例最大，超过总评论数量的 1/2。以本报社主笔的社论为主，星期论文为辅，前者严

① 丁文. 中国近代"选报"源流中的《东方杂志》［J］. 中国青年政治学院学报，2009（4）：119 - 124.

肃，后者包容性强且更有趣。

（二）《大光报》社论

1.《大光报》社论的版式安排

从版面位置来看，《大光报》社论的刊载位置基本固定，往往与其他类型的新闻评论轮流刊载于第一版中的左边中下位置（图2左）。1946年11月12日起，《大光报》第一版基本为各类型广告，时而会刊载一篇"政治特写"放在原社论位置，社论被置于报纸第二版。

从篇幅来看，《大光报》社论篇幅一般不长，字数大多在700~1000字，成两行排列（图2右）。社论通常由3~6个段落组成，每段50~150字，多短句，段落之间过渡自然，段落各自围绕某一具体的论点进行阐述，彼此联系，逻辑清晰。特殊情况下社论字数会在1200字以上，成三行排列（图3右）。

图2　《大光报》1946年2月18日第一版（左）及其社论版（右）

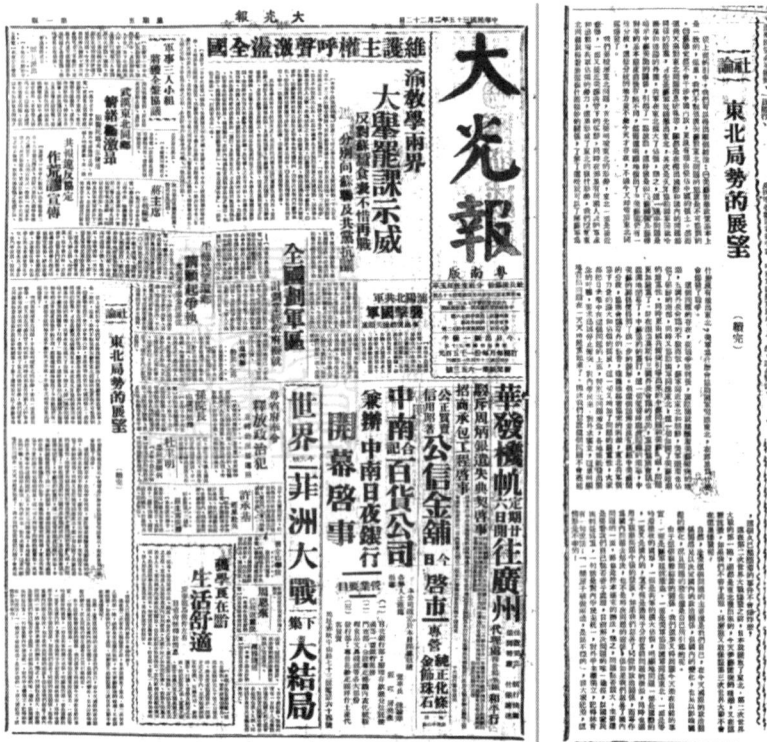

图3　《大光报》1946年2月22日第一版（左）及其社论版（右）

其他类型的新闻评论如星期论文、专论、来论的篇幅通常较长，大致在1 000～3 000字，文章分为2～3篇，分多版或者多天刊载。专论、来论、星期论文的字数较多，评论有时会多达8～15个段落，每个段落大致为2～6列文字（《大光报》为繁体字竖排版形式），同样多使用短句，条理明晰。

2.《大光报》社论的选题类型

"社论参与者是媒体与公众"[6]，其选题与内容是由媒介、时代和读者的共同选择而决定的。公众的需求是不断变化的，这在一定程度上要求社论的选题必须多样化。

关于社论的选题，"美国人莫特把社论分为10类：提供情报、说明作用、解释、争辩、督促、突击任务、说服、评价、宣布政策、文娱"[7]。国内则一般分为5类：政治性社论、务虚性社论、务实性社论、时事性社论、论战性社论，其中，务虚性社论是针对某种现象或思潮发表议论，倾向于强调思想层次，更具有理论性的文章，务实则与其相反①。《大光报》社论基本由引论展开，并不存在绝对的"虚"和"实"，两者是相结合的。本文基于目前国内新闻选题分类，将1946年《大光报》社论划分为五个方面：政治与政策类、经济类、民生类、国际与外交类、文化思想与教育类，然后进行统计分析（图4）。

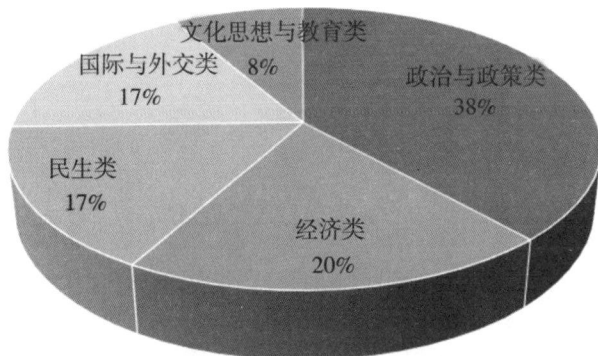

图4　1946年《大光报》社论选题分布情况

图4表明，《大光报》（粤南版）1946年的社论选题中，与政治和政策相关联的题材所占比例远远高于其他选题类型，此外经济类、民生类和国际与外交类也较多。相比较而言，文化思想与教育类所占比例偏少。

出现这样的情况与当时的社会大背景有关。1946年时代背景下的中国，处于抗日战争刚刚胜利后的经济恢复阶段，国内不同党派间的关系变化、国际上帝国主义列强的干涉等内忧外患成为民众最关心的问题，这种社会需求必然反映到《大光报》的新闻报道和新闻评论中。比如，1946年7月27日《沉闷局面能打破吗？》这一篇社论开头便提到，"日来国内政治的情况，备极波谲云诡，……"② 正是因为复杂的社会环境下充斥着各种不稳定因素，国民才越发关注时政，《大光报》作为当时国民党政府的报纸自然会以此类选题为重点。

3. 《大光报》（粤南版）1946年社论的内容及写作特点

（1）1946年《大光报》（粤南版）社论内容。

1946年《大光报》（粤南版）社论内容主要涉及以下几个方面：国共

---

① 樊哲高.1990—2000年人民日报社论研究［D］.北京：中国社会科学院研究生院，2001：5.

② 沉闷局面能打破吗？［N］.大光报（粤南版），1946－07－27（1）.

两党的关系、东北问题、基层民生问题与建设、贪污腐败、汉奸问题、通货膨胀与汇价变化、经济复员和救济工作、赋税征收、对外贸易、自由民主思想、海外侨胞、与美苏英法日间的关联、其他外交关系以及其他选题，对其进行统计分析（图5）。

（单位：次）

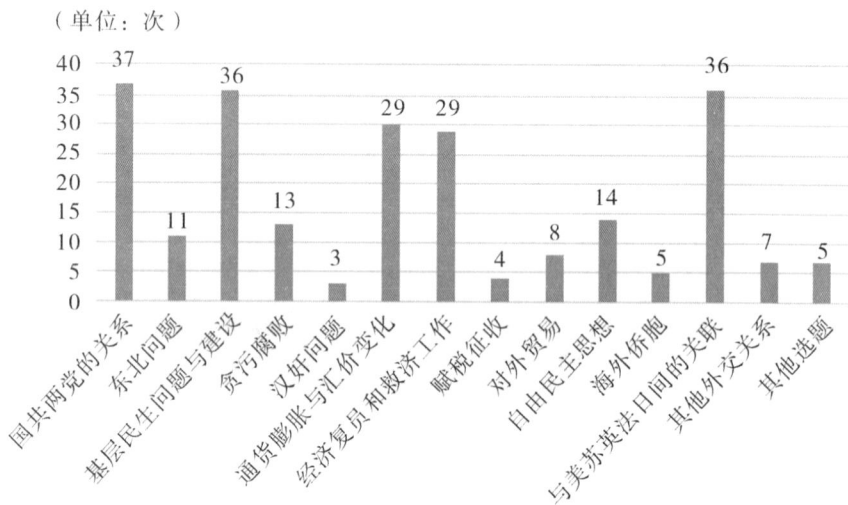

图5　1946 年《大光报》（粤南版）社论选题内容主题分布情况

如图 5 所示，1946 年《大光报》（粤南版）社论基本围绕上述内容展开。在政治上，反复提及国共两党的关系，对"国共"关注最为密切，两党关系与东北问题的出现频次达 48 次。政党关系影响着国家的发展和民族的命运，统一与和平为民众所期待和关注。国际问题跟国共两党问题所占比重差不多，这主要是因为当时美苏以经济援助、军事援助等方式干涉中国内政，国际关系对国内局势影响巨大，自然引发了国内从政府到普通民众的关注。1946 年 7 月 24 日社论《美国重申援华政策》里提到，"马歇尔特使秉承着这个政策，先后达成了促成政治协商会议，军事处理的协议，……"

总体来看，1946 年《大光报》（粤南版）社论折射出当时国内外社会景象与舆情，反映了当时国外势力对中国的影响，也折射出国内局势之紧张与微妙。

（2）1946 年《大光报》（粤南版）社论的写作特点。

第一，标题形式多样化。"看书先看皮，看报先看题"，"题好一半文"。如果说社论是报纸的灵魂，那么标题就是社论的吸睛点了。读者打开报纸，要看什么，先看什么，取决于标题①。标题的重要性在《大光报》中的表现更为明显。《大光报》为文字竖排形式，且排版上仅以线条简单区分不同报道，线条根据报道文章字数灵活调整，使版面成小方块排列的布局形式（图6）。这种无固定版面编排样式的情况更能体现标题的作用。

图6 以线条界定不同篇章的小方块排版样式

　　《大光报》的社论标题基本上有四种形式，第一种为直接由社论主题概括得出，如《市民今后有法律的保障》（1946年1月3日）、《论复员后乡镇财政》（1946年8月22日）。第二种则直接呈现社论观点，如《贪污不除一切无办法》（1946年3月28日）、《不容发救济财》（1946年3月26日）。第三种形式则是抛出一个问题，如《如何确保人民自由》（1946年2

月 9 日)、《汇价怎样影响物价（上）》（1946 年 10 月 8 日)。第四种则比较隐晦，标题并不显露太多信息量，一般以表达某种情感和希冀的感叹句形式出现，有鼓舞作用，如《我们欢欣，我们警惕！》（1946 年 2 月 28 日)、《有人在羡慕，也有人在叹息！》（1946 年 3 月 2 日），具体内容需阅读社论之后才能得知。

对 1946 年《大光报》（粤南版）社论的标题形式进行统计分析得到图 7。

（单位：次）

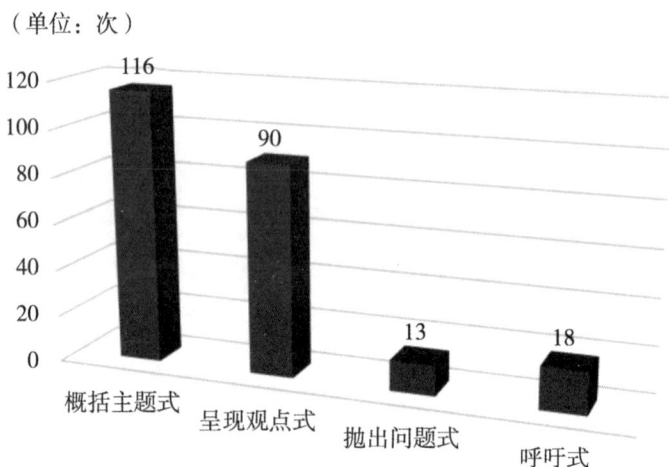

图 7　1946 年《大光报》社论标题各形式出现频次

《大光报》社论标题形式多样、灵活，以"概括主题"和"呈现观点"的形式为主，辅以另外两种形式，既避免了社论标题的单一化，也符合民国时期人民群众对报纸标题的需求，信息含量多，简单明晰。

第二，文风朴实，语句简洁。"在新闻评论中，社论的语言风格是最接近学术论文的。学术论文所用的准确、客观的理性语言在社论中经常被使用。但社论毕竟属于新闻体裁，用形象的语言完整准确表明社论的观点、立场和看法是许多社论作者孜孜以求的目标。"[8]《大光报》里社论的语句简洁精练，多短句，原则上一个短句的字数不会超过竖排一列所能容纳的文字数，方便读者阅读。不过，因民国时期采用新式标点符号，其中，"逗号标示意义上相当于顿号义、分号义、冒号义、句号义乃至于大于句义的语段义诸类意义单位终结处的逻辑停顿"[9]，以致《大光报》中断句几乎用的都是逗号，有时一整段下来都是逗号，"一逗到底"没有美感，过于单调，也容易混乱，如图 8 所示。

图8　《大光报》（粤南版）1946年1月9日第一版社论（右侧为放大版）

在1946年1月9日《对刘监察使的恳切期望》这一篇社论中，第一段共31个短句，30个标点符号中，除了结尾的感叹号和中间的冒号外，其他句子均以逗号作为句与句之间的分界。不过，抛开标点符号不讲，这一段文字语句表达顺畅，由描述刘监察使的公正廉明转入讲述监察制的必要，最后再回到人民对刘监察使终于来到湛江的心情的转变，以便进入下一段内容的描述，过渡自然，条理清晰。

总体而言，《大光报》社论的文风简单朴实，开门见山，往往一针见血。如1946年1月7日《准备欢迎刘监察使》一文中："殆有甚焉，若不力谋振作，肃清贪污，整顿风气，将来去治日远，民与政府隔膜日深。"① 再比如1月12日的《从新闻自由到采访自由》一文，对于政府拒绝记者

---

① 准备欢迎刘监察使［N］. 大光报（粤南版），1946–01–07（1）.

出席会议一事，敢于直接表态，称其是"不合理而急待改变的事实"①。

第三，就事说理，论证结构完整。"作为评论文章的一种，社论有一定的结构模式，同样具备评论文章结构的基本要素：引论、本论、结论，即提出问题、分析问题、解决问题三部分。"[10]下面是以《大光报》1946年11月21日的社论《维护新闻自由》作为样本的分析。

"引论"：从"广州市新闻记者公会开第十一次常务理事会议"② 入手，抛出"应如何表示对新闻自由的保护与论案"的问题。

"本论"：先对问题作出表态，"本报同人忝为新闻从业人员，对于维护新闻自由之重要，愿略加申论"。接着，从三个方面论述"维护新闻自由"的必要。

反面论证：以抗战期间在"新闻检查制度"下，新闻"或隐晦其词，遮掩事物的真实，或混淆黑白，歪曲事实，以欺瞒读者"作例，要求"放宽检查以维护新闻的正确性"。

对比论证：将中国现新闻环境与美国相比较，以"美国新闻自由运动"展开分析。

正面论证：以"和平建国纲领的规定——确保人民享有身体、思想、宗教、信仰、言论、出版、集会、结社、居住、迁徙、通讯之自由"从法律的角度正面论述新闻自由是应当的。

"结论"：论证应当"维护新闻自由"后，传达出"希望美国于最近期内，召开一世界性的新闻会议，制定一新闻自由宪章共同遵守"的愿望，最后呼吁"全国朝野要维护新闻自由"。

从"引论—本论—结论"，这一篇社论完整地搭建了一个论证结构，同时三个本论相互独立又相互补充，简洁有力。

三、《大光报》社论特征

（一）《大光报》具有较强的倾向性

1946年，国家局势紧张，社会动荡不安。作为媒体的《大光报》本应发挥社会公器之作用，客观报道和发表中立言论。然而，《大光报》显示出较强的倾向性。《大光报》社论在论述国共问题时往往有失偏颇。如1946年1月4日刊发的社论《对国内政党的希望》一文，其中提到："而且周恩来等到重庆以后，迭次传说的停止冲突的消息，却只是空谈而还没

---

① 从新闻自由到采访自由［N］. 大光报（粤南版），1946 - 01 - 12（1）.
② 维护新闻自由［N］. 大光报（粤南版），1946 - 11 - 21（2）.

有一诺千金地实现先停战后谈判"①，用"传说"的信息指责"周恩来等人"未"一诺千金地实现先停战后谈判"，并不妥当。

类似《大光报》以"传说"作为依据的不可靠猜测，应加警惕，警示媒体人在报道时注意检查消息的来源，在确保信源可靠的情况下再进行报道或立论。尤其当下，考核信源的可靠性，发表正确的舆论，正确引导民众更有必要。

（二）敢于直言批评

《大光报》一向敢于发声直谏，批评国民党政府。比如，1946年1月12日的《从新闻自由到采访自由》一文中，报社社论主笔以"刘监察因恐新闻记者影响市民告密心理而拒绝记者列席会议"一事引入，先表示"同情刘监察使的苦心"，后直接表态这种情况是"不合理而急待改变的事实"。接着层层递进剖析，对国民党统治下的黑暗、腐败给予无情抨击。最后给出观点——"采访应不受阻止或留难。"整个论述过程中可以感受到报社主笔语气的变化，由一开始的平缓慢慢变得坚定，到最后的不容拒绝，都直接表明《大光报》敢于直言批评的态度和勇气。

（三）发挥监督作用，为民谋利

社论重在"敢言"。在大方向上，《大光报》坚持"拥蒋反共"立场，但在基层建设、民生问题、政府工作等内容上，《大光报》却能借自己作为新闻媒体的身份，做到"有话必说"，发挥舆论的社会功能，对政府行为进行监督和制约，并对公众行为进行鼓舞和约束。

比如，当税收推行遇阻碍，民怨四起时，《大光报》（粤南版）在1946年1月16日的社论《坐言起行》中立即指出："澄清吏治，必须首先从警税而政着手，亦惟有警税而政急待整顿。"②1月24日，在《党派与人民》这一篇社论中，《大光报》直接点明"以民为本——政府又那会不代表全民，若在问题还没解决以前，而先求党派间的利益，这未免是不齐其本而齐其末了"③。2月18日《为治安着急》一文，开头直接交代"治安差"的表现——"湛市光复以迄今日，勒索抢劫之风，曾未绝止，人人自危，各具戒心，若长此不戢，行见歹奸愈形猖獗，市面秩序，必受扰

---

① 对国内政党的希望［N］. 大光报（粤南版），1946－01－04（1）.

② 坐言起行［N］. 大光报（粤南版），1946－01－16（1）.

③ 党派与人民（下）［N］. 大光报（粤南版），1946－01－24（1）.

乱"①。接着便直接问责政府，"原保护人民生命，保障人民自由，维持地方治安，政府自有职责"②。最后以"想必不致漠视，吾人特提出意见五点，请当局参考执行"③ 的不容商量的口吻引出下文的具体建议。4月2日《县政与赌风》一文中，更是直接评论"做县长的今天应该争脸"，督促县长"应该争取人民的信任，除弊重于兴利，救救这个萎靡而关于灭绝的社会，第一要禁赌，第二也要禁赌，县政的应兴应革固然多，但没有比杜绝赌风为更急迫，尤其粤南各县的赌风，似已为公开的秘密，若不急谋根除，我们真为粤南而到中国的基层政治悲哀"④。

《大光报》社论果敢而有理有据，令人佩服。

结　语

《大光报》（粤南版）社论对当下的学界和业界均有较大的指导和参考价值，对其深入研究颇显重要。作为一个媒体，该报的敢言和直言风骨值得传承。

参考文献

[1] 戈公振. 中国报学史 [M]. 中国：新闻出版社，1985.

[2] 殷俊，等. 媒介新闻评论学：第一版 [M]. 成都：四川大学出版社，2005.

[3] 李妍. 报纸社论的回归——以《人民日报》和《南方都市报》为例 [J]. 新闻世界，2013（6）.

[4] 丁法章. 新闻评论学 [M]. 上海：复旦大学出版社，1997.

[5] 范荣康. 新闻评论分类 [J]. 新闻战线，1985（1）.

[6] 司显柱，徐婷婷. 从评价理论看报纸社论的意识形态 [J]. 当代外语研究，2011（11）.

[7] 樊哲高.1990—2000 年人民日报社论研究 [D]. 北京：中国社会科学院研究生院，2001.

[8] 刘新华. 论党报和大众化报纸社论的写作 [D]. 武汉：华中师范大学，2004.

---

① 为治安着急 [N]. 大光报（粤南版），1946 – 02 – 18（1）.
② 为治安着急 [N]. 大光报（粤南版），1946 – 02 – 18（1）.
③ 为治安着急 [N]. 大光报（粤南版），1946 – 02 – 18（1）.
④ 县政与赌风 [N]. 大光报（粤南版），1946 – 04 – 02（1）.

［9］郭攀．二十世纪以来汉语标点符号研究［D］．武汉：华中师范大学，2006．

［10］邵光．《纽约时报》社论版特色研究［D］．北京：中国社会科学院研究生院，2001．